KB168744

宋在璇 엮음

돈속담사전

東文選

머리말

돈과 인간과의 관계는, 마치 물과 고기와의 관계처럼 밀착되어 있다. 그러므로 물을 떠나서 고기가 존재할 수 없듯이 인간도 돈을 떠나서는 존재할 수가 없다.

빈부를 가늠하는 잣대 노릇도 돈이 한다. 즉 돈이 없으면 가난뱅이고, 돈이 있으면 부자인 것이다. 예전에 돈 없는 빈민층의 생활은 실로 비참하였다. 특히 봄철이 되면 죽음의 고개인 보릿고개를 넘어야 했다. 이 과정에서 생겨난 『굶기를 부자집 밥 먹듯 한다』·『없는 놈은 허리띠가 양식이다』·『돌도 이가 안 들어가 못 먹는다』 등의 속담에서, 그 참상을 엿볼 수 있다. 이 보릿고개는 한 번 넘으면 그만인 것이 아니라, 매년 봄이 되면 정기적으로 되풀이하여 넘는 고개였다.

이 보릿고개를 극복한 것도 불과 20여 년 전의 일로서, 절대빈곤은 사라졌으나 아직도 우리들 앞에 상대빈곤은 여전히 남아 있어서, 『부자는 더욱 부자가 되고 가난뱅이는 더욱 가난해진다 富益富 貧益貧』라는 속담이 적용되고 있는 실정이다.

『부자도 뱃속에서 은을 물고 나온 것이 아니다』라는 속담처럼, 부자도 처음부터 부자였던 것이 아니라 돈을 모아 부자가 된 것이다. 『부자 하나가 나면 삼십 리 안이 망한다』는 속담처럼, 부자가 되는 과정에서는 군중들로부터 인심을 잃게 된다. 그러나 부자가 되면 『인심은 부자집으로 몰린다』는 말이 있다. 인심은 거저 얻는 것이 아니다. 『인심은 곳간에서 난다』·『인심은 쌀독에서 난다』는 속담처럼, 부자가 인심을 얻으려면 빈민들에게 자선慈善을 베풀어야 되는 것이다.

만일 자선을 베풀지 않게 되면 『재떨이와 부자는 모일수록 더러워진다』·『부富는 부腐다』라는 속담을 면치 못할 것이다.

또한 『돈에는 인색이 따라다닌다』는 말처럼, 부자가 인색하게 되면 수전노守錢奴·구두쇠·자린고비라는 불명예스러운 별명을 가지게 될 것이다.

인색한 사람의 대표적인 속담으로서 『놀부 돈제사 지내듯 한다』는 말처럼, 놀부는 제 부모 제사 때 제물 사는 것이 아까워서 젯상 위에 빈 그릇을 늘어 놓고, 그 안에 엽전(동전) 몇 푼씩을 담은 뒤 종이에 진지값·탕국값·떡값·포값·무슨 과일값 등의 글씨를 써넣은 돈제사를 지낸 다음, 주머니에 그 돈을 담으면서 『오늘 제사에도 돈 서 푼은 손해 봤다』고 투덜거린다고 한다. 여기서 서 푼 손해 봤다는 것은, 초가 불에 타서 손해가 되었다는 것이다.

본서에는 돈과 관련된 속담 약 5천 수首가 수록되어 있다. 돈으로 빚어지는 천태만상千態萬象의 생활상과 희비애락喜悲哀樂의 인생살이가 담겨진 흥미진진한 주옥 같은 속담들로서, 속담학적으로는 말할 것도 없거니와 조상들의 생활상을 연구하는 사료史料로서나 용전처세用錢處世에서도 좋은 교양서적이 될 수 있을 것을 확신하는 바이다.

1998년 2월　편자 송 재 선

목 차

I 돈편

Ⅱ 가난편

Ⅲ 부유편

I

돈 편

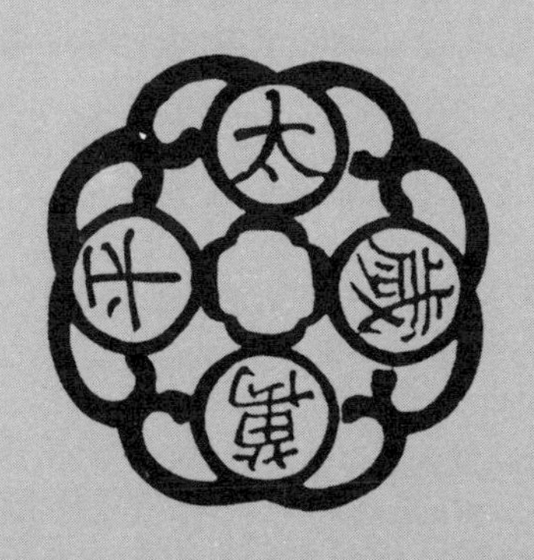

1
돈

가난은 돈을 주면서 가져가라고 해도 안 가져간다.
가난은 누구나 다 싫어하는 것이기 때문에 돈을 주고 가져가라고 해도 가져갈 리가 없다는 뜻.

가난은 돈 주고도 못 산다.
가난은 모두가 싫어하는 것이기 때문에 누구나 팔려고만 하지 사는 사람은 있을 리가 없다는 뜻.

가난하면 돈도 못 쓴다.
가난하면 돈이 없기 때문에 쓸 도리가 없다는 뜻.

가난하면 돈도 아껴 쓴다.
가난한 살림은 돈이 없기 때문에 저절로 아껴 쓰게 된다는 뜻.

가난하면 천대받고, 돈이 있으면 존대받는다.
가난하면 남의 지배를 받게 되므로 천대를 받게 되고, 돈이 있으면 남을 지배하게 되므로 존대를 받게 된다는 뜻.

가난한 놈 걱정은 결국 돈 한 가지 없는 걱정이다.
가난한 사람은 먹고 사는 것이 큰 걱정이므로 이 문제를 해결할 돈만 있으면 걱정은 없어진다는 뜻.

가난한 놈은 남의 돈 구경도 못한다.
가난한 사람은 돈 거래가 없기 때문에 남의 돈을 볼 기회도 없다는 뜻.

가난한 놈은 남의 돈 만져도 못 본다.
가난한 사람은 남과 돈 거래를 하지 못하므로 남의 돈을 만져 볼 기회가 없다는 뜻.

가난한 놈은 힘으로 일하고, 부자는 돈으로 일한다.
없는 사람은 노동일을 직접 하지만 있는 사람은 돈을 주고 사람을 시켜서 일을 한다는 뜻.

가난한 살림에는 빚보다 더 무서운 것이 없다.
가난한 살림에 빚까지 있으면 경제적으로 유지하지 못하고 파산되는 경우도 있다는 뜻.

가난한 활수滑手가 돈 있는 부자보다 낫다.
돈 안 쓰는 구두쇠 부자보다는 돈 잘 쓰는 가난한 활수가 낫다는 뜻.
* 활수: 무엇이거나 아끼지 않고 시원스럽게 잘 쓰는 솜씨.

가시아비 돈도 떼어먹겠다.
장인의 돈을 떼어먹어 사이가 어정쩡하게 되듯이, 가까워야 할 처지가 서로 소원하게 되었다는 뜻.
* 가시아비: 장인의 낮은말.

감투만 쓰면 돈은 생긴다.
권력을 쓰는 관리가 되면 잡수입이 많다는 뜻.

같은 과부면 돈 있는 과부 얻는다.
동일한 조건에서는 자기에게 유리한 것을 선택한다는 뜻.

같잖은 투전에 돈만 잃는다.
만만히 보고 일을 하다가는 실수를 하게 된다는 뜻.

개도 돈만 있으면 멍첨지라고 부른다.
못나고 무식한 사람이라도 돈만 많으면 사람들이 존경하게 된다는 뜻.

개 팔아 두 냥 반이다.
개 한 마리만 팔아도 양반(한 냥 반)보다 많기 때문에 양반이 개만도 못하다는 뜻으로서 상놈이 양반을 조롱하는 말.

개한테 돈주기다.
귀한 것을 줄 데 주지 않고 함부로 아무에게나 준다는 뜻.

거지도 돈복보다 자식복을 더 바란다.
아무리 가난해도 돈보다는 자식이 낫다는 뜻.

건강은 돈보다도 낫다.
사람의 생명은 돈보다도 더 고귀하다는 뜻.

겉보리로 돈사기가 수양딸로 며느리삼기보다 쉽다.
(1) 겉보리는 매매가 잘 되고 수양딸은 집에 데리고 있기 때문에 쉽게 며느리로 삼을 수 있다는 뜻.
(2) 힘 안 들이고 하기 쉬운 일을 비유하는 말.

계집 자랑, 자식 자랑, 돈 자랑은 말랬다.
자랑 중에서 할 자랑과 못할 자랑이 있는데 계집·자식·돈 자랑은 해서는 안 된다는 뜻.

공부를 해야 돈도 잘 번다.
돈을 잘 벌려면 공부를 해서 좋은 자리에 취직을 해야 한다는 뜻.

궁상窮相에는 돈이 붙지 않는다.
관상이 궁하게 생긴 사람은 돈복이 없어서 가난하다는 뜻.

궤 속에서 녹슨 돈은 똥도 못 산다.
돈을 두고 쓸 때 쓰지 않는 것은 아무 소용이 없다는 뜻.

그리마가 방 안으로 들어오면 돈이 생긴다.
돈 벌레인 그리마가 방 안으로 들어오는 것은 돈이 생길 징조라는 뜻.
* 그리마: 발이 많이 달린 벌레.

그리마를 보면 돈이 생긴다.
그리마는 재수가 있는 벌레라는 뜻.

금돈에도 안팎이 있다.
아무리 좋은 것이라도 안은 안이고 거죽은 거죽이듯이, 무엇에나 좋고 나쁜 데가 있다는 뜻.

금 판 돈도 돈이고, 똥 판 돈도 돈이다.
돈은 어떤 수단으로 벌든지 쓰는 데는 매일반이라는 뜻.

까마귀 똥도 약에 쓰려니까 오백 냥 한다.
하찮은 것도 약에 쓴다면 비싼 값을 호가한다는 뜻.

까마귀 똥도 오백 냥이라니까 물에 싼다.
하찮은 것도 수요가 생기면 비싸게 호가하면서 팔지 않는다는 뜻.

깨끗하게 번 돈도 잘못 쓰면 화를 입는다.
돈은 버는 것도 깨끗하게 벌어야 하지만 쓰는 것도 깨끗하게 써야 한다는 뜻.

꾀 벗고 돈 한 닢 찬다.
옷차림에 어울리지 않게 분에 넘치는 치장을 한다는 뜻.

꿈에 돈이 생기면 재수가 없다.
생시에 좋은 일이 꿈에 나타나면 흉하다는 뜻.

꿈에 본 돈이다.
꿈에 본 돈은 아무 실속이 없듯이, 무슨 일이 실속도 없고 허황하기만 하다는 뜻.

꿈쩍하면 돈이다.
사람이 활동하는 데는 돈이 필요하다는 뜻.

나그네길에 들면 자식 촌수보다 돈 촌수가 가까워진다.
객지 생활에서는 돈이 떨어지면 구할 도리가 없으므로 자식보다도 우선 돈이 더 급히 필요하다는 뜻.

남자는 돈으로 때우고, 여자는 몸으로 때운다.
다급한 일이 생겼을 때 남자는 돈으로 해결하지만, 여자는 몸으로 해결할 수 있다는 뜻.

남편 주머니 돈은 내 돈이고, 자식 주머니 돈은 사돈네 돈이다.
남편 주머니에 든 돈은 제 돈같이 쓸 수 있지만, 자식 주머니 돈은 임의로 쓸 수 없다는 뜻.

남편 주머니 돈은 내 돈이다.
부부간은 일신이기 때문에 재산도 공동 소유라는 뜻.

네 병이야 낫든말든 내 약값이나 내라는 격이다.
자신의 의무는 지키지 않고 자기 욕심만 충족시키는 사람을 비유하는 말.

늙으면 돈도 안 따른다.
늙어서 노동력이 쇠약하면 돈벌이도 잘 못하게 된다는 뜻.

늙으면 돈보다도 자식이다.
늙으면 몸을 의지할 자식이 돈보다 낫다는 뜻.

늙은이 망령에는 고기가 약이고, 아전衙前 망령에는 돈이 약이다.
늙은이가 쇠약하게 되면 고기로 보신을 해야 하고, 아전이 탈을 잡으면 돈을 주어 입을 막아야 한다는 뜻.
* 아전: 조선조의 하급관리.

단천端川놈 은값 떼듯 한다.
예전에 함경도 단천 은광에서 은을 채광한 사람들에게서 은값을 제때에 받듯이, 돈을 사정없이 받는 것을 비유하는 말.

닷 냥도 큰돈이다.
예전에 엽전 닷 냥은 가난한 사람들에게는 큰돈이었다는 뜻.

닷 돈짜리 말고기에도 서 푼어치 소금이 들어가야 맛이 난다.
고기도 맛있게 먹으려면 조미료가 들어가야 한다는 뜻.

닷 돈 출렴出斂에 두 돈 오 푼만 낸다.
(1) 제 의무를 다하지 못하여 남에게 업신여김을 받는다는 말.
(2) 몹시 인색한 짓을 한다는 뜻.

당백전當百錢이다.
(1) 조선조 말기에 통화를 일 대 백으로 팽창하였을 때 사용한 은전을 이르는 말.
(2) 하나가 백을 당할 정도로 강하다는 뜻.

도가집 우물은 물이 돈이다.
술도가집 우물은 술항아리에 물만 더 타면 술이 된다는 뜻.

도둑에도 옷 도둑이 있고 돈 도둑이 있다.
도둑 중에도 각각 전문적으로 도둑질하는 물건이 따로 있다는 뜻.

도리道理에 어긋나게 번 돈은 어긋나게 쓰게 된다.
부정하게 번 돈은 쓸 때도 역시 부정하게 쓰게 된다는 뜻.

독 속에 숨긴 돈도 남이 먼저 안다.
(1) 돈 버는 것은 남들이 먼저 안다는 뜻.
(2) 돈이 있고 없는 것은 남들이 더 잘 안다는 뜻.
(3) 돈은 도적맞기가 쉬우므로 간수를 잘하라는 뜻.

돈과 여색女色은 따라다닌다.
남자는 돈이 있으면 음란한 행동을 하게 된다는 뜻.

돈과 욕심은 늘수록 커진다.
돈을 벌면 벌수록 돈에 대한 욕심도 커진다는 뜻.

돈과 자식은 마음대로 되지 않는다.
누구나 다 돈은 많이 벌고 싶고 자식은 잘 낳고 싶지만 뜻대로 되지 않는다는 뜻.

돈과 재물은 모일수록 욕심이 생긴다.
돈과 재물은 벌면 벌수록 이에 대한 욕심도 커진다는 뜻.

돈궤 속과 마음속은 남을 보이지 않는다.
돈궤 속을 남에게 보이면 도둑맞기 쉽고, 마음속의 비밀을 남에게 보이면 일이 성사되지 못하게 된다는 뜻.

돈궤와 보지는 남을 보이면 도적맞는다.
돈을 도둑에게 보이면 도둑을 맞게 되고, 여자의 하체를 노출시키면 강간을 당하게 된다는 뜻.

돈꿈은 재수가 없다.
꿈에 돈을 보는 것은 재수가 없을 징조라는 뜻.

돈 나는 모퉁이가 죽는 모퉁이다.
생명을 걸고 이권을 다투는 것은 위험하다는 뜻.

돈 남아 주체 못한다는 사람 없다.
아무리 큰부자라도 돈이 모자라서 걱정하지 남아서 걱정하는 사람은 없다는 뜻.

돈 내고 돈먹기다.
돈을 내면 돈을 낸 것만큼 먹을 수 있다는 뜻.

돈 냄새는 천리를 풍긴다.
(1) 돈을 버는 것은 남들이 먼저 알게 된다는 뜻.
(2) 돈은 도적을 맞지 않도록 보관을 잘하라는 뜻.

돈 냄새 맡은 장님 웃듯 한다.
봉사가 어쩌다가 돈을 벌게 되면 매우 기뻐한다는 뜻.

돈 너무 많다는 사람 없다.
돈은 아무리 많아도 많아서 싫다는 사람 없다는 뜻.

돈 놓고는 못 웃어도 자식 놓고는 웃는다.
돈보다도 자식에 대한 애정이 더 귀중하기 때문에 가정에서는 아이가 있어야 기쁘게 살 수 있다는 뜻.

돈 놓고 돈먹기다.
돈을 떼일 염려가 없이 안심하고 돈벌이를 할 수 있다는 뜻.

돈 다음에 나온 놈이다.
돈이 좋아서 출생할 때 돈을 따라서 나왔다는 뜻으로서, 돈밖에 모르는 인색한 사람을 야유하는 말.

돈 도둑질은 안해도 논물 도둑질은 한다.
농민이 돈은 도둑질을 하지 않아도 가물 때 물 도둑질은 한다는 말.

돈 떨어지면 친구도 괄시한다.
돈 쓰던 사람이 패가하여 돈을 못 쓰게 되면 친구들까지도 멸시한다는 뜻.

돈 떨어지면 친구도 떨어진다.
돈 있던 사람이 패가하면 친한 친구도 점점 멀어지게 된다는 뜻.

돈 떨어지면 친구도 바뀐다.
친구는 끼리끼리 친하게 되므로 돈 있던 사람이 패가하면 돈 있던 친구는 떨어지고 가난한 친구와 새로 사귀게 된다는 뜻.

돈만 있으면 의붓자식도 효도한다.
돈 있는 의붓아비에게는 유산을 받으려고 의붓자식도 효도를 한다는 뜻.

돈 모아 줄 생각 말고 자식에게 글 가르치랬다.
자식에게는 돈을 물려 주는 것보다는 공부를 시켜 주는 것이 낫다는 뜻.

돈 반 밥 먹고 열네 닢 내놓고 사정한다.
(1) 돈 반인 열다섯 닢짜리 밥을 먹고 한 푼이 모자라는 열네 닢 내놓고 사정을 하듯이, 돈은 쓸 때 조금이라도 모자라면 못 쓰게 된다는 뜻.
(2) 남 줄 돈을 조금이라도 덜 주려고 하는 인색한 사람을 비유하는 말.

돈 벌면서 인심얻기는 어렵다.
남에게 후하게 하면서 돈을 벌기는 어렵다는 뜻.

돈복보다 자식복이 낫다.
자식 없이 잘 사는 것보다는 가난해도 자식이 있는 것이 더 낫다는 뜻.

돈 빌려 주는 날이 친구 잃는 날이다.
(1) 친한 사이에 돈 거래를 하다가는 흔히 돈도 못 받고 사이만 벌어진다는 뜻.
(2) 친한 사이에는 돈 거래를 하지 말라는 뜻.

돈 뺏은 사람은 도둑이 되고, 나라 뺏은 사람은 임금이 된다.
돈을 강도질한 사람은 강도죄로 벌을 받게 되지만, 쿠데타로 정권을 잡게 되면 임금이 되어 호화로운 생활을 하게 된다는 뜻.

돈·술·여자에 유혹되지 말아야 한다.
남자가 돈·술·여색 중 어느 하나에 빠지면 사람 구실을 못하게 된다는 뜻.

돈 앞에는 법도 없다.
무서운 법도 돈 앞에는 무력하다는 뜻.

돈 없이 되는 일 없다.
(1) 무슨 일이나 돈이 뒷받침이 되어야 이루어진다는 뜻.
(2) 돈의 위력이 크다는 뜻.

돈에는 교만이 따라다닌다.
돈 없을 때는 얌전하던 사람도 돈을 벌면 교만하게 된다는 뜻.

돈에는 근심 걱정이 따라다닌다.
돈은 없어도 근심 걱정이고, 있어도 근심 걱정은 없어지지 않는다는 뜻.

돈에는 반해도 사내에게는 반하지 말랬다.
화류계의 여성들은 돈 보고 따르지 사람 보고 따르지 않는다는 뜻.

돈에는 부모도 속인다.
(1) 금전 문제에 있어서는 부모에게도 바른말을 않고 속이는 경우가 있다는 뜻.
(2) 부모보다도 돈을 더 소중히 여긴다는 뜻.

돈에는 부자간에도 남이다.
돈에 있어서는 부자간에도 서로 각각 관리한다는 뜻.

돈에는 부자간에도 세어 주고 세어 받는다.
돈 거래에서는 부자간에도 서로 분명하게 주고받아야 한다는 뜻.

돈에는 부자간에도 속인다.
부자간에도 돈 문제는 서로 비밀을 지킨다는 뜻.

돈에 속고 사랑에 운다.
돈은 곧 해결될 것 같으면서도 해결이 되지 않아 곤란한 처지에 있고, 사람은 실연을 하여 이중으로 고민을 한다는 뜻.

돈에 울고 돈에 죽는다.
세상에는 돈 때문에 우는 사람도 많고 죽는 사람도 있다는 뜻.

돈에 웃고 돈에 운다.
돈이 생겼을 때는 좋지만, 돈에 실패했을 때는 고민을 하게 된다는 뜻.

돈에 유혹되어서는 안 된다.
관리가 돈에 눈이 어두워지면 정당하게 공무를 집행하지 못하게 된다는 말.

돈에 침 뱉는 놈 없다.
사람은 누구나 다 돈을 소중하게 여긴다는 뜻.

돈 원수 갚고 죽는 사람 없다.
(1) 돈을 소원대로 흡족하게 벌고 죽는 사람은 없다는 뜻.
(2) 돈의 욕망은 무한하다는 뜻.

돈으로 맺은 연분은 돈 떨어지면 그만이다.
금전관계로 서로 맺어진 사이는 돈 거래가 없어지면 자동으로 단절된다는 뜻.

돈으로 비단은 살 수 있어도 사랑은 살 수 없다.
돈으로 사치는 마음대로 할 수 있지만, 애정관계는 돈으로도 안 되는 경우가 있다는 뜻.

돈으로 정을 떼기는 쉬워도 붙이기는 어렵다.
금전 문제로 정분을 끊기는 쉬워도 정분을 사기는 어렵다는 뜻.

돈은 교만을 부른다.
가난해서는 점잖던 사람도 돈을 벌면 교만하게 되기가 쉽다는 뜻.

돈은 꾸어 주어도 외상은 못 준다.
장사하는 사람은 돈은 꾸어 줄지언정 외상을 주어서는 안 된다는 뜻.

돈은 나누어 주어도 복은 나누어 주지 못한다.
돈은 서로 나누어 쓸 수 있어도 복은 당사자밖에 못 가지게 된다는 말.

돈은 날개가 없어도 날아다닌다.
돈은 날개 없이도 잘 날아다니듯이, 널리 잘 돌아다닌다는 뜻.

돈은 눈이 멀었다.
돈은 눈이 멀었기 때문에 불쌍한 사람도 모른다는 뜻.

돈은 눈이 없다.
돈에 만일 눈이 있다면 가난하고 불쌍한 사람에게도 가겠지만, 눈이 없기 때문에 돈이 많은 사람에게로만 모인다는 뜻.

돈은 댄 사람이 주인이다.
어떤 사업에서나 사업을 창설한 사람이 주인이 되게 마련이라는 뜻.

돈은 더 받아도 물건을 속이지는 말랬다.
상인은 고객에게 값은 더 받아도 상품을 속여 팔아서는 안 된다는 뜻.

돈은 도적을 맞을 수 있어도 땅은 도깨비도 떠메고 간다.
경제가 불안정할 때는 돈으로 소유하고 있는 것보다는 부동산으로 소유하고 있는 것이 유리하다는 뜻.

돈은 돈다고 돈이다.
돈은 사람 손에서 손으로 돈다고 그 이름도 돈이라고 하였다는 말.

돈은 돌고돈다.
돈은 돌고돌기 때문에 누구든지 노력하면 얻을 수 있다는 뜻.

돈은 둔갑을 한다.
돈을 잘 굴리면 예상외로 소득이 있는 경우가 있다는 뜻.

돈은 드는 건 알아도 나는 건 모른다.
돈은 힘들게 벌기 때문에 들어오는 돈은 알아도 쓰기는 쉬워서 나가는 돈은 기억에 잘 안 남는다는 뜻.

돈은 드는 줄은 몰라도 나는 줄은 안다.
돈은 늘어나는 줄은 몰라도 그것이 줄어드는 것은 바로 알게 된다는 뜻.

돈은 뜬구름이다.
돈은 구름처럼 떠다니기 때문에 잡아서 차지하는 사람이 임자라는 뜻.

돈은 마음을 검게 하고, 술은 얼굴을 붉게 한다.
금전 문제에 있어서는 부정이 따르게 되고, 술은 모르게 먹어도 표가 난다는 뜻.

돈은 마음을 검게 한다.
금전 문제에 있어서는 비양심적으로 처리되는 경우가 많다는 뜻.

돈은 만악萬惡의 근본이다.
(1) 세상의 범죄가 모두 돈 때문에 발생된다는 뜻.
(2) 돈을 가지게 되면 욕심이 생겨 마음이 검어지게 된다는 뜻.
(3) 돈 앞에는 인정사정도 없다는 뜻.

돈은 많아도 교만하지 않다.
많은 경우에 돈이 있으면 교만해지는데 예외로 교만하지 않은 착한 사람도 있다는 뜻.

돈은 많아야 하고, 말은 적어야 한다.
돈은 많을수록 만족할 수 있고, 말은 삼갈수록 좋다는 뜻.

돈은 많아야 하고, 병은 없어야 한다.
돈이 많고 병이 없이 건강해야 행복하다는 뜻.

돈은 많을수록 더 갖고 싶어진다.
돈은 벌면 벌수록 더 많이 벌고 싶어진다는 뜻.

돈은 많을수록 좋고, 말은 적을수록 좋다.
돈은 많을수록 사업을 확대할 수 있어서 좋고, 말은 적을수록 실수를 하지 않으므로 좋다는 뜻.

돈은 발이 없어도 잘 돌아다닌다.
돈은 잘 돌아다니는 것이기 때문에 잘 지켜야 한다는 뜻.

돈은 뱅뱅 돌면서 가는 사람에게만 간다.
돈은 아무나 버는 것이 아니라 재복財福이 있어야 번다는 말.

돈은 버는 자랑 말고 쓰는 자랑 하랬다.
돈은 쓰기 위하여 벌기 때문에 쓰기를 잘 써야 한다는 뜻.

돈은 법法도 이긴다.
돈이 있으면 법망法網도 뚫을 수 있다는 말.

돈은 본래 썩은 흙과 같은 것이다.
돈을 가까이하면 인의예지仁義禮智를 흐리게 하므로 원래는 천대했던 것이라는 뜻.

돈은 사람의 마음을 검게 한다.
평소에 정직한 사람도 금전관계에 있어서는 부정을 하게 된다는 뜻.

돈은 선치부先置簿하고 후출급後出給한다.
금전관계에 있어서는 반드시 먼저 장부에 기장한 다음에 지불하는 것이 안전하다는 뜻.

돈은 싫든좋든 없어서는 못 산다.
돈은 본인의 의사와는 관계 없이 일상생활에 필요하다는 뜻.

돈은 쓰기에 달렸다.
돈은 씀씀이에 따라 좌우되기 때문에 항상 절약하여 사용하라는 뜻.

돈은 아침에 없었다고 저녁에도 없으라는 법은 없다.
돈 없는 사람이라고 항상 없이만 살라는 법은 없기 때문에 없고 가난한 사람도 언젠가는 잘 살 날이 있다는 뜻.

돈은 요물이다.
돈으로 인하여 해괴망측한 일이 생기게 된다는 뜻.

돈은 일생의 보물이다.
돈이 없이는 잠시라도 살아나갈 수 없다는 뜻.

돈은 임자가 따로 없다.
돈은 임자가 없는 것이기 때문에 부지런히 노력하는 사람은 얻을 수 있다는 뜻.

돈은 있다가도 없고 없다가도 있다.
돈의 소유는 고정불변한 것이 아니고 항상 유동적이라는 뜻.

돈은 좋은 하인이고 나쁜 상전이다.
돈이 있으면 무슨 일이나 수월하게 잘할 수 있지만, 돈이 없으면 돈에 매여서 고생도 하고 욕도 먹게 된다는 뜻.

돈은 주인이 따로 있다.
돈은 누구나 다 버는 것이 아니라 버는 사람이 따로 있다는 뜻.

돈은 지키기도 어렵다.
돈은 버는 것도 어렵지만 번 돈을 지키기도 어렵다는 뜻.

돈은 하루 아침에 얻기도 하고 날리기도 한다.
돈은 잘하면 벌고 잘못하면 날리게 되므로 신중히 생각하고 안전하게 처리하여야 한다는 뜻.

돈을 벌면 친구도 많아진다.
없던 사람이 돈을 벌게 되면 돈 있는 사람들과 사귀게 되므로 새로운 친구가 많이 생긴다는 뜻.

돈을 벌면 친구도 바뀌게 된다.
없는 사람이 부자가 되면 부자들과 사귀게 되므로 전에 사귀던 가난한 친구들과는 멀어지게 된다는 뜻.

돈을 쓰다가 못 쓰게 되면 공동묘지로 가야 한다.
부자가 패가하여 가난하게 살면 과거에 자기 밑에 있던 사람들에게도 괄시를 당하게 되므로 사는 것보다 죽는 것이 낫다는 뜻.

돈을 준다면 뱃속에 든 아이도 기어 나온다.
뱃속에 든 아이도 돈을 준다면 나올 정도로 어린아이도 돈을 좋아한다는 뜻.

돈을 형이라고 부른다.
구두쇠가 돈을 형과 같이 존대한다는 뜻.

돈을 훔친 사람은 사형을 받아도 나라를 훔친 사람은 임금이 된다.
돈을 훔친 사람은 극형極刑을 받을 수 있지만, 나라를 훔친 사람은 정권을 잡아 임금이 된다는 말.

돈의 가치는 쓰기에 달렸다.
돈의 가치는 잘 쓰면 빛나게 되고 잘못 쓰게 되면 가치를 상실하게 된다는 뜻.

돈이 농간弄奸을 부린다.
사람의 마음은 돈이 있을 때와 없을 때는 변하게 된다는 뜻.

돈이 많아도 교만하지 말아야 한다.
부자가 사람들에게 존경을 받고 못 받는 것은 교만 유무에서 결정되는 것이므로 이에 삼가라는 뜻.

돈이 많으면 교만해진다.
가난한 사람이 돈을 벌면 교만해지는 경우가 많다는 뜻.

돈이 많으면 부자고, 돈이 없으면 가난뱅이다.
부자와 가난뱅이의 차이는 돈이 많고 적은 것으로 결정된다는 뜻.

돈이 많으면 부자고, 돈이 없으면 거지다.
부자와 거지의 분류는 돈이 있고 없는 것으로써 분류한다는 뜻.

돈이 보배다.
돈으로 으스대는 사람을 두고 하는 말.
↔ 돈이 원수다.

돈이 사람을 따라야지 사람이 돈을 따라서는 안 된다.
부자가 되려면 재운이 있어야지 억지로 돈을 벌려고 하면 안 된다는 뜻.

돈이 사람을 따라야 한다.
재운이 있어야지 돈은 억지로 못 번다는 말.

돈이 사람을 속이지 사람이 돈을 속이나.
돈은 마음대로 되는 것이 아니기 때문에 본의 아니게 남을 속이는 경우가 있다는 뜻.

돈이 사람을 속인다.
돈은 예정대로 순환이 안 되는 경우가 많다는 뜻.

돈이 새끼친다.
돈은 본전에서 이자가 생기고, 그 이자에서 또 이자가 생기면서 증식된다는 뜻.

돈이 쌓이면 원망도 쌓인다.
부자가 되자면 부정한 짓도 하게 되므로 인심을 잃게 되는 경우가 많다는 뜻.

돈이 양반이다.
(1) 돈이 있으면 남들에게 대접을 받는다는 뜻.
(2) 돈이 있으면 신분도 높아진다는 뜻.

돈이 없으면 없는 죄도 있게 되고, 돈이 있으면 있는 죄도 없어지게 된다.
돈이 없으면 억울하게 벌을 받게 되고, 돈이 있으면 있는 죄도 교묘히 빠져 나가게 된다는 뜻.

돈이 없으면 할 말도 못한다.
돈 많은 사람 앞에서 돈 없는 사람은 발언권도 없다는 뜻.

돈이 요사를 부린다.
돈이 있으면 못하는 일이 없이 다한다는 뜻.

돈이 원수다.
(1) 돈으로 인해서 화를 입었을 때 하는 말.
(2) 돈이 없어서 고난을 받을 때 하는 말.
↔ 돈이 보배다.

돈이 있게 되면 교만해진다.
가난했던 사람도 돈이 있게 되면 교만해지게 된다는 뜻.

돈이 있으면 인색해진다.
돈이 많아질수록 돈에 대한 애착심이 강해지므로 인색하게 된다는 뜻.

돈이 있으면 합격이고, 돈이 없으면 떨어진다.
요즈음에는 흔히 학교 입학 시험에서 돈이 당락을 결정하는 부조리가 있다는 뜻.

돈이 화근禍根이다.
돈이 없으면 당하지 않을 화를 돈이 있었기 때문에 당하는 경우를 비유하는 말.

돈이 효자다.
(1) 돈이 있는 부모는 효도를 받게 된다는 뜻.
(2) 돈이 있어야 부모도 편히 모실 수가 있다는 뜻.

돈 잃고 병신 된다.
노름판에서 제 돈 잃고 사람 구실도 못하는 경우가 있다는 뜻.

돈 있을 때 마음과 돈 없을 때 마음은 다르다.
돈이 있을 때와 없을 때는 그 처한 환경이 다르기 때문에 마음도 다르게 된다는 뜻.

돈 자랑, 계집 자랑, 자식 자랑은 삼불출三不出이다.
돈 · 계집 · 자식 자랑을 하게 되면 남들이 조소하게 된다는 뜻.

돈 자랑과 계집 자랑은 말랬다.
돈은 많아도 자랑을 말아야 하고, 아내는 잘났어도 자랑을 삼가라는 뜻.

돈 자랑은 말아도 병 자랑은 하랬다.
돈 자랑을 하는 사람은 교만하지만, 병 자랑은 해야 그 병을 고칠 수 있다는 뜻.

〈돈〉자의 〈도〉도 모른다.
돈벌이에 대해서는 기초도 모르는 유치원생이라는 뜻.

돈 잘 쓰고 술 잘 먹으면 금수강산錦繡江山이요, 돈 못 쓰고 술 못 먹으면 적막강산寂寞江山이다.
잘 먹고 호화스럽게 생활하는 사람은 세상이 즐겁기만 하고, 굶주리고 고생하는 사람은 세상이 원망스럽기만 하다는 뜻.

돈장사하는 격이다.
돈으로 고리대금을 하듯이, 이득이 많다는 뜻.

돈 좋아하는 사람은 벼슬도 좋아한다.
돈에 대한 애착심이 강한 사람은 벼슬도 좋아하게 된다는 뜻.

돈 주고도 못 산다.
돈이 소중하지만 돈을 주고도 못 사는 귀중한 물건도 있다는 뜻.

돈 주고 못 사는 것은 지개志槪다.
돈으로 모든 물건은 살 수 있으나, 사람의 의지意志와 기개氣槪는 살 수 없다는 뜻.

돈 주고 병 얻는다.
(1) 돈을 잘못 쓰면 손해도 보고 근심 걱정도 하게 된다는 뜻.
(2) 자신의 잘못으로 고생을 하게 된다는 뜻.

돈 주고 종자種子는 사도 모는 못 산다.
씨앗은 돈을 주고 살 수 있지만, 모는 누구나 자기 소요량밖에 안 키우기 때문에 돈을 주고도 사지 못한다는 뜻.

돈지갑은 부자간에도 안 보인다.
금전관계에 있어서는 부자간에도 서로 비밀을 지킨다는 뜻.

돈 지고 저승 가는 사람 없다.
돈은 죽은 뒤에는 못 쓰는 것이므로 살아 있는 동안에 구두쇠 노릇만 하지 말고 쓸 데는 쓰라는 말.

돈하고 자식은 마음대로 되지 않는다.
일반 물건은 마음대로 만들 수 있지만, 돈과 자식은 아무리 애를 써도 마음먹은 대로 되지 않는다는 뜻.

돈하고 팽이는 돌아야 한다.
돈은 순환이 잘 되어야 여러 사람이 혜택을 받게 되고, 팽이놀이는 팽이가 계속 돌아야 흥미가 난다는 뜻.

돈 훔친 사람은 사형을 받고, 나라 훔친 사람은 임금이 된다.
남의 돈을 훔치면 응당 벌을 받게 되지만, 쿠데타로 정권을 잡게 되면 집권자로서 권세를 쓰게 된다는 뜻.

동풍에 닷 냥이다.
(1) 난봉이 나서 돈을 아끼지 않고 함부로 쓰는 사람을 비웃는 말.
(2) 바람이 나서 있는 돈을 다 쓰고 빈손이 되었다는 뜻.

돼지값이 칠 푼이고, 나무값이 서 돈이다.
돼지값보다 돼지를 삶는 나무값이 더 많듯이, 일이 뒤바뀌었다는 뜻.

돼지 꿈을 꾸면 돈이 생긴다.
돼지 꿈은 돈이 생길 수 있는 길몽吉夢이라는 뜻.

돼지 팔아 한 냥, 개 팔아 닷 돈 해서 양반이다.
양반이 지체가 좋아서 양반兩班이 아니라 돼지와 개를 판 값이 양반兩半이라는 뜻으로서, 상사람이 양반을 조롱하는 말.

들어오는 돈은 꾼돈이요, 나가는 돈은 생돈이다.
벌어들이는 것 없이 남의 빚으로만 생활을 한다는 말.

들어오는 돈은 몰라도 나가는 돈은 안다.
돈은 모아지는 것은 잘 몰라도 쓰는 것은 완연히 표가 난다는 뜻.

들어오는 돈이 있어야 나가는 돈도 있다.
돈도 벌어들여야 쓸 수가 있다는 말.

들은 천 냥이고 본 백 냥이다.
소문으로 많다고 하는 것보다는 눈으로 직접 본 것이 적어도 확실하다는 뜻.

등잔불에 불똥이 생기면 돈이 생긴다.
등잔불 꼭지에 불똥이 생기는 것은 돈이 생길 길조吉兆라는 뜻.

땀 흘려 번 돈이 오래 간다.
정신적으로나 육체적으로 힘들여서 번 돈은 아껴 쓰게 된다는 뜻.

땅을 파면 금은 나와도 돈은 안 나온다.
일상생활에서는 금보다는 돈이 더 소중하다는 뜻.

똥 마다다는 개 없고, 돈 마다다는 사람 없다.
사람은 누구나 다 돈을 탐낸다는 뜻.

마뜩찮은 놈이 노잣돈〔路資金〕 달란다.
건방지고 보기 싫은 놈이 노잣돈까지 달라고 하듯이, 미운 놈은 미운 짓만 한다는 뜻.
* 노잣돈: 여비.

많은 돈도 아깝지 않다.
기분이 좋을 때 쓰는 돈은 많이 써도 아까운 줄을 모른다는 뜻.

맏딸은 돈 주고도 못 산다.
(1) 맏딸은 어머니 일을 많이 도와 주는 매우 소중한 딸이라는 뜻.
(2) 맏딸을 낳고 서운하게 여기는 산모를 위로하는 말.

말 많은 건 못 써도 돈 많은 건 좋다.
말이 많은 것은 쓸모가 없지만 돈은 많을수록 좋다는 뜻.

말은 적어야 하고, 돈은 많아야 한다.
말은 적게 하는 것이 이롭고, 돈은 많은 것이 이롭다는 뜻.

말을 하면 백냥금이고, 말을 않으면 천냥금이다.
무슨 일에서나 말을 많이 하는 것보다는 쓸 말만 하는 것이 더 효과가 있다는 뜻.

맑은 바람과 맑은 달은 돈 주고 사지 않는다.
자연은 인간에게 대가代價도 받지 않고 제공하여 준다는 뜻.

머리칼 세 오리에 한 냥짜리 은비녀다.
여자 머리에 치장한 비녀가 격에 맞지 않아 보기에 흉하다는 뜻.

모자는 빨리 벗고 지갑은 늦게 꺼내랬다.
인사는 상대방보다 먼저 하고, 여러 사람과 회식會食하였을 때는 돈을 늦게 내는 것이 실속이 있다는 뜻.

목돈도 푼돈에서 시작된다.
목돈도 푼돈을 절약해서 모은 돈이라는 뜻.

목돈도 풀어야 쓴다.
저축한 목돈도 쓸 때는 조금씩 풀어서 쓰게 된다는 뜻.

무곡쌀 한 말에 칠 푼 오 리를 해도 오 리가 모자라면 못 산다.
쌀 한 말 값이 칠 푼 오 리라해도 오 리가 모자라면 못 사듯이, 하찮은 오 리가 없어서 큰일이 낭패되는 경우가 있으므로 푼돈도 소중히 여기라는 뜻.
* 무곡쌀: 제주도 무곡산 쌀.

무당판에 헛돈 쓴다.
돈을 주어 무당굿을 해봤자 아무 소용이 없듯이, 성과 없는 일은 손해만 본다는 뜻.

무식하고 돈 없는 놈이 술집 담벽에 술값 긋듯 한다.
무식한 사람이 단골 술집에서 외상술을 먹고 나서 작대기로 벽에 금을 긋듯이, 무식한 사람도 나름대로 표시를 한다는 뜻.

묵은 쌀 한 말에 칠 푼을 해도 오 리가 모자라면 못 산다.
적은 돈이라고 가소롭게 여기다가는 낭패를 당하는 일이 있게 된다는 뜻.

묵은 치부책置簿册이다.
돈 받을 것을 기록한 장부가 오래 묵어서 소용이 없게 되듯이, 시효가 지나면 쓸모가 없게 된다는 뜻.
* 치부책: 받을 돈을 기록한 장부.

물건을 모르거든 돈을 많이 주고 사랬다.
상품의 가치를 분별 못하거든 값비싼 것을 사라는 뜻.

물에 빠지면 주머니부터 뜰 처지다.
물에 빠지면 돈 없는 주머니밖에 뜰 것이 없듯이, 주머니에 돈이 한 푼도 없다는 뜻.

물장수는 돈장수다.
술장수는 술에 물만 타면 물도 돈이 되기 때문에 이득이 많다는 뜻.

미인 싫다는 사람 없고, 돈 마다다는 사람 없다.
누구나 예쁜 여자와 돈은 다 좋아한다는 뜻.

밉다니까 돈 꿔 달란다.
미운 사람이 돈 꾸어 달라고 하듯이, 미운 사람은 미운 짓만 한다는 뜻.

바람이 불려거든 돈바람이 불고, 풍년이 들려거든 임풍년이 들어라.
바람이 불려거든 돈바람이 불어서 없는 사람들도 돈을 가질 수 있도록 하고, 풍년이 들려거든 총각풍년이 들어서 시집 못 간 처녀들이 다 시집을 갈 수 있도록 하여 살기 좋은 세상이 되기를 바란다는 뜻.

바람이 불려면 돈바람이 불어라.
바람이 불려거든 돈바람이 불어서 없는 사람들이 다 부유한 생활을 하게 되기를 바란다는 뜻.

발 없는 돈이 돌아다닌다.
돈은 발이 없어도 사람들 손에서 손으로 잘 돌아다닌다는 말.

방 안에서 큰 지네가 나오면 돈이 생긴다.
방 안에 큰 지네가 있는 것은 돈이 생길 길조라는 뜻.

방 안으로 그리마가 들어오면 돈이 생긴다.
밖에 있는 그리마가 방 안으로 들어오는 것은 돈이 생길 길조라는 뜻.

배를 곯아 봐야 돈 귀한 줄을 안다.
고생을 해봐야 돈이 얼마나 귀중한가를 알게 된다는 뜻.

병은 귀신이 낫게 하고, 돈은 무당이 받는다.
(1) 일한 사람은 따로 있는데 엉뚱한 사람이 이득을 본다는 뜻.
(2) 권력을 가진 사람은 약한 사람을 착취한다는 뜻.

병 자랑은 해도 돈 자랑은 말랬다.
병 자랑을 하면 병을 고칠 수 있는 말을 듣게 되지만, 돈 자랑을 하면 도둑맞을 수도 있으니 삼가라는 뜻.

보지와 돈궤는 남을 보이면 도적맞는다.
여자의 음부와 돈궤를 사람들에게 보이면 도적을 맞게 되므로 간수를 잘하라는 뜻.

복은 나누지 못해도 돈은 나눈다.
복은 서로 나눌 수 없어도 돈은 서로 나누어 가질 수 있다는 뜻.

복은 돈복보다 자식복이 낫다.
재산이 좋다 해도 자식만은 못하다는 뜻.

복은 돈을 주고도 못 산다.
물건은 돈으로 다 살 수 있지만 복은 돈으로도 못 사듯이, 복이 돈보다 더 소중하다는 뜻.

봄 돈 칠 푼은 하늘도 안다.
옛날 농촌에서는 곡식을 팔아야 돈이 되기 때문에 가을에는 돈이 있지만, 봄에는 먹고 살 양식조차 없으므로 돈이 매우 귀하다는 뜻.

봉사도 돈은 알아본다.
소경이 돈은 보지 못해도 촉감으로 분별한다는 뜻.

부모는 자식에게 주고 남은 돈을 쓰고, 자식은 부모에게 쓰고 남은 돈을 준다.
부모의 마음과 자식의 마음은 돈을 주고받는 데서도 명백히 드러난다는 뜻.

부모도 늘그막에는 자식 촌수보다 돈 촌수가 가까워진다.
(1) 늙어서 저축한 돈도 없고, 자식 또한 보급하여 주지 않으면 늙은이 노릇을 제대로 못하게 된다는 뜻.
(2) 늙어서도 돈이 있어야 산다는 뜻.

부모 송장 팔아 돈 번다.
요즈음에는 부모가 죽은 부고를 친한 사람에게만 보내지 않고 돈이 나올 만한 사람에게 보내서 부의금을 모으게 된다는 뜻.

부모 촌수보다 돈 촌수가 가깝다.
요즈음에는 부모에 대한 애정보다 돈에 대한 애착심이 더 강하게 되는 경향이 있다는 뜻.

부자간에도 돈지갑은 보이지 않는다.
부자간에도 금전 문제는 서로 비밀을 지키게 된다는 뜻.

부자는 부자父子라도 돈 부자富者는 아니다.
돈이 있는 부자가 아니라 아버지와 아들인 부자라는 뜻.

부자집 외상보다 거지 맞돈이 낫다.
상업에서는 외상보다 현금이 더 소중하다는 뜻.

부자 천 냥보다 과부 두 푼 정성이 더 크다.
돈 많은 부자가 천 냥을 공양하는 것보다 가난한 과부가 두 푼을 공양하는 것이 정성에서는 더 크듯이, 정성은 돈으로 평가되는 것이 아니라는 뜻.

부자 칭찬은 돈 칭찬이다.
부자를 칭찬하는 것은 돈으로 사회사업을 하였다는 말이므로 결국은 돈 칭찬에 불과하다는 뜻.

부정하게 번 돈은 부정하게 나간다.
부정하게 번 돈은 부정하게 쓰게 되므로 돈은 정직하게 벌어야 한다는 뜻.

부처님도 돈이 있어야 영험靈驗이 있다.
무슨 일에서나 경제적 뒷받침이 있어야 한다는 뜻.

부처도 돈 마다다는 부처 없다.
훌륭한 사람이라도 돈을 마다다는 경우는 없다는 뜻.

부처도 돈이라면 뒤로 손 내민다.
겉으로는 점잖은 척하는 사람도 뒤로는 돈에 대한 부정이 있다는 뜻.

불공도 돈이 있어야 한다.
무슨 일이나 돈이 있어야 한다는 뜻.

비가 오려거든 돈비가 오고, 바람이 불려거든 임바람이 불어라.
없는 사람들에게는 돈비가 와서 돈을 흡족하게 가질 수 있게 하고, 애인이 없는 사람에게는 애인이 생겨서 행복하게 살게 되기를 바란다는 뜻.

빚 주고 못 받으면 친구 잃고 돈 잃는다.
친한 사이에 빚을 주면 친구도 잃고 돈도 잃게 되는 경우가 있으므로 친한 사이에는 돈 거래를 하지 말라는 뜻.

뺑덕어미 살구값이 쉰 냥이다.
심봉사 부인 뺑덕어미가 살림할 돈으로 살구를 잘 사먹어 살림을 못하듯이, 살림을 못한다는 뜻.

뺑덕어미 엿값이 서른 냥이다.
뺑덕어미는 살림할 돈으로 엿을 잘 사먹듯이, 살림을 아주 못한다는 뜻.

사내는 돈을 잘 써야 하고, 여자는 물을 잘 써야 한다.
남자는 돈을 아껴 써서 저축을 해야 하고, 여자는 살림을 아껴서 해야 가정이 부유하게 된다는 뜻.

사내는 뒷간을 가도 돈 열 냥은 넣고 가랬다.
남자는 어디를 가나 돈을 항상 지니고 다녀야 한다는 뜻.

사내는 죽을 때 계집과 돈을 머리맡에 놓고 죽으랬다.
남자가 죽을 때는 유산을 남기고 죽되 아내 먼저 죽는 것이 행복하다는 뜻.

사람값도 돈이 있어야 값이 나간다.
사람이 잘나고 못난 것은 인격에도 있지만 재력財力에 따라서도 평가된다는 뜻.

사람 나고 돈 났다.
돈이 귀중하다고 해도 돈보다 사람이 더 귀중하다는 뜻.

사람 나고 돈 났지 돈 나고 사람 났다더냐.
(1) 돈이 소중하기는 하지만 돈보다는 사람이 더 소중하다는 뜻.
(2) 돈 없다고 사람을 무시해서는 안 된다는 뜻.

사람 노릇도 돈이 있어야 한다.
사람 구실도 돈이 없으면 못하기 때문에 사람은 돈이 필요하다는 뜻.

사람은 돈과 싸우다가 죽는다.
사람은 일생을 돈벌이만 하다가 죽게 된다는 뜻.

사람은 돈이 없어서 못 사는 것이 아니라 명이 모자라 못 산다.
사람이 사는 것은 타고난 명대로 살고, 잘 살고 못 사는 것은 돈복에 달렸다는 뜻.

사람은 움직이면 돈이다.
돈은 인간이 움직일 때 윤활유의 역할을 한다는 뜻.

사람이 돈 없다고 못 사는 법 없다.
사람이 돈이 없으면 고생을 할 뿐이지 죽는 것은 아니라는 뜻.

사람이 돈을 따를 것이 아니라 돈이 사람을 따라야 한다.
사람이 돈을 따르게 되면 고생스럽고, 돈이 사람을 따르게 되면 부유해진다는 뜻.

사람이 돈을 부리는 것이 아니라 돈이 사람을 부린다.
기관이나 기업체에서는 수많은 사람들이 규정에 의하여 일하게 된다는 뜻.

사람이 좋으면 돈이 헤프고, 논이 좋으면 물이 헤프다.
영악하지 못한 사람은 돈에 고생을 하게 되고, 물이 헤픈 논에는 물관리를 잘해야 농사를 잘할 수 있다는 뜻.

사람이 좋으면 돈이 헤프다.
인정이 많은 사람은 돈 거래에서 야박하게 하지 않기 때문에 돈이 헤프다는 뜻.

상계喪契 돈에도 개평 뗀다.
아무리 급한 돈이라도 개평은 뗄 수 있다는 뜻.
* 개평: 노름판에서 공으로 떼는 돈.

상금이 크면 용감한 사람이 나온다.
상금이 클수록 참여하는 사람도 많을 뿐만 아니라 결사적으로 행동하게 되므로 용감한 사람이 나타나게 된다는 뜻.

상납上納 돈도 잘라 쓴다.
급하게 돈 쓸 일은 있고 주머니에 돈이 없을 때는 공금公金이라도 쓰게 된다는 뜻.

생강장수 매끼돈도 떼어먹겠다.
빚을 많이 진 사람은 아무 돈이나 염치없이 다 떼어먹는다는 뜻.
* 매끼돈: 끈에 꿰어둔 돈.

생색 없는 돈이다.
생색이 나지 않는 음달 돈을 쓴다는 말.

서 푼 값도 안 된다.
상품 가치가 단돈 서 푼어치도 안 되는 싼 물건이라는 뜻.

서 푼 밥 먹는 놈이 심부름은 잦다.
조그마한 이득이 수고는 더 많다는 뜻.

서 푼 주고 집 사고, 천 냥 주고 친구 사랬다.
주거지를 선택할 때는 집 좋은 것을 선택하지 말고, 이웃 좋은 곳을 선택하라는 뜻.

서 푼 주제에 매화타령한다.
(1) 못난 주제에 술 먹고 매화타령만 하고 놀 듯이, 못난 짓만 한다는 뜻.
(2) 격에 맞지 않은 행동을 한다는 뜻.

서 푼짜리 낫 벼리듯 한다.
서 푼 주고 낫 벼린 것을 자꾸 미루듯이, 하찮은 일을 하지 않고 미루기만 한다는 뜻.

서 푼짜리 소는 이빨도 들춰 보지 말랬다.
지나치게 싼 물건은 아예 살 생각조차 하지 말라는 뜻.

서 푼짜리 장사도 운이 좋아야 한다.
상품 가치가 없는 싼 물건도 운이 좋으면 장사가 잘 된다는 뜻.

석 냥짜리 말은 이도 들춰 보지 말랬다.
값싼 말은 쓸모가 없듯이, 너무 값싼 물건은 아예 사지를 말라는 뜻.

섣달에 돈을 빌리면 복이 나간다.
섣달에는 돈을 갚는 달인데, 반대로 빌리는 것은 빚이 늘어 가난하게 된다는 뜻.

세 닢 주고 집 사고, 천 냥 주고 이웃 사랬다.
주거지를 선택할 때는 좋은 집을 사려고 하지 말고, 이웃 좋은 곳을 선택하라는 뜻.

세상 인심은 돈 있는 집으로 쏠린다.
세상 인심은 이해관계가 있는 곳으로 집중하게 된다는 뜻.

소경도 돈은 알아본다.
소경이 돈을 보지는 못하나 만져만 보고도 잘 안다는 뜻.

손등이 얼굴색보다 검으면 돈이 안 붙는다.
관상학적으로 손등이 얼굴색보다 검은 사람은 재복이 없다는 뜻.

손발에 풀기가 없어지면 돈도 안 붙는다.
돈은 젊어서 벌어야지 늙어서 동작이 느리게 되면 돈벌이를 하지 못하게 된다는 뜻.

손으로 천금을 희롱한다.
경제적으로 부유한 사람은 거액의 돈을 소유하고 있다는 뜻.

송금送金은 떼고, 말은 보탠다.
금전은 취급하게 되면 쓰게 되고, 말은 할수록 더하게 된다는 뜻.

술 · 계집 · 돈에 유혹되지 말아야 한다.
남자는 술과 여자와 돈에 유혹되면 몸을 망치게 되므로 삼가라는 뜻.

술은 얼굴을 붉게 하고, 돈은 마음을 검게 한다.
술을 마시면 얼굴에 나타나게 되고, 돈을 탐욕하면 비리를 저지르게 된다는 뜻.

시간은 돈을 얻을 수 있으나 돈은 시간을 얻을 수 없다.
돈이 소중하지만 돈보다도 더 소중한 것이 시간이라는 뜻.

시간은 돈이다.
시간을 잘 활용하면 돈을 벌게 되므로 시간을 낭비하지 말라는 뜻.

시간은 황금을 얻을 수 있지만, 황금은 시간을 얻지 못한다.
돈이 소중하지만 돈보다도 더 소중한 것이 시간이므로 시간을 아끼고 잘 활용하라는 뜻.

시간은 황금이다.
일을 하게 되면 돈을 벌 수 있으므로 시간을 잘 활용하라는 뜻.

시앗은 돈 떨어지는 날이 가는 날이다.
돈에 반해서 첩살이하는 여자는 남편이 패가하면 이혼하게 된다는 뜻.
* 시앗: 남편의 첩.

시재時財가 단골이다.
돈이 없을 때는 단골집에 가서 외상으로 사야 한다는 뜻.
* 시재: 현재 가지고 있는 돈.

신용이 있으면 싼 이잣돈 쓰고, 신용이 없으면 비싼 이잣돈 쓴다.
금전 거래에서는 신용을 얻으면 남보다도 우대를 받게 된다는 뜻.

싸라기 한 말에 칠 푼 오 리를 해도 오 리가 모자라면 못 산다.
하찮은 돈이라고 우습게 여기다가는 고생하는 경우가 있으므로 푼돈이라도 소중히 여겨야 한다는 뜻.

쓰레기와 돈은 쌓일수록 더러워진다.
쓰레기는 쌓이면 쌓일수록 더럽듯이, 재산도 많이 모이게 되면 교만해진다는 뜻.

아이 놓고는 웃어도 은銀 놓고는 못 웃는다.
어린아이를 앞에 놓고는 웃지만 재물을 놓고는 못 웃듯이, 재물보다는 자식이 낫다는 뜻.

아침 거미는 돈이고, 저녁 거미는 근심이다.
집 안에 거미가 아침에 줄을 치는 것은 돈이 생길 길조吉兆고, 저녁에 줄을 치는 것은 근심이 생길 징조라는 뜻.

아침에 거미를 보면 돈이 생긴다.
아침에 거미를 보면 돈이 생길 징조라는 뜻.

아침에 흰 말을 보면 그날 돈이 생긴다.
귀한 흰 말을 아침에 보는 것은 재수가 있을 징조라는 뜻.

약은 돈 주고 사먹어야 약효가 있다.
약은 돈을 주고 사먹어야 효과가 있지 공으로 얻어먹는 것은 약효가 없다는 뜻.

양반兩班 양반兩半 개 팔아 두 냥 반, 돼지 팔아 석 냥 반, 소 팔아 넉 냥 반이다.
상사람들이 양반을 조롱하는 말로서, 개·돼지·소를 팔아도 다 양반보다 값이 많기 때문에 양반은 짐승만도 못하다는 뜻.

양반兩班 양반兩半 개 팔아 두 냥 반이다.
개값은 두 냥 반인데 양반은 한 냥 반밖에 안 되므로 양반이 개만 못하다는 뜻으로서, 상사람들이 양반을 조롱하는 말.

양반인가 두 냥 반인가.
양반은 한 냥 반이므로 돈 두 냥 반만도 못하다는 뜻.

어려서 고생은 돈을 주고도 못 산다.
어려서 고생한 사람은 자라서 어떤 고난이라도 극복하고 성공할 수 있다는 뜻.

어림 칠 푼도 없는 소리다.
절대로 되지 않을 소리를 한다는 뜻.

어머니는 살아선 서 푼〔三分〕인데, 죽고 나면 만 냥 된다.
어머니의 은덕은 살아 계실 때는 크게 느끼지 못하지만, 돌아가신 후에는 한없이 크다는 것을 깨닫게 된다는 뜻.

얼굴색보다 손등이 검으면 돈이 안 붙는다.
손등색이 얼굴색보다 검으면 재복이 없다는 뜻.

얼굴에서 쌀이 나오나 돈이 나오나.
사람은 얼굴 잘생긴 것만 보지 말고 마음씨 착한 사람을 고르라는 뜻.

없는 놈 돈이 더 헤프다.
가난한 살림살이는 돈을 아껴 써도 원체 없는 것이 많아서 돈 쓸 데가 많다는 뜻.

없는 놈은 남의 돈 구경도 못한다.
없는 사람은 돈 있는 사람과 접촉할 기회가 적으므로 남의 돈을 구경하기가 어렵다는 뜻.

없는 놈은 남의 돈 만져도 못 본다.
없는 사람은 남에게서 빚을 얻으려고 해도 얻을 수가 없다는 뜻.

없는 놈은 빚이 밑천이다.
없는 사람은 남에게 빚을 얻어 쓰는 것이 유일한 밑천이라는 뜻.

없는 놈이 돈을 벌면 없는 놈 사정 더 모른다.
구차했던 사람이 돈을 벌게 되면 구두쇠가 되기 때문에 구차한 사람을 동정하지 않는다는 말.

없다없다 해도 있는 것이 빚이다.
빚이 많은 사람은 남의 빚을 잊고 있다가 독촉을 받고서야 깨닫는 경우가 있다는 뜻.

여자는 몸으로 때우고, 남자는 돈으로 때운다.
어떤 일을 할 때 남자는 돈으로 해결하지만 여자는 몸으로 해결하는 경우가 있다는 뜻.

여자는 치맛자락만 들어도 돈이 들어온다.
여자는 육체적 노동을 하지 않고 매음만 해도 돈을 벌 수 있다는 뜻.

여자 보지와 돈지갑은 남을 보이면 도적맞는다.
여자의 음부와 돈지갑은 남이 보지 않게 간수를 잘해야 한다는 뜻.

여자 싫다는 놈 없고, 돈 마다다는 놈 없다.
남자는 누구나 여자와 돈은 다 좋아한다는 뜻.

여자에게 돈 맡기는 것은 어린아이에게 칼 맡기는 것과 같다.
예전에는 여자가 가정에 갇혀서 생활을 하였기 때문에 돈을 아내에게 맡기는 것이 불안하였다는 뜻.

연고 없이 생긴 돈은 화를 입게 된다.
정당하게 벌지 않고 음성으로 번 돈은 화를 입게 될 수 있다는 뜻.

열 냥 부조는 못할망정 백 냥짜리 젯상은 치지 말랬다.
남을 도와 주지는 못할망정 남에게 손해를 끼쳐서는 안 된다는 뜻.

엽전葉錢 뒷글자 같다.
예전 동전인 엽전 뒷글자에 불분명한 것이 있듯이, 무슨 일이 분명하지 못한 것을 비유하는 말.

엽전에도 안팎이 있다.
무슨 일에나 일은 분명하게 처리해야 한다는 뜻.

엽전葉錢이다.
(1) 돈은 돈이라도 쓰지 못하는 돈이라는 뜻.
(2) 일정 시대에 조선인 대학생은 취직이 어려울 정도로 박대를 당하였다는 뜻.
(3) 해방 후에는 한국, 또는 한국인이라는 뜻.

예전에는 덕으로 살았고, 지금은 돈으로 산다.
예전의 생활철학은 도덕을 바탕으로 하였지만, 지금은 경제본위로 생활을 한다는 뜻.

오 푼 밥 먹는 놈이 심부름은 잦다.
남을 이롭게는 못하면서 피해만 끼친다는 뜻.

오 푼 쓰고 한 냥 갚는다.
조그마한 이득을 얻으려다가 큰 손해를 보게 되었다는 말.

은전銀錢에도 안팎이 있다.
아무리 좋은 것이라도 좋고 나쁜 데가 있다는 뜻.

음식은 남을 주어도 돈은 남을 안 준다.
음식은 서로 나누어 먹지만 돈은 서로 나누어 쓰는 일이 없다는 뜻.

의붓아비도 돈만 있으면 효도받는다.
의붓자식이 의붓아비에게 효도하는 일은 없지만, 의붓아비가 돈이 많을 때는 유산을 받기 위하여 효도를 하게 된다는 뜻.

이익은 혼자 먹어서는 안 된다.
남이 개입된 일에 이익을 독식하게 되면 반드시 시비가 발생한다는 뜻.

인사하는 데 돈 든다더냐.
인사하는 데 돈 드는 것 아니므로 아는 사람끼리는 다정하게 인사를 하라는 뜻.

인심은 돈 있는 집으로 몰린다.
돈 있는 사람이 자선사업도 하므로 인심은 돈 있는 사람에게 몰리게 된다는 뜻.

인심 좋은 사람은 돈이 헤프다.
인심이 좋은 사람은 동정심이 많기 때문에 돈 씀씀이가 헤프다는 뜻.

일촌의 광음은 일촌의 금이다.
일분 일초의 짧은 시간도 금과 같이 귀중하다는 뜻.

있는 것 같으면서도 없는 것이 돈이다.
돈을 계산해 보면 있을 것 같지만, 쓸려고 보면 돈이 모자라는 경우가 흔히 있다는 뜻.

있다가도 없고 없다가도 있는 것이 돈이다.
돈은 항상 유통되기 때문에 때로는 돈이 없을 때도 있게 마련이라는 뜻.

있다있다 해도 없는 것이 돈이다.
있는 것 같으면서도 쓰려고 보면 없는 것이 돈이라는 말.

있으면 쓰는 것이 돈이다.
돈은 있게 되면 안 쓸 것도 쓰게 되는 경우가 있다는 뜻.

자손의 현명은 돈으로도 못 산다.
자손의 현명은 돈으로도 살 수 없기 때문에 가르쳐야 한다는 뜻.

자식과 돈은 마음대로 되지 않는다.
자식을 낳고 키우는 것과 돈을 버는 것은 누구나 마음대로 되지 않는다는 뜻.

자식 놓고는 웃어도 돈 놓고는 못 웃는다.
자식은 앞에 놓고 웃을 수 있지만 돈은 놓고 웃지 못하듯이, 돈보다는 자식이 낫다는 뜻.

자식 돈은 자식 눈치를 봐가며 쓴다.
늙어서 자식에게 의존한 부모는 돈을 쓸 때 자식 생각을 하면서 쓰게 된다는 뜻.

자식복이 돈복보다 낫다.
돈 있고 자식 없는 것보다는 돈 없고 자식 있는 것이 낫다는 뜻.

자식에게 돈 줄 생각 말고 글 가르쳐 주랬다.
돈을 아껴서 자식에게 물려 주는 것보다는 그 돈으로 자식을 교육시키는 것이 낫다는 뜻.

자식에게 돈 줄 생각 말고 책 줄 생각 하랬다.
자식에게 재산을 물려 주는 것보다는 그 돈으로 자식을 교육시키는 것이 더 낫다는 뜻.

자식은 부모에게 쓰고 남은 돈을 주고, 부모는 자식에게 주고 남은 돈을 쓴다.
자식이 부모에게 돈을 줄 때는 쓰고 남은 돈이 있어야 주지만, 부모는 자식이 돈을 달라면 자신이 쓸 돈에서 먼저 주듯이, 자식이 부모에 대한 정보다 부모가 자식에 대한 정이 월등히 크다는 뜻.

자식 주머니 돈은 사돈네 돈이고, 남편 주머니 돈은 내 돈이다.
여자는 남편 돈은 임의롭게 쓸 수 있지만, 자식 돈은 마음대로 쓰지 못한다는 뜻.

자식 주머니 돈은 사돈네 돈이다.
늙은 부모가 자식에게 의존하게 되면 자식에게 돈 얻어 쓰는 것이 뜻대로 안 된다는 뜻.

잔치돈은 떼어먹어도 초상돈은 못 떼어먹는다.
결혼할 때 진 빚은 떼어먹어도 초상 때 진 빚은 떼어먹으면 고인에게 불명예스럽게 되므로 떼어먹지 못한다는 뜻.

장사꾼 돈 벌어 좋고, 손님은 물건 사서 쓰니 좋다.
물건을 사고 파는 것은 한편만 좋은 것이 아니라 양편이 다 좋다는 뜻.

장은 담가두면 돈이 된다.
장은 담가두면 장 없는 사람들이 사가게 된다는 뜻.

장인 돈 떼어먹듯 한다.
장인 장모에게 사랑을 받는 사위가 처갓집 돈을 떼어먹듯이, 친한 사람의 돈을 염치없이 떼어먹는 사람을 비유하는 말.

재떨이와 부자는 모일수록 더럽다.
재떨이에는 담뱃재가 쌓일수록 더럽고, 부자는 돈을 모을수록 인색하고 교만하게 된다는 뜻.

재주는 곰이 넘고, 돈은 되놈이 받는다.
(1) 일하는 사람은 따로 있고, 이득을 보는 사람은 따로 있다는 뜻.
(2) 약한 자를 강자가 착취한다는 뜻.

저 돈 칠백 냥이 들어오거든.
확실한 기약은 할 수 없으나 참고 기다려 달라는 말.

저승에도 돈이 있어야 간다.
사람이 죽으면 염할 때 저승에 가서 먹을 양식 만 섬이라면서 입에 쌀을 넣어 주고, 엽전을 품에 넣어 주면서 저승 가는 노잣돈 천 냥이라고 하는 데서 유래된 말.

절 돈이 중의 돈이요, 중의 돈이 절 돈이다.
한집안에서는 네 돈 내 돈을 따질 필요가 없다는 뜻.

젊어 고생은 돈 주고도 못 산다.
젊어서 고생한 사람은 어떤 고난이라도 극복하고 성공할 수 있다는 뜻.

젊은 부부간 싸움은 사랑 싸움이고, 늙은 부부간 싸움은 돈 싸움이다.
젊은 부부간의 싸움의 대부분은 애정관계로 인한 싸움이고, 늙은 부부간의 싸움은 돈관계로 싸우게 된다는 뜻.

제 빚은 제가 갚아야 한다.
(1) 자신이 진 빚은 당연히 자신이 갚아야 한다는 뜻.
(2) 자신이 진 죄는 자신이 받아야 한다는 뜻.

주머니에 돈이 떨어지면 마음은 무거워진다.
돈이 떨어지면 당장 곤란을 받게 되므로 걱정이 된다는 뜻.

지혜는 돈 주고도 못 산다.
사람의 지혜는 배워야 얻게 되지 돈으로는 살 수 없다는 뜻.

집 가지는 것보다 돈 가지는 것이 낫다.
부동산을 가지는 것보다 현금을 가지고 돈놀이하는 것이 더 유리하다는 뜻.

짧은 시간도 돈이다.
시간은 곧 돈이므로 짧은 시간이라도 돈을 아끼는 마음으로 아껴야 한다는 뜻.

처가집 돈으로 장가를 갔더니 동네 머슴 좋은 일만 시켰다.
이유 없이 남의 덕을 보는 것은 불행이 따르게 된다는 뜻.

처녀 불알은 돈을 주고도 못 산다.
(1) 없는 것은 돈을 주어도 못 구한다는 뜻.
(2) 돈으로도 안 되는 일이 있다는 뜻.

천 냥 만 냥 판이다.
노름판이 매우 커서 돈이 풍성하다는 뜻.

천 냥 빚도 말로 갚는다.
말만 잘하면 천 냥 빚도 갚을 수 있듯이, 처세하는 데는 말 재간才幹이 좋아야 한다는 뜻.

천 냥 빚도 말 한 마디로 갚는다.
천 냥이나 되는 큰빚도 말만 잘하면 감면을 받을 수 있듯이, 말 한 마디가 매우 소중하다는 뜻.

천 냥 빚에 말이 비단이라.
빚을 많이 졌어도 비단같이 고운 말을 하면 말로 갚을 수 있다는 뜻.

천 냥 빚지나 천한 냥 빚지나 빚지기는 매일반이다.
빚은 조금 져야 갚을 수 있지 워낙 많으면 조금 더 많으나 적으나 못 갚기는 일반이라는 뜻.

천 냥짜리 물건을 서 푼도 본다.
(1) 물건을 사고 팔 때는 에누리를 많이 하기도 한다는 뜻.
(2) 에누리에는 한정이 없다는 뜻.

청첩장請牒狀이 아니라 돈 고지서告知書다.
결혼식 청첩장은 본시 친한 하객을 초청하는 것인데, 근래에 와서는 안면만 있고 돈이나 낼 만한 사람에게는 다 보내서 결혼 비용에 충당하려고 하기 때문에 청첩장이 아니라 돈 내라는 고지서가 되었다는 뜻.

청풍명월淸風明月은 돈을 주고도 못 산다.
대자연의 아름다움은 돈을 주어도 구하지 못한다는 뜻.

체계돈 내서 장가 보냈더니 동네 머슴놈 좋은 일만 시켰다.
빚을 얻어 자식 장가를 보냈더니 며느리가 바람이 나듯이, 며느리를 잘못 얻으면 집안이 망한다는 뜻.
* 체계돈: 5일에 한 번씩 서는 장날마다 이자와 본전을 갚아 나가는 변리돈.

초년 고생은 돈을 주고도 못 산다.
어려서 고생으로 단련된 사람은 자라서 만난을 극복할 수 있어 장래성이 밝다는 뜻.

초년 고생은 돈을 주어도 안 바꾼다.
어려서 고생은 장래를 위하여 매우 귀중한 시련이라는 뜻.

촛불을 켰을 때 심지가 말리면 돈이 생긴다.
촛불을 켰을 때 심지가 안으로 둥글게 말리는 것은 그날 돈이 생길 길조라는 뜻.

치마만 들어도 돈이 들어온다.
여자는 치마만 한 번 들어도 돈이 들어오듯이, 밑천 없는 장사를 잘한다는 뜻.

친구도 돈 있을 때 친구다.
가난에 시달리는 사람은 친구와 사귈 여가도 없다는 뜻.

친한 사이에는 돈 거래를 말랬다.
친한 사이에 돈 거래를 하다가 뜻대로 안 될 때는 사이가 벌어질 수 있으므로 아예 돈 거래를 하지 말라는 뜻.

칠 푼 굿에 열네 푼 든다.
할 일보다도 중간 경비가 갑절이나 더 든다는 뜻.

칠 푼짜리가 만 냥짜리를 흉본다.
물정도 모르고 함부로 남의 흉을 보는 사람을 비유하는 말.

칠 푼짜리 경문經文하다 열 냥짜리 장구통 깨뜨린다.
작은 이득을 얻으려다가 도리어 더 큰 손해를 당했다는 뜻.
* 경문: 푸닥거리.

칠 푼짜리 돼지 꼬리만하다.
칠 푼짜리 돼지 꼬리처럼 무엇이 작은 것을 비유하는 말.

칠 푼짜리 푸닥거리하다가 열네 푼 문다.
조그마한 이득을 얻으려다가 큰 손해를 보게 되었다는 뜻.

코 묻은 돈까지 빼앗는다.
어린아이가 가진 돈까지 염치없이 빼앗는다는 뜻.

코 묻은 돈이다.
어린아이들이 가지고 있는 동전이라는 뜻.

큰 소만큼 벌고, 큰 소만큼 쓴다.
수입이 많은 사람은 돈을 쓰기도 많이 쓴다는 뜻.

터졌다 하면 몇백억 원이요, 사고 났다 하면 몇백 명이다.
문민정부가 들어서면서부터는 금융비리와 각종 대형 사고들이 연속적으로 발생되었다는 뜻.

판장販場에 물(어물) 떨어지면 돈 떨어진다.
어물을 위탁판매하는 판매장에 어물이 떨어진 원인은 고기가 안 잡힌 데 있으므로 어민들도 돈이 떨어질 수밖에 없다는 뜻.

편안하고 즐거운 것은 돈하고도 안 바꾼다.
돈을 버는 것은 편안하고 즐겁게 살기 위한 것이므로 후자가 더 소중하다는 뜻.

푼돈 모아 목돈 된다.
푼돈을 아껴서 모아야 돈이 저축된다는 뜻.

푼돈에는 영악해야 한다.
푼돈을 아낄 줄 모르는 사람은 돈을 모으지 못한다는 뜻.

푼돈에 살인殺人 난다.
사소한 일로 큰 시비를 한다는 뜻.

하늘이 돈짝만하다.
(1) 심한 충격을 받았거나 술에 취하여 판단력이 흐리게 되었다는 뜻.
(2) 의기가 양양하여 세상에 무서운 것이 없다는 뜻.

하던 광질狂疾도 돈 준다면 않는다.
이제까지 하던 일도 하라고 권하면 변덕을 부리고 하지 않는다는 뜻.

하던 주정도 돈 준다면 않는다.
자신의 자유를 남이 구속하려는 것은 싫어한다는 뜻.

하던 지랄도 돈 준다면 않는다.
자기 일에 남이 간섭하는 것은 싫어한다는 뜻.

한강물이 마르면 마르지 내 지갑 돈이 마르랴.
돈 많은 사람이 자신의 돈 자랑을 하는 말.

한 끼 얻어먹은 은덕도 천 냥으로 갚는다.
옛날 중국 한漢나라의 한신韓信처럼 한 끼를 얻어먹고 나중에 출세하여 천 냥으로 은덕을 갚듯이, 남의 은덕은 후하게 갚아야 한다는 뜻.

한 냥 장설에 고추장이 아홉 돈이다.
한 냥짜리 잔치상에 고추장값이 아홉 돈이나 되듯이, 일 배정이 아주 잘못되었다는 뜻.
* 장설: 잔치 또는 놀이 때 내는 음식.

한 냥 추렴에 닷 돈 낸다.
자기 책임을 다하지 못하여 체면을 세우지 못한다는 뜻.

한 돈 추렴에 돈 반 낸 놈 같다.
추렴에서 남보다 돈을 조금 더 내고 우쭐대는 사람을 조롱하는 말.

한 번 식사에 만 닢이 든다.
식사를 가진 진미의 요리로 호화롭게 한다는 뜻.

한 번에 백만 냥을 쓴다.
사치와 낭비현상을 비유하는 말.

한푼도 없는 놈이 자 두 치 떡을 찾는다.
없는 놈이 분에 넘치는 행동을 한다는 뜻.

해장술은 땅 판 돈으로 사먹어도 아깝지 않다.
해장술 맛이 너무나 좋아서 땅 판 돈으로 사먹어도 아깝지 않다는 뜻.

허리에 돈 차고 학 타고 양주楊州 가겠다.
평생 소원하던 것이 한꺼번에 모두 이루어져 무한히 기쁘다는 뜻.

허허 해도 빚이 열닷 냥이다.
겉으로는 표현하지 않아도 빚으로 고민을 한다는 뜻.

현몽現夢한 돈도 받아먹는다.
꿈에 준 돈도 받아 쓸 정도로 억지를 잘 쓴다는 뜻.

혈육血肉에는 형제가 있어도 돈에는 형제가 없다.

가장 가까운 친형제간에도 돈에 있어서는 공으로 주고받는 일이 없을 뿐 아니라, 잘못하면 시비도 생기게 되므로 형제간의 돈 거래는 분명히 해야 한다는 뜻.

호조戶曹 돈이나 공조工曹 돈이나.

호조 돈이나 공조 돈이나 다 국가의 공금이라는 뜻.

* 호조: 조선조에 호구·금융·식량 등을 담당한 육조의 하나.
  공조: 공업을 담당한 육조의 하나.

화로에 불똥이 많이 남아 있으면 돈이 생긴다.

불똥이 화로에서 계속 튀면 재수가 있을 징조라는 뜻.

화수분貨水盆을 얻었다.

돈을 대주는 든든한 물주가 생겼다는 말.

* 화수분: 돈을 아무리 써도 계속 나오는 보물단지.

황금비가 내린다.

오랜 가뭄 끝에 내리는 비는 황금과 같이 값진 비라는 뜻.

황금이 흑심黑心이다.

돈에 애착을 가지게 되면 마음이 검어진다는 뜻.

황아장수 돈고리 같다.

잡화를 팔러다니는 황아장수의 돈고리가 손때가 묻어 반질반질하듯이, 하는 행동이 매우 매끄러운 사람을 비유하는 말.

흰 술은 사람 얼굴을 붉게 하고, 황금은 사람의 마음을 검게 한다.

흰 술은 사람 얼굴색을 변하게 하고, 돈은 사람의 마음을 나쁘게 만든다는 뜻.

2
돈 거래

돈 거래는 분명해야 한다.
아무리 친한 사이라도 돈 거래는 분명하게 하지 않으면 친분親分까지 상하게 된다는 뜻.

돈 빌려 주는 날이 친구 잃는 날이다.
친한 사이에 돈 거래를 하게 되어 잘못되면 친구도 잃고 돈도 못 받게 된다는 뜻.

돈에는 부자간에도 남이다.
금전 문제에 있어서는 부자간에도 그 소유를 분명하게 구분하고 관리해야 한다는 뜻.

돈에는 부자간에도 속인다.
금전 문제에 있어서는 부자간에도 서로 비밀을 가지는 경우가 있다는 뜻.

돈은 부자간에도 세어 주고 세어 받는다.
부자간에도 돈을 주고받을 때는 분명하게 해야 한다는 뜻.

돈은 빌려 주면 돈도 잃고 사람도 잃는다.
돈은 빌려 주면 흔히 돈도 떼이게 되고 친구도 잃게 된다는 말.

돈은 빌려 주면 돈도 잃고 친구도 잃는다.
돈을 남에게 빌려 주면 돈만 못 받게 되는 것이 아니라 그 친구까지 잃게 된다는 말.

돈은 세어 주고 세어 받는다.
아무리 친한 사이라도 돈 거래는 정확하게 계산해서 주고받아야 한다는 뜻.

돈은 앉아 주고 따라다니며 받는다.
돈은 한 번 남을 주면 받기가 매우 어렵다는 뜻.

돈은 앉아 주고 서서 받는다.
돈을 주기는 쉬워도 받아들이기는 힘들다는 뜻.

돈은 웃고 주고 싸우며 받는다.
기분 좋게 준 돈도 기일을 어길 때는 불쾌하게 받는 경우가 있으므로 돈 거래에서는 약속을 준수하라는 뜻.

돈은 주는 날이 의 상하는 날이다.
돈 거래에서는 서로 약속을 지키지 않게 되면 의까지 상하는 경우가 있다는 뜻.

돈을 빌려 주면 돈도 잃고 친구도 잃는다.
돈 거래에 있어서는 서로 약속을 지키지 않으면 시비가 발생하게 된다는 뜻.

돈을 빌릴 때는 고맙다고 하고, 갚을 때는 박정薄情하다고 한다.
빚을 얻을 때는 감사한 마음을 가지게 되지만, 빚을 독촉받고 이자까지 갚게 될 때는 야박한 생각이 든다는 뜻.

돈을 줄 때는 부처고, 받을 때는 염라대왕閻羅大王이다.
돈을 빌려 줄 때는 웃으면서 빌려 주었지만, 받을 때는 약속한 기일에 받지 못하고 여러 차례 독촉한 끝에 얼굴을 붉히면서 받게 되는 경우가 많다는 뜻.

돈 주고 병 얻는다.
돈을 남에게 빌려 주고 받지를 못하여 병이 생겼다는 뜻.

돈 줄 때는 부처고, 받을 때는 야차夜叉다.
돈은 기분 좋게 주고도 기일을 어기게 되면 싸워서 받게 된다는 뜻.
* 야차: 잔인한 귀신.

마뜩찮은 놈이 노잣돈 달란다.
건방지고 보기 싫은 놈이 노잣돈(여비)까지 달라듯이, 미운 놈은 미운 짓만 한다는 뜻.

미운 놈이 돈 꾸어 달란다.
미운 사람일수록 미운 짓만 가려가며 한다는 뜻.

밤에는 돈 거래를 말랬다.
밤에 돈 거래를 하는 것은 도적맞을 위험성이 있으므로 삼가라는 뜻.

부모는 자식에게 주고 남은 돈을 쓰고, 자식은 부모에게 쓰고 남은 돈을 준다.
자식이 부모를 생각하는 마음보다 부모가 자식을 생각하는 마음이 더 크다는 뜻.

부자간父子間에도 돈에는 남이다.
부자간에도 돈의 소유는 분명히 구분해야 한다는 뜻.

부자간에도 돈은 세어 주고 세어 받는다.
부자간에도 돈 거래는 분명히 해야 한다는 뜻.

부자간에도 돈지갑은 보이지 않는다.
부자간에도 금전 문제에 있어서는 비밀이 있을 수 있다는 뜻.

부자 외상보다 거지 맞돈이 낫다.
상업에 있어서는 조건 여하를 불문하고 외상 거래보다 현금 거래를 해야 한다는 뜻.

부자 천 냥보다 과부 두 푼의 정성이 더 크다.
정성은 돈의 금액으로 평가되는 것이 아니라 그 사람의 성의로 평가된다는 뜻.

사람은 돈 거래를 해봐야 속을 안다.
돈 거래를 해보면 상대방의 마음과 신용도를 바로 알게 된다는 뜻.

사람은 돈 거래를 해봐야 알고, 쇠는 불에 달궈 봐야 한다.
사람의 마음은 돈 거래를 해보면 바로 알게 되고, 쇠의 질은 열처리를 해보면 알 수 있다는 뜻.

새벽 좆 안 일어나는 놈은 돈도 꾸어 주지 말랬다.
새벽에 성기가 발기되지 않는 남자는 원기가 약하므로 만일을 위하여 돈 거래도 하지 말라는 뜻.

쇠는 불에 달궈 봐야 알고, 사람은 돈 거래를 해봐야 안다.
쇠의 질은 열처리를 하게 되면 알게 되고, 사람의 마음은 돈 거래를 해보면 알게 된다는 뜻.

여수는 밝아야 한다.
빚은 약속된 기일에 본전과 이자를 반드시 갚아야 한다는 뜻.

의심 많은 사람과는 돈 거래를 하지 말랬다.
의심 많은 사람과 돈 거래를 하게 되면 끝에 가서는 사이가 벌어지게 된다는 뜻.

3
돈벌이

갈퀴질에 큰돈은 걸린다.
큰돈을 버는 것은 한 푼 두 푼 모아서 되는 것이 아니고, 갈퀴질을 하듯이 돈을 긁어모아야 한다는 말.

개갈 다리 돈 붓는다.
갯벌에 자주 드나들게 되면 고기나 조개류를 잡아 돈벌이가 좋다는 뜻.
* 개갈 다리: 갯벌에 묻은 다리.

거머쥐면 놓을 줄을 모른다.
돈을 한 번 쥐면 쓸 줄을 전혀 모르는 구두쇠라는 뜻.

겉보리로 돈사기가 수양딸로 며느리삼기보다 쉽다.
예전에는 보릿겨도 가난한 사람들의 식량이 되었기 때문에 보리쌀보다 겉보리가 더 잘 팔리듯이, 겉으로 보기에는 하찮은 것이 실속은 있다는 뜻.
* 겉보리: 방아를 찧지 않은 보리.

겉보리로 돈삼기다.
예전에는 보리쌀보다 겉보리가 더 잘 팔린 데서 유래된 말로서, 일하기가 매우 쉽다는 뜻.

고추같이 매워야 돈은 모은다.
(1) 돈에는 냉정하다는 소리를 들을 정도로 영악해야 돈을 모은다는 뜻.
(2) 씀씀이가 헤프면 돈을 모으지 못한다는 뜻.

공부를 해야 돈도 번다.
돈을 잘 벌려면 공부를 해야 한다는 뜻.

과부는 푼돈도 쌓인다.
과부는 반은 굶고 살면서 돈을 저축하기 때문에 푼돈도 저축하게 된다는 뜻.

구렁이 꿈을 꾸면 돈이 생긴다.
구렁이 꿈을 꾸면 돈이 생길 징조라는 뜻.

굳은 땅에 물도 고인다.
땅이 굳어야 물이 새어 나가지 않고 고이듯이, 사람도 돈을 아끼는 굳은 마음가짐이 있어야 돈을 모으게 된다는 뜻.

궤짝이 울면 돈이 들어온다. (제주도)
돈궤짝이 〈뚱〉 하고 울리면 돈이 들어올 징조라는 뜻.

그리마가 방 안으로 들어오면 돈이 생긴다.
그리마는 재운을 지니고 있는 벌레이므로 그리마가 들어오는 것은 재수가 있을 징조라는 뜻.

그리마를 보면 돈이 생긴다.
그리마는 재수가 있는 벌레이므로 이 벌레를 보면 그날 재수가 있다는 뜻.

금 판 돈도 돈이고, 똥 판 돈도 돈이다.
돈은 어떤 수단으로 벌든지 쓰는 데는 동일하다는 뜻.

꿈에 얻은 돈이다.
아무리 좋아도 아무 실속이 없는 허망한 일이라는 뜻.

낙망落網에 생선거리만 잡아도 그 철에는 돈 번다.
자기가 직접 어업을 경영하는 사람은 그물을 던질 때마다 찬거리 할 정도만 잡혀도 먹고 살 수 있다는 뜻.
* 낙망: 그물을 던지는 작업.

노다지판이다.
돈벌이가 매우 좋은 곳이라는 뜻.

늙으면 돈도 안 따른다.
늙으면 활동력이 약해지므로 돈벌이를 못하게 된다는 뜻.

늙으면 베개 속에 돈을 숨겨두어야 한다.
늙으면 돈벌이를 못하기 때문에 늙어서 쓸 돈은 마련해 두어야 한다는 뜻.

늙으면 요 밑에 돈이 있어야 한다.
인간이 살아 있는 동안에는 돈이 필요하기 때문에 젊어서 돈을 저축하였다가 늙어서도 쓸 수 있도록 하여야 한다는 뜻.

단단하다고 벽에 물이 고일까?

(1) 돈은 아끼기만 한다고 모아지는 것이 아니라는 뜻.

(2) 일이 성사된다는 것은 한 가지 조건만 갖춘다고 되는 것이 아니라 모든 조건이 다 구비되어야 이루어진다는 뜻.

단단한 땅에 물도 고인다.

땅이 단단해야 물이 새지 않고 고이듯이, 사람도 돈을 절약하는 마음이 단단해야 재산을 모으게 된다는 뜻.

돈궤짝은 울어야 돈이 들어온다.

돈궤짝은 뚜껑이 〈땅〉 하고 열려야 돈이 궤짝 속으로 들어오게 된다는 뜻.

돈 낟가리를 쌓는다.

벼락부자가 되어 돈을 많이 저축하게 되었다는 뜻.

돈 낟가리에 앉았다.

돈벌이를 잘하여 현금을 많이 소유하고 있다는 뜻.

돈 닷 돈 벌려고 보리밭에 갔다가 안동포安東布 단속곳에 물갯똥칠만 한다.

조그마한 이득을 얻으려다가 큰 망신만 당한다는 뜻.

돈 닷 돈 준다기에 보리밭에 따라갔다가 명주 속곳만 찢겼다.

돈 몇 푼 보고 매음을 선불리 하다가 오히려 손해만 당했다는 뜻.

돈더미 위에 올라앉았다.

돈을 많이 벌어 부유한 생활을 하는 사람을 비유하는 말.

돈도 배운 사람이 잘 번다.

돈벌이도 공부를 많이 한 사람일수록 아는 것이 많아서 돈을 잘 벌게 된다는 뜻.

돈도 여문 사람에게 태인다.

돈은 아끼고 안 쓰는 사람이라야 모으게 된다는 뜻.

돈 많은 것은 좋지만 말 많은 것은 못 쓴다.

돈은 많을수록 좋고 말은 적을수록 좋다는 뜻.

돈 많은 부자는 잠을 못 잔다.

돈이 많으면 그 돈을 증식하고 관리하기 위하여 밤에도 잠을 못 잔다는 뜻.

돈 많은 사람 부러워하다가는 수종水腫 걸린다.
자신의 처지도 돌보지 않고 돈 있는 사람만 부러워하다가는 병이 생긴다는 뜻.
* 수종: 세포 및 세포 사이의 조직액이 이동하여 괸 상태.

돈 모아 줄 생각 말고 자식 글 가르쳐 주랬다.
자식에게는 돈을 모아 주는 것보다 공부를 시키는 것이 낫다는 뜻.

돈방석에 앉았다.
돈벌이를 잘하는 사람을 비유하는 말.

돈 버는 사람이 따로 있고, 돈 쓰는 사람이 따로 있다.
한집안에는 돈 버는 사람과 돈 쓰는 사람이 각각 있다는 말.

돈 번 자랑 말고, 쓴 자랑 하랬다.
남에게 돈 번 자랑보다도 돈을 어떻게 잘 썼다는 자랑을 하라는 말.

돈 벌고 인심얻기는 어렵다.
돈을 벌자면 야박한 행동도 하게 되므로 인심얻기가 어렵다는 뜻.

돈 벌 궁리는 않고 쓸 궁리부터 한다.
돈도 벌기 전에 쓸 궁리를 먼저 하는 사람은 돈을 못 번다는 뜻.

돈벌기가 앓기보다도 어렵다.
돈벌기가 병으로 앓는 것보다도 더 고생스럽다는 뜻.

돈벌기가 앓기보다 힘들다.
자본이 넉넉한 사람은 돈벌기가 쉬울 수도 있지만, 자본이 없는 사람은 돈벌기가 매우 고달프고 힘들다는 뜻.

돈벌기는 어려워도 쓰기는 쉽다.
돈벌기는 힘들어도 쓰기는 쉬우므로 돈 쓸 때는 벌 때 생각을 하고 아껴 쓰라는 뜻.

돈 벌려면 영광靈光 법성포法聖浦를 가랬다.
전라남도 영광군 법성포는 조기철에 돈벌이가 매우 좋다는 뜻.

돈 벌면서 인심 잃지 말고, 돈 쓰면서 욕 얻어먹지 말랬다.
돈을 벌 때나 쓸 때나 남에게 인심을 잃거나 욕 얻어먹는 행동은 삼가라는 뜻.

돈 벌면서 인심 잃지 말고, 돈 쓰면서 이웃 사랬다.
돈은 벌 때나 쓸 때나 남에게 인심을 잃지 말고 살아야 한다는 뜻.

돈벌이를 배운 사람은 돈 버는 짓을 잘한다.
젊어서부터 상공업商工業에 종사한 사람은 돈벌이를 잘한다는 뜻.

돈벼락 맞는다.
돈을 갑자기 많이 번 사람을 두고 하는 말.

돈보다 더 큰 보배 없다.
사람이 살아가는 데는 돈보다 더 소중한 것이 없다는 뜻.

돈으로 도배를 한다.
돈을 쓰고도 남을 정도로 돈 많은 사람을 비유하는 말.

돈으로 맥질을 한다.
돈이 많아서 주체를 못하는 사람을 비유하는 말.

돈은 갈퀴질을 해야 큰돈을 번다.
돈을 많이 버는 사람은 푼돈으로 버는 것이 아니라 돈을 긁어모으듯이 번다는 뜻.

돈은 개같이 벌어 정승政丞같이 쓰랬다.
돈을 벌 때에는 악착같이 벌어서 쓸 때에는 인심을 얻도록 해야 한다는 뜻.

돈은 겸상할 때 벌어야 한다.
돈은 젊어서 아이들을 낳기 전에 벌어야 지출이 적어서 모으기가 쉽다는 뜻.

돈은 고추같이 매운 사람이 번다.
돈은 고생을 참아 가면서 쓰지 말아야 저축을 하게 된다는 뜻.

돈은 남이 벌어 준다.
돈은 자기 혼자 벌려고 하지 말고 사람들과 협조해서 벌어야 한다는 뜻.

돈은 더럽게 벌어도 깨끗하게 쓰면 된다.
천한 일을 해서 번 돈이라도 보람 있게 쓰면 대접을 받게 된다는 뜻.

돈은 모으기보다 쓰기가 더 어렵다.
돈을 잘못 쓰면 큰 재화를 입을 수 있기 때문에 쓰기가 더 어렵다는 뜻.

돈은 버는 사람과 쓰는 사람이 따로 있다.
한집안에서 돈 번 사람은 그 돈을 아까워서 못 쓰지만, 그 돈을 물려받은 사람은 함부로 쓰게 된다는 뜻.

돈은 번 자랑 말고 쓴 자랑 하랬다.
돈 번 것은 자랑거리가 못 되지만, 돈을 사회사업에 썼을 때는 자랑거리가 된다는 뜻.

돈은 벌기도 어렵고 지키기도 어렵고 쓰기도 어렵다.
돈은 벌기만 어려운 것이 아니라 지키기도 어렵고 잘 쓰기도 어렵다는 뜻.

돈은 벌기보다 쓰기가 더 어렵다.
돈은 벌기도 어렵지만 쓸 때도 남에게 욕 안 먹도록 써야 한다는 뜻.

돈은 벌수록 더 벌려고 한다.
돈에는 욕심이 따라다니기 때문에 벌면 점점 더 벌려고 한다는 뜻.

돈은 벌수록 더 탐낸다.
돈은 벌면 벌수록 욕심이 생겨서 더 벌려고 한다는 뜻.

돈은 부정不淨한 데서 모인다.
돈을 벌려면 의리도, 인정도, 체면도 없이 행동해야 한다는 뜻.

돈은 상 귀에 뿔이 나기 전에 벌어야 한다.
돈은 밥 먹는 식구가 늘기 전에 벌어야 한다는 뜻.

돈은 상머리에 뿔이 나기 전에 모아야 한다.
돈은 자녀를 낳기 전에 모아야 한다는 뜻.

돈은 신발 두 켤레 벗어 놓았을 때 벌어야 한다.
돈은 결혼해서 자식이 생기기 전에 벌어야 지출이 적어서 저축하기가 쉽다는 뜻.

돈은 쓰기는 쉬워도 벌기는 어렵다.
돈은 쓰기는 헤프고 벌기는 힘이 들기 때문에 아껴 써야 한다는 뜻.

돈은 쓰는 멋에 번다.
돈은 필요한 데 쓰기 위하여 벌려고 노력한다는 뜻.

돈은 쓰는 재미로 번다.
돈은 자기가 하고 싶은 일을 하기 위하여 벌기 때문에 고생스러워도 슬기롭게 참고 견딘다는 뜻.

돈은 악해야 번다.
돈은 남들에게 인심을 얻어 가면서 벌기는 어렵다는 뜻.

돈은 안 쓰는 것이 버는 것이다.
돈은 버는 데만 노력할 것이 아니라 절약하는 데도 관심을 가져야 한다는 뜻.

돈은 억지로 못 번다.
돈은 벌 수 있는 여건이 있어야지 무리하게는 벌 수 없다는 뜻.

돈은 여문 사람에게 태인다.
돈은 안 쓰고 저축을 해야 벌게 된다는 뜻.

돈은 욕먹고 벌어도 쓰기만 잘하면 된다.
돈을 벌 때에는 다소 욕을 먹더라도 나중에 쓰기만 잘하면 그 욕은 다 없어진다는 뜻.

돈은 자식이 많아지기 전에 벌어야 한다.
돈은 자식을 낳기 전에 벌어야 저축을 많이 할 수 있다는 뜻.

돈은 재운이 따라야 한다.
재운이 없는 사람은 아무리 벌어도 저축이 되지 않는다는 뜻.

돈은 제 발로 들어와야 한다
부자가 되는 것은 재복이 있어야 되지 억지로는 될 수 없다는 뜻.

돈을 갈퀴로 긁어 담는다.
돈을 푼돈으로 버는 것이 아니라 큰돈을 긁어 담듯이 번다는 뜻.

돈을 낚시질한다.
(1) 돈을 횡재하여 벌었다는 뜻.
(2) 돈을 꾸준히 버는 것이 아니라 가끔가다가 큰돈을 번다는 뜻.

돈을 벌면 도량도 커진다.
돈을 벌게 되면 생각하는 것도 깊어지고 마음도 너그러워진다는 뜻.

돈을 벌면 배짱도 커진다.
배짱이 없던 사람도 돈을 벌게 되면 겁이 없고 대담해진다는 뜻.

돈을 벌면 사치하게 되고, 지위가 높아지면 교만해진다.
돈이 없던 사람도 돈을 벌면 사치를 하게 되고, 지위가 낮던 사람도 지위가 높아지면 교만하게 된다는 뜻.

돈을 벌면 없던 일가도 생긴다.
가난하던 사람이 돈을 벌면 찾아오지 않던 일가들이 찾아오게 된다는 뜻.

돈을 벌면 인색해진다.
돈에는 탐욕이 따르게 되므로 돈을 모으면 인색해진다는 뜻.

돈을 벌면 지위도 높아진다.
돈을 벌면 벌수록 사회적 지위는 높아진다는 뜻.

돈을 벌면 친구도 바뀐다.
돈이 없던 사람이 돈을 벌게 되면 친구도 돈 있는 친구와 사귀게 된다는 뜻.

돈을 벌면 친구를 갈고, 벼슬을 하면 아내를 간다.
가난하였던 사람이 부자가 되면 옛날 친구를 버리게 되고, 천했던 사람이 높은 벼슬을 하게 되면 아내와 이혼하고 새로 결혼을 한다는 말.

돈이 돈을 낳는다.
밑천이 있어야 돈을 벌게 된다는 뜻.

돈이 돈을 모은다.
밑천이 있어야 돈을 벌지 맨손으로는 돈을 벌 수 없다는 뜻.

돈이 돈을 번다.
돈을 버는 데는 자본이 많아야 큰돈을 벌게 된다는 뜻.

돈이 돈을 새끼친다.
밑천 없이는 돈을 늘릴 수가 없다는 말.

돈 타작을 한다.
주체를 못할 정도로 돈 수입이 많다는 뜻.

돼지 꿈을 꾸면 돈이 생긴다.
돼지는 재복을 상징하는 동물이라 돼지 꿈을 꾸면 재수가 있다는 뜻.

방 안에서 큰 지네가 나오면 돈이 생긴다.
지네가 방에서 발견되면 재수가 있을 징조라는 뜻.

방 안으로 그리마가 들어오면 돈이 생긴다.
그리마가 방으로 들어오는 것은 재수가 있을 징조라는 뜻.

버는 자랑 말고 쓰는 자랑 하랬다.
돈은 버는 것도 중요하지만 값 있게 쓰기가 더 어렵다는 뜻.

병은 귀신이 낫게 하고, 돈은 무당이 챙긴다.
돈은 힘들게 버는 사람이 있고, 이것을 착취하는 사람이 따로 있다는 뜻.

부모 송장 팔아 돈 번다.
부모의 부고는 친한 사람에게 돌리는 것인데, 요즈음에는 돈을 낼 만한 사람에게만 부고를 보낸다는 뜻.

상 귀에 뿔이 나기 전에 돈은 벌어야 한다.
돈은 젊어서 자식을 낳기 전에 벌어야 저축을 많이 하게 된다는 뜻.

상 귀에 뿔이 나면 돈도 안 붙는다.
상에서 밥 먹는 식구가 늘게 되면 돈을 모으기가 어렵다는 뜻.

쉽게 번 돈 쉬이 나가고, 어렵게 번 돈 어렵게 나간다.
부정으로 번 돈은 오래 유지하지 못하지만 노력해서 번 돈은 오래 지닐 수 있다는 뜻.

쉽게 번 돈은 쉽게 쓰인다.
돈은 힘들게 벌어 모은 돈이라야 오래 지닐 수 있다는 말.

시앗 싸움에 요강장수만 돈 번다.
시앗 싸움에는 요강을 던져 깨기 때문에 요강장수가 돈을 벌게 된다는 뜻.

신발 두 켤레 벗어 놓았을 때 돈은 벌어야 한다.
돈은 결혼해서 아이들이 생기기 전에 벌어야 저축하기가 쉽다는 뜻.

악으로 모은 돈은 악으로 망한다.
부정하게 번 돈은 부정하게 쓰게 된다는 뜻.

악惡해야 돈은 번다.
남의 인정사정 모르는 사람이라야 돈을 모으게 된다는 뜻.

어렵게 번 돈은 어렵게 나가고, 쉽게 번 돈은 쉽게 나간다.
힘들게 번 돈은 아껴 쓰게 되고, 쉽게 번 돈은 헤프게 쓴다는 뜻.

없는 놈이 돈을 벌면 교만해진다.
돈에는 교만이 따라다니기 때문에 없던 사람도 돈을 벌게 되면 교만해진다는 뜻.

없는 놈이 돈을 벌면 안하무인眼下無人이 된다.
고생하던 사람이 돈을 벌면 교만해져서 사람들을 멸시하게 된다는 뜻.

없는 놈이 돈을 벌면 없는 놈 사정 더 모른다.
고생하던 사람이 돈을 벌면 없는 사람을 더 무시하게 된다는 뜻.

여자는 치맛자락만 들어도 돈이 들어온다.
여자는 힘든 일을 않고 매음만 해도 돈이 생긴다는 뜻.

연평도延坪島로 돈 주우러 간다.
조기철에 황해도 연평에 가면 돈벌이가 좋다는 뜻.

영광靈光 법성포法聖捕로 돈 실러 간다.
조기철에 전라도 영광 법성포는 돈벌이가 매우 좋다는 뜻.

오 리厘를 보고 십 리를 간다.
구리동전 오 리를 벌려고 십 리를 가듯이, 돈에 대한 애착심이 매우 강하다는 뜻.

오 리 보고 천 리 간다.
단돈 오 리라도 온 힘을 다하여 벌어야 한다는 뜻.

오 전錢 보고 십 리를 말 타고 간다.
동전 오 전을 벌려고 말을 타고 십 리를 가듯이, 돈벌이라면 손익을 가리지 않고 한다는 뜻.

일찍 일어나는 것도 서 푼 버는 셈이다.
아침에 일찍 일어나서 식전 일을 하는 것은 돈벌이가 된다는 뜻.

자식과 돈은 마음대로 안 된다.
자식을 마음대로 낳을 수 없듯이, 돈도 마음대로 벌 수 없다는 뜻.

장사꾼 돈 벌어 좋고, 물건 사서 쓰니 좋다.
물건을 매매하게 되면 파는 사람이나 사는 사람이나 다 이롭다는 뜻.

장은 담가두면 돈이 된다.
장은 담가두면 장 없는 사람이 사가게 된다는 뜻.

재주는 곰이 넘고, 돈은 되놈이 받는다.
애써서 일한 사람은 보수를 못 받고 엉뚱한 사람이 보수를 받는다는 뜻.

조기철에는 연평도 개도 십 원짜리를 물고 다닌다.
조기철에는 황해도 연평에 돈벌이가 매우 좋다는 것을 비유하는 말.

조기철에는 연평도로 돈 주우러 간다.
조기철에는 삼대 조기어장의 하나인 황해도 연평이 조기로 인하여 경기가 매우 좋다는 뜻.

죽어서도 돈이 있어야 제사도 얻어먹는다.
집안이 가난하면 조상 제사도 못 지내게 된다는 뜻.

죽어서도 베개 속에 돈은 두고 죽어야 한다.
부모 된 사람은 죽을 때 자식에게 유산을 물려 주고 죽어야 한다는 뜻.

지위가 높아지면 돈도 많아진다.
지위가 높아질수록 수입도 많아져서 축재할 수 있다는 뜻.

집안을 일으킬 자식은 똥도 돈같이 아낀다.
돈을 저축하는 사람은 하찮은 물건이라도 아끼고 절약한다는 뜻.

치마만 둘러도 돈이 들어온다.
여자는 힘들게 일을 하지 않고 매음만 해도 돈을 벌 수 있다는 뜻.

치부致富한 사람은 돈 못 쓰고 죽는다.
돈을 번 사람은 죽을 때까지 돈을 아껴 쓰다가 죽는다는 말.

큰돈은 갈퀴질로 긁는다.
큰돈을 버는 사람은 한 푼 한 푼씩 버는 것이 아니라 갈퀴로 지폐를 긁어모으듯이 번다는 뜻.

할아버지가 돈을 벌면 아비는 돈을 쓰고, 손자는 거지 된다.
돈 번 사람은 돈을 못 쓰고, 유산받은 아들이 흥청망청 써서 패가를 하면, 손자는 거지가 되어 고생을 한다는 뜻.

해태철에는 개도 백 원짜리를 물고 다닌다.
김 고장에서는 11월부터 2월까지 김 경기가 매우 좋다는 뜻.

허리에 돈 차고 학을 타고 양주에 언제 가나.
돈도 벌어야 하고 높은 지위에도 앉아 보고 싶고 양주 구경도 가고 싶듯이, 여러 가지 소원이 언제 이루어질지 모른다는 뜻.

홀어미는 돈이 닷 말이고, 홀아비는 이(虱)가 닷 말이다.
같은 독신자라도 홀어미는 돈을 모아서 잘 살지만, 홀아비는 제대로 먹지도 입지도 못하고 고생이 심하다는 뜻.
* 닷 말: 한 말 18 l ×5=90 l

4
유전有錢

감옥에서도 돈만 있으면 뒷문으로 나간다.
돈만 있으면 탈법행위도 할 수 있다는 뜻.

감옥에서도 돈만 있으면 비둘기를 날린다.
돈만 있으면 감옥에서도 탈법행위를 할 수 있다는 뜻.
* 비둘기: 감옥에서의 비밀연락.

개도 돈만 있으면 멍첨지라고 한다.
아무리 못난 사람이라도 돈만 있으면 존대를 받게 된다는 뜻.
* 멍첨지: 멍은 개 짖는 소리를 뜻하는 것이고, 첨지는 조선조 중추부中樞府의 당상 정삼품 무관 벼슬임.

누렁이도 돈만 있으면 황첨지라고 한다.
누런 개도 돈만 있으면 황첨지라고 존대를 받듯이, 돈만 있으면 존대를 받게 된다는 뜻.

늙은이도 돈이 있어야 대접을 받는다.
늙은이도 돈이 있어야 존대를 받지 돈이 없으면 천대를 받는다는 뜻.

돈 가지고 안 되는 일 없다.
돈만 많으면 세상에서 안 되는 일이 없다는 뜻.

돈과 권력으로 안 되는 일 없다.
돈과 권력이 있으면 세상을 주름잡을 수 있다는 뜻.

돈 냥이나 만지면 우쭐거린다.
없는 사람이 돈을 좀 벌게 되면 우쭐거리며 거만해진다는 뜻.

돈 댄 사람이 주인이다.
무슨 일이나 자본을 댄 사람이 주인이 된다는 뜻.

돈도 있고 권세도 있다.
돈도 많고 권세도 세서 당할 사람이 없다는 뜻.

돈만 있으면 가는 곳마다 상전 노릇 한다.
돈만 있으면 어디를 가나 대우를 받을 수 있다는 말.

돈만 있으면 개도 멍첨지가 된다.
개도 돈이 있으면 천대를 받지 않고 존대를 받게 된다는 뜻.

돈만 있으면 개도 흉한 짓을 시킨다.
개도 돈만 있으면 사람을 부릴 수 있다는 뜻.

돈만 있으면 걱정이 없다.
돈만 있으면 이 세상에서 거의 걱정 없이 살 수 있다는 뜻.

돈만 있으면 과거科擧에도 급제及第한다.
돈만 있으면 과거에 급제하여 출세할 수 있다는 뜻.

돈만 있으면 귀신도 망을 갈린다.
(1) 돈만 있으면 저승에 가서도 귀신을 불러 망도 갈게 할 수 있듯이, 돈의 위력이 크다는 뜻.
(2) 돈만 있으면 어떤 사람이라도 부릴 수 있다는 뜻.

돈만 있으면 귀신도 부릴 수 있다.
돈만 있으면 귀신도 부릴 수 있을 정도의 권력을 가질 수 있다는 뜻.

돈만 있으면 귀신도 사귈 수 있다.
돈만 있으면 아무리 지위가 높은 사람과도 사귈 수 있다는 뜻.

돈만 있으면 귀신도 연자매를 돌리게 한다.
돈만 있으면 무서워하는 귀신도 일을 시킬 수 있다는 뜻.

돈만 있으면 도깨비도 부린다.
돈만 많으면 무슨 짓이나 다 할 수 있다는 말.

돈만 있으면 두역신痘疫神도 부린다.
돈만 있으면 마마귀신도 마음대로 부릴 수 있다는 뜻.

돈만 있으면 등신도 똑똑이가 된다.
돈만 많으면 똑똑하지 못한 사람도 저절로 똑똑하게 된다는 말.

돈만 있으면 만사가 해결된다.
인간사회에서 돈만 있으면 안 되는 일이 없다는 뜻.

돈만 있으면 못난 놈도 없다.
못난 사람이라도 돈만 있으면 하고 싶은 일을 다 할 수 있기 때문에 못났다는 말을 듣지 않게 된다는 뜻.

돈만 있으면 무식도 감춰진다.
돈만 있으면 무식할지라도 남들이 무식하게 보지 않는다는 뜻.

돈만 있으면 바보도 똑똑해진다.
바보도 돈만 있으면 사람들이 존대하게 된다는 뜻.

돈만 있으면 염라대왕 문서도 고친다.
돈만 있으면 염라대왕의 문서도 고쳐서 죽을 것을 모면할 수 있듯이, 돈으로 안 되는 일이 없다는 뜻.

돈만 있으면 염라대왕 문서에서도 뺀다.
돈만 있으면 죽을 사람도 구해 낼 수 있다는 뜻.

돈만 있으면 저승길도 바꾼다.
돈만 있으면 죽을 병도 고쳐서 생명을 더 연장할 수 있다는 뜻.

돈만 있으면 종도 상전 노릇 한다.
돈만 있으면 신분이 천해도 높은 지위에 오를 수 있다는 말.

돈만 있으면 죽을 사람도 살린다.
(1) 돈이 있으면 죽을 병도 고친다는 뜻.
(2) 돈이 있으면 사형받을 사람도 구할 수 있다는 뜻.

돈만 있으면 죽음도 면한다.
돈이 있으면 죽게 된 중병환자도 살릴 수 있다는 뜻.

돈만 있으면 중원천자中原天子도 걸음시킨다.
돈만 많으면 아무리 높은 지위에 있는 사람이라도 움직일 수 있다는 말.
* 중원천자: 중국의 임금.

돈만 있으면 지옥문도 여닫는다.
돈만 있으면 징역을 갈 일도 피할 수 있듯이, 돈이 있으면 안 되는 일이 없다는 뜻.

돈만 있으면 처녀 불알도 산다.
돈만 있으면 세상에서 못 사는 물건이 없고 못하는 일도 없다는 뜻.

돈만 있으면 천도天桃 복숭아도 먹는다.
돈만 많으면 세상에서 못 구하는 것이 없다는 뜻.

돈만 있으면 천치도 똑똑해진다.
돈만 있으면 못나고 무식한 사람도 똑똑하게 된다는 말.

돈만 있으면 힘도 절로 난다.
돈이 많으면 일을 하고 싶은 의욕도 왕성해지므로 용기도 절로 난다는 뜻.

돈만 준다면 호랑이 생눈썹도 뽑아 온다.
돈을 많이 준다면 무슨 일이나 생명을 걸고 한다는 뜻.

돈 안 주고 되는 일 없다.
이 세상에서 돈 없이 되는 일은 하나도 없다는 뜻.

돈 안 주고 먹는 약은 약효가 안 난다.
약은 공으로 얻어먹으면 약효가 발효되지 않는다는 말이 있어서 약은 친한 사이에도 사 먹는다는 뜻.

돈 앞에는 귀신도 울고 간다.
아무리 잘난 사람이라도 돈 앞에서는 굴복한다는 뜻.

돈 앞에는 눈물도 없다.
돈만 아는 사람은 남의 사정을 조금도 봐주지 않는다는 뜻.

돈 앞에는 눈이 어두워진다.
돈을 보게 되면 마음이 변하면서 양심을 잃게 된다는 뜻.

돈 앞에는 법도 없다.
법도 돈 앞에서는 바로 가지 못하고 피해 간다는 뜻.

돈 앞에는 웃음이 한 말이요, 돈 뒤에는 눈물이 한 섬이다.
돈이 넉넉한 곳에는 즐거움이 따르게 마련이고, 돈이 없는 곳에는 걱정이 따르게 된다는 말.

돈 앞에는 인정사정도 없다.
돈만 아는 사람은 남의 사정을 봐준다거나 인정을 베푸는 일이 없다는 뜻.

돈 앞에서는 부모도 안 보인다.
돈에 눈이 어두우면 부모도 모르게 된다는 뜻.

돈 앞에 장사 없다.
돈이 없는 사람은 돈 많은 사람 앞에 굴복하게 된다는 뜻.

돈에는 교만이 따라다닌다.
돈에는 교만이 따라다니므로 돈 있는 사람들은 교만하다는 뜻.

돈에는 반해도 사내에게는 반하지 말랬다.
화류계에서 사귀는 남자는 돈 보고 사귀어야지 사람에게 반했다가는 돈도 못 벌고 몸만 버린다는 뜻.

돈으로는 귀신하고도 통한다.
돈만 있으면 귀신도 매수할 수 있다는 뜻.

돈으로 안 되는 일 없다.
돈이면 모든 일이 다 될 수 있다는 말.

돈으로 출세한다.
돈이 많은 사람은 돈을 주고 좋은 자리를 구할 수 있다는 뜻.

돈은 사람을 죽이기도 하고 살리기도 한다.
사람이 금전 문제로 죽기도 하고, 죽을 사람이 살기도 하는 것은 흔히 볼 수 있다는 뜻.

돈은 힘이고, 옷은 날개다.
사람은 돈이 있으면 용기가 생기고, 옷을 잘 입으면 인품이 돋보인다는 뜻.

돈을 물 쓰듯 한다.
돈을 아껴 쓰지 않고 마구 쓴다는 뜻.

돈을 뿌린다.
돈을 쓰는 것이 아니라 뿌리듯이 함부로 쓴다는 뜻.

돈을 주면 귀신도 부린다.
돈으로는 무서운 귀신도 매수할 수 있듯이, 높은 자리에 있는 사람도 돈으로 매수할 수 있다는 뜻.

돈을 주면 뱃속에 아이도 기어 나온다.
뱃속의 아이도 돈 준다면 나오듯이, 돈만 있으면 무슨 일이나 다 해결할 수 있다는 뜻.

돈이나 없었더라면 자식이나 버리지 않았지.
부자집 자식은 돈 때문에 방탕하기가 쉽다는 뜻.

돈이 날개고, 양식이 인정이다.
돈이 많으면 출세를 할 수 있고, 양식이 많으면 인심을 얻을 수 있다는 뜻.

돈이 날개다.
(1) 돈이 많으면 출세를 할 수 있다는 뜻.
(2) 돈이 많으면 세상을 주름잡을 수 있다는 뜻.

돈이라면 산 호랑이 눈썹이라도 빼온다.
돈벌이라면 죽는 줄도 모르고 마구 덤벼든다는 뜻.

돈이 많아야 장사도 잘한다.
밑천이 많아야 크게 장사를 하여 돈을 많이 벌 수 있다는 뜻.

돈이 많아야 친구도 많다.
돈이 많으면 교제를 널리 하게 되므로 친구가 많다는 뜻.

돈이 많으면 거만해진다.
돈이 많으면 사람들이 존대하게 되므로 거만해지기가 쉽다는 뜻.

돈이 많으면 겁도 많다.
돈이 많으면 자기의 신분과 재산을 보호하기 위하여 항상 근심을 하게 되므로 겁도 많아진다는 뜻.

돈이 많으면 교만해진다.
돈이 많으면 사람들로부터 존대를 받게 되므로 부지중에 교만해진다는 뜻.

돈이 많으면 도둑이 엿보게 된다.
돈이 많으면 도둑이 노리게 되므로 잘 간직해야 한다는 뜻.

돈이 많으면 두역신痘疫神도 부린다.
돈만 많으면 무서운 마마귀신도 부릴 수 있을 정도로 모든 일을 마음대로 할 수 있다는 뜻.

돈이 많으면 원망도 많다.
돈을 벌자면 남에게서 원망을 많이 듣게 된다는 뜻.

돈이 많으면 일도 많다.
돈이 많으면 그것을 관리하는 일 때문에 일이 많아지게 된다는 뜻.

돈이 많으면 장사를 잘하고, 소매가 길면 춤추기가 좋다.
자본금이 많으면 장사도 크게 잘할 수 있고, 소매가 긴 옷을 입은 사람은 멋있는 춤을 출 수 있다는 뜻.

돈이 많으면 친척도 많아진다.
돈이 많으면 일가친척들이 찾아오게 되므로 많아진다는 뜻.

돈이 말한다.
돈이 많으면 용기도 나고 발언권도 크게 된다는 말.

돈이면 귀신도 녹인다.
돈이 있으면 귀신과 같이 무서운 사람도 친할 수 있다는 뜻.

돈이면 나는 새도 떨어뜨린다.
돈이 많으면 권세도 따르게 된다는 뜻.

돈이면 다 된다.
돈만 있으면 무슨 일이든지 다 이루어진다는 뜻.

돈이면 만사형통萬事亨通이다.
돈만 있으면 모든 일이 다 잘 된다는 뜻.

돈이면 안 되는 일 없다.
돈만 많으면 무슨 일이나 다 할 수 있다는 뜻.

돈이면 지옥문도 연다.
돈이 많으면 저승에 가서도 지옥문을 열 정도로 권세가 세진다는 뜻.

돈이 사람을 만든다.
돈이 많으면 못난 사람도 똑똑해지고, 돈이 없으면 똑똑한 사람도 바보 노릇을 하게 된다는 뜻.

돈이 사람을 부린다.
돈이 있으면 자기보다 똑똑한 사람도 부려서 쓰게 된다는 뜻.

돈이 사람을 죽이기도 하고 살리기도 한다.
돈이 있으면 죽을 사람도 살 수가 있고, 돈이 없으면 살 사람도 죽게 되는 경우가 있다는 뜻.

돈이 사람 죽인다.
돈을 벌기 위하여 목숨을 걸고 일한다는 뜻.

돈이 상전 노릇을 한다.
(1) 돈 있는 사람은 없는 사람의 상전 노릇을 하게 된다는 뜻.
(2) 돈의 노예가 된다는 뜻.

돈이 양반이다.
돈이 많으면 상놈도 양반 노릇을 할 수 있게 된다는 뜻.

돈이 인품을 만든다.
돈이 많으면 잘 먹고 잘 입게 되므로 인품이 돋보인다는 뜻.

돈이 있고 인색하지 않으면 의로운 것이다.
돈은 모일수록 물욕이 커지게 되므로 본인도 모르게 인색해지는 것이 상례인데, 그렇지 않은 사람은 교양이 있는 사람이라는 뜻.

돈이 있는 사람은 살고, 돈이 없는 사람은 죽는다.
돈이 있으면 죽을 것도 사는 수가 있고, 돈이 없으면 살 것도 죽을 수가 있다는 말.

돈이 있는 집은 집만 보아도 안다.
돈이 있는 사람은 그가 살고 있는 집만 보아도 바로 알 수 있다는 뜻.

돈이 있는 집은 집만 보아도 알고, 덕이 있는 사람은 겉만 보아도 안다.
돈이 있는 사람은 그가 살고 있는 집만 봐도 알 수 있고, 덕이 있는 사람은 그의 외모와 언행만 보아도 안다는 뜻.

돈이 있어도 사치는 하지 않는다.
돈이 있으면 으레 사치를 하게 되는데, 사치를 하지 않고 건실하게 생활한다는 뜻.

돈이 있어야 극락도 간다.
돈이 있으면 남에게 적선積善도 많이 할 수 있다는 뜻.

돈이 있어야 금수강산도 있다.
돈이 있어야 금수강산도 구경하고 즐길 수 있다는 뜻.

돈이 있어야 늙어도 대접을 받는다.
돈 없는 늙은이는 늙은이 대접도 못 받게 된다는 뜻.

돈이 있어야 늙은 추접도 면한다.
돈 없는 늙은이는 옷도 더럽고 몸치장도 못하므로 외모가 추접하여 사람들이 접촉을 피한다는 뜻.

돈이 있어야 서울이다.
돈이 넉넉해야 문화생활도 할 수 있다는 뜻.

돈이 있어야 양반 노릇도 한다.
돈이 없으면 잘난 사람도 제 구실을 못한다는 뜻.

돈이 있어야 인사 체면도 차린다.
돈이 없으면 사람으로서 인사나 체면도 차릴 수 없게 된다는 말.

돈이 있어야 인심도 낸다.
돈이 있어서 남을 도와 주어야 인심도 얻게 된다는 뜻.

돈이 있어야 저승 가는 길도 편히 간다.
돈이 넉넉해야 죽을 때도 편안하게 죽을 수 있다는 말.

돈이 있어야 저승에 가도 대접받는다.
사람은 어디를 가나 돈이 있어야 대접을 받게 된다는 뜻.

돈이 있어야 조상 제사도 지낸다.
돈이 없으면 조상에 대한 정성은 있어도 제사를 제대로 못 지낸다는 뜻.

돈이 있어야 친구도 많다.
돈이 있어야 교제할 수 있는 기회가 많아서 친구도 많아진다는 뜻.

돈이 있어야 할아비 노릇도 한다.
돈이 있어야 손자들에게 먹을 것도 사주고 선물도 줄 수 있다는 뜻.

돈이 있으면 겁이 나고, 돈이 없으면 근심이 생긴다.
돈은 있어도 걱정이고 없어도 걱정이라는 말.

돈이 있으면 겁이 생긴다.
돈이 많으면 자기의 신분과 재물을 보호하기 위한 걱정을 하기 때문에 겁도 많아진다는 뜻.

돈이 있으면 겉부터 의젓해진다.
돈이 있으면 생활이 안정되기 때문에 외모도 점잖게 보인다는 뜻.

돈이 있으면 귀신도 사귄다.
돈이 많으면 지위가 높은 사람하고도 사귈 수가 있다는 뜻.

돈이 있으면 극락도 간다.
돈이 있으면 호강하고 살다가 죽은 뒤에도 명당자리에 묻히게 된다는 뜻.

돈이 있으면 금수강산錦繡江山이고, 돈이 없으면 적막강산寂寞江山이다.
돈이 있는 사람에게는 적막강산도 금수강산이 되고, 돈이 없는 사람에게는 금수강산도 적막강산이 된다는 뜻.

돈이 있으면 담도 커진다.
돈이 많으면 배짱도 커지게 된다는 말.

돈이 있으면 무서운 것이 없다.
돈이 있으면 권력도 생기기 때문에 무서운 것이 없게 된다는 뜻.

돈이 있으면 무서워진다.
돈을 가지고 있는 사람은 항상 도둑을 맞을까봐 걱정을 하게 된다는 말.

돈이 있으면서도 인색하지 않으면 의로운 것이다.
많은 경우에 부자는 인색한데, 만일 인색하지 않은 사람이 있다면 그는 의로운 사람이라는 말.

돈이 있으면 없는 힘도 난다.
돈이 있으면 없는 용기도 생겨나서 용감해진다는 뜻.

돈이 있으면 있는 죄도 없어지고, 돈이 없으면 없는 죄도 있게 마련이다.
돈이 있으면 있는 죄도 없앨 수 있고, 돈이 없으면 없는 죄도 생길 수 있다는 뜻.

돈이 있으면 적막강산寂寞江山도 금수강산錦繡江山 되고, 돈이 없으면 금수강산도 적막강산 된다.
돈만 있으면 아무곳에서나 살아도 즐겁지만, 돈이 없으면 아무리 좋은 곳이라도 즐겁지 않다는 뜻.

돈이 있으면 적막강산도 금수강산 된다.
돈이 있으면 아무곳에서나 살아도 즐겁다는 뜻.

돈이 있으면 죽을 사람도 살린다.
(1) 죽게 된 사람도 돈만 있으면 살릴 수가 있다는 뜻.
(2) 살 사람도 돈이 없으면 죽게 되는 수가 있다는 뜻.

돈이 있으면 활량이고, 돈이 없으면 건달이다.
돈이 있으면 활기 있게 활동할 수 있지만, 돈이 없으면 기를 못 펴고 산다는 뜻.

돈이 있으면 힘도 난다.
돈이 있으면 없는 힘도 생겨서 용감해진다는 뜻.

돈이 있을 때 마음과 없을 때 마음은 다르다.
돈이 있을 때는 용감해지지만 돈이 없을 때는 기가 죽는다는 뜻.

돈이 자가사리 끓듯 한다.
돈이 한 곳으로 많이 몰려서 사람들도 몰려든다는 뜻.

돈이 장사壯士다.
돈이 있으면 힘이 나서 세상에 무서운 것이 없게 된다는 뜻.

돈이 재간才幹을 부린다.
돈이 있으면 여러 가지 재주와 꾀도 생긴다는 뜻.

돈이 재주를 부린다.
돈이 있으면 처세술도 능하게 된다는 뜻.

돈이 제갈량諸葛亮보다 낫다.
돈이 있으면 슬기로운 지혜가 제갈량처럼 생긴다는 뜻.
* 제갈량: 중국 삼국시대의 전략가.

돈이 제갈량이다.
돈이 있으면 좋은 지혜와 꾀도 생긴다는 뜻.

돈이 판을 친다.
돈 있는 사람이 독점하고 지배한다는 뜻.

돈이 효자다.
(1) 돈이 있어서 효도를 받는다는 뜻.
(2) 돈으로 부모를 호화롭게 모신다는 뜻.

돈이 힘이다.
돈이 있으면 없는 용기도 생긴다는 뜻.

돈 있고 권력 있으면 만사가 절로 된다.
돈이 있는데다가 권력까지 겸하게 되면 무슨 일이든지 못하는 일이 없다는 뜻.

돈 있고 못난 놈 없고, 돈 없고 잘난 놈 없다.
돈이 있으면 못난 사람도 똑똑해지고, 돈이 없으면 똑똑한 사람도 바보가 된다는 뜻.

돈 있고 안 되는 일 없고, 돈 없고 되는 일 없다.
돈 쓰고 안 되는 일 없고 돈 안 쓰고 되는 일 없듯이, 세상일은 돈만 있으면 다 해결될 수 있다는 뜻.

돈 있고 안 되는 일 없다.
돈이 있으면 무슨 일이나 다 잘 된다는 뜻.

돈 있는 난봉이다.
돈을 두고도 남의 돈을 갚지 않는 신용 없는 사람이라는 뜻.

돈 있는 놈이 궁상은 더 떤다.
돈 있는 사람이 돈은 더 아껴 쓴다는 뜻.

돈 있는 놈이 더 무섭다.
돈 있는 사람은 인색하기 때문에 남의 사정을 몰라 준다는 뜻.

돈 있는 놈이 죽는 소리는 더한다.
돈 걱정은 없는 사람만 하는 것이 아니라 있는 사람도 한다는 말.

돈 있는 문둥이는 안방에 모신다.
싫어하던 사람도 돈만 있으면 후대하게 된다는 뜻.

돈 있는 사람은 주머니를 꿰맨다.
돈이 많은 사람일수록 돈을 아껴 쓴다는 말.

돈 있는 사람은 집만 봐도 안다.
잘 살고 못 사는 것은 그 사람이 살고 있는 집만 봐도 바로 알 수 있다는 뜻.

돈 있는 사람은 집만 봐도 알고, 덕 있는 사람은 겉만 봐도 안다.
돈 있는 사람은 집만 봐도 그 부유한 것을 알 수 있고, 덕 있는 사람은 그 얼굴만 봐도 바로 알 수 있다는 뜻.

돈 있는 사람이 더 무섭다.
돈이 많은 사람일수록 돈에 대해서는 더 인색하다는 뜻.

돈 있는 사람이 돈 걱정은 더한다.
없는 사람은 액수가 적은 돈을 걱정하지만, 부자는 큰돈을 걱정하게 된다는 뜻.

돈 있는 집 도련님은 다 똑똑하다고 한다.
부자집 자녀들에게는 아부하는 사람들이 과찬過讚을 한다는 뜻.

돈 있는 집 머슴이 배고프다.
돈 있는 사람은 살림을 규모 있게 하기 때문에 식량을 절약하기 위하여 밥도 적게 먹는다는 뜻.

돈 있는 집 밥사발이 작다.
돈 있는 집은 규모 있는 살림을 하기 때문에 식량을 절약하기 위하여 아예 밥그릇도 작은 것을 쓴다는 뜻.

돈 있으면 살고, 돈 없으면 죽는다.
돈 있는 사람은 사람답게 살 수 있지만 돈이 없으면 죽지 못해 산다는 뜻.

돈 있으면 양반 노릇도 한다.
돈만 있으면 상놈도 양반 노릇을 하고 살 수 있다는 뜻.

돈 있으면 존대받고, 돈 없으면 천대받는다.
돈 있는 사람은 존대를 받게 되고, 돈 없는 사람은 천대를 받게 된다는 뜻.

돈 있으면 합격이고, 돈 없으면 떨어진다.
학교 입학 시험에서도 돈이 있는 집 자녀들은 입학이 쉽지만, 돈 없는 집 자녀들은 입학하기가 어렵다는 뜻.

돈 있을 때 마음 다르고, 돈 없을 때 마음 다르다.
돈 있을 때 마음은 담대하고, 돈 없을 때 마음은 비굴하다는 뜻.

돈 있을 때 인심 사랬다.
돈이 있거든 어려운 사람들을 도와 주고 인심을 얻으라는 뜻.

돈 자랑과 계집 자랑은 말랬다.
돈 있는 자랑과 아내 잘난 자랑을 하면 남들이 비웃는다는 뜻.

돈 자랑은 말아도 병 자랑은 하랬다.
돈 자랑은 하지 말아도 병 자랑은 해야 병을 고치게 된다는 뜻.

돈 잘 쓰고 술 잘 먹으면 금수강산이요, 돈 못 쓰고 술 못 먹으면 적막강산이다.
돈 잘 쓰고 술 잘 먹는 사람은 흥겹게 세월을 보내지만, 돈 못 쓰고 술 못 먹는 사람은 쓸쓸하게 세월을 보낸다는 뜻.

돈 정치다.
정치를 정책적으로 하는 것이 아니라 금권을 동원하여 한다는 뜻.

돈 주어 안 되는 일 없다.
무슨 일이나 돈을 쓰면 일이 잘 해결된다는 뜻.

돈 준다면 뱃속의 아이도 기어 나온다.
뱃속에 든 아이도 돈이라면 나오려고 하듯이, 돈은 누구나 탐한다는 뜻.

돈 힘으로 안 되는 일 없다.
돈만 있으면 모든 일이 다 될 수 있다는 뜻.

돈 힘이 사람 힘보다 세다.
(1) 아무리 잘난 사람이라도 돈이 없으면 무능해진다는 뜻.
(2) 돈만 있으면 권세權勢가 생긴다는 뜻.

되고 안 되는 것은 돈에 달렸다.
많은 경우에 일의 성패는 돈이 결정한다는 뜻.

두고도 못 쓰는 것이 돈이다.
돈은 있으면서도 못 쓰는 경우가 흔히 있다는 뜻.

모르는 것도 돈이 가르쳐 준다.
(1) 무식한 사람도 돈만 있으면 배워서 똑똑한 사람이 된다는 뜻.
(2) 숨겨진 물건도 돈만 쓰면 알게 된다는 뜻.

백정도 돈만 있으면 백정님 한다.
천대받는 백정도 돈만 있으면 백정님이라고 존대를 받듯이, 돈이 있으면 자연히 존경을 받게 된다는 뜻.

백정도 돈만 있으면 〈해라〉 소리를 안 듣는다.
천대받는 사람도 돈만 있으면 천대를 받지 않는다는 뜻.

병 자랑은 해도 돈 자랑은 말랬다.
병은 여러 사람에게 이야기를 하면 그에 따른 약을 구할 수가 있고, 돈은 자랑하면 도둑을 맞게 된다는 뜻.

부자가 돈은 더 안 쓴다.
부자는 돈 욕심이 많아서 돈에 대하여 더 인색하다는 뜻.

부자는 돈으로 일하고, 가난한 놈은 힘으로 일한다.
돈 있는 사람은 자본을 투자하게 되고, 없는 사람은 그 밑에서 노동을 하여 먹고 살게 된다는 뜻.

부자 칭찬은 돈 칭찬이다.
부자를 칭찬하는 것은 사회사업을 하였기 때문에 부자 개인을 칭찬하는 것이 아니라, 그가 한 사업을 칭찬하는 것이라는 뜻.

부처님의 영험靈驗도 돈이 있어야 난다.
부처님에게도 공양을 많이 할수록 영험이 더 나듯이, 모든 일에는 돈이 많을수록 잘 된다는 뜻.

부처도 돈 마다다는 부처 없다.
어진 사람이라도 돈 싫다는 사람 없다는 뜻.

불공도 돈이 있어야 한다.
무슨 일이나 돈 없이는 되는 일이 없다는 뜻.

불공에도 돈이 많아야 영험靈驗도 많다.
(1) 무슨 일이나 돈이 많아야 일이 잘 된다는 뜻.
(2) 잘 살려면 밑천이 있어야 한다는 뜻.

사람 노릇도 돈이 있어야 한다.
사람도 예절을 지키려면 돈이 넉넉해야 한다는 뜻.

사람이 돈을 부리는 것이 아니라 돈이 사람을 부린다.
사람이 돈을 써야 일하는 경우도 있지만, 때로는 금전 문제에 얽매여서 일을 하는 경우도 있다는 뜻.

세상 만사가 돈이면 다 된다.
세상에 모든 일이 다 돈이면 해결될 수 있는 황금만능 시대라는 뜻.

세상 인심은 돈 있는 집으로 쏠린다.
세상 인심은 돈 많은 곳으로 몰리게 된다는 뜻.

소매가 길면 춤추기가 좋고, 돈이 많으면 장사가 잘 된다.
춤추는 데는 소매가 길어야 좋고, 상업을 하려면 밑천이 많아야 크게 할 수가 있다는 뜻.

염라대왕도 돈쓰기에 달렸다.
권력기관에도 돈쓰기에 따라서 사건 결과가 달라진다는 뜻.

염라대왕도 돈 앞에는 한쪽 눈을 감는다.
권력기관에도 뇌물을 먹게 되면 부정이 통한다는 뜻.

옷은 날개고, 돈은 힘이다.
옷을 잘 입으면 인물이 돋보이고, 돈이 있으면 세상에서 무서울 것이 없다는 뜻.

의붓아비도 돈만 있으면 효도받는다.
돈 많은 의붓아비는 의붓자식한테서도 효도를 받게 된다는 뜻.

있는 놈은 돈으로 일을 시키고, 없는 놈은 힘으로 일한다.
돈 있는 사람은 돈을 주고 일을 편하게 시키지만, 돈 없는 사람은 자신의 노력으로 힘들게 일한다는 뜻.

재판에서도 돈이 있어야 이긴다.
재판에서도 돈이 있는 사람은 변호사도 쓰고 증거물도 제시할 수 있기 때문에 이기게 된다는 뜻.

저승에도 돈이 있어야 간다.
사람이 죽으면 저승 가는 노비(여비) 천 냥이요 하고 큰 소리로 외치면서 품안에 엽전 한 푼을 넣어 주는 데서 유래된 말.

죽어서도 돈이 있어야 제사도 얻어먹는다.
죽은 뒤에도 가난하면 제삿밥도 못 얻어먹게 된다는 뜻.

지옥도 돈만 있으면 극락 된다.
감옥에 가서도 돈이 있으면 우대를 받고 편하게 생활할 수 있다는 뜻.

첩은 돈 있을 때 첩이다.
첩은 돈 있는 사람이 호화로운 생활을 하기 위하여 얻는다는 뜻.

친구도 돈이 있을 때 친구다.
돈 있을 때 사귄 친구는 돈 떨어지면 친교도 끊어지게 된다는 뜻.

5
무전無錢

가진 돈이 없으면 망건꼴이 나쁘다.
현금이 아니고 외상으로 물건을 사면 더 비싸듯이, 돈 없이 하는 일은 여러 가지가 불리하다는 뜻.

구리동전 한 푼 없다.
주머니에 돈이라고는 씨가 말랐다는 뜻.

귀 떨어진 동전 한 푼 없다.
돈이라고는 쓰지 못하는 돈도 한 푼 없다는 뜻.

노랑동전 한 푼 없다.
돈이라고는 가진 것이 아무것도 없다는 뜻.

늙으면 돈보다도 자식이다.
돈이 좋기는 하지만 늙어서는 자식에게 의존하는 것이 더 좋다는 뜻.

단돈 한 푼이 없다.
돈이라고는 한 닢도 가진 것이 없다는 뜻.

돈 떨어져 봐야 세상 인심도 안다.
돈이 없어서 고생을 해본 사람이라야 세상 인심도 올바르게 알게 된다는 뜻.

돈 떨어지니 너 언제 봤더냐 한다.
패가를 하면 전에 친했던 사람도 냉대하게 된다는 뜻.

돈 떨어지면 겁나는 것이 없다.
돈이 없으면 악밖에 남은 것이 없기 때문에 세상에서 무서운 것이 하나도 없다는 뜻.

돈 떨어지면 악밖에 남는 것이 없다.
돈이 떨어지면 희망도 없어지기 때문에 악밖에 남는 것이 없다는 뜻.

돈 떨어지면 일가도 바뀌고 친구도 바뀐다.
부자가 패가를 하면 가깝게 지내던 일가도 안 찾아오게 되고, 친하게 지내던 친구와도 멀어지게 된다는 뜻.

돈 떨어지면 임도 떨어진다.
돈 있을 때 사귄 사랑은 돈 떨어지면 그 사랑도 떨어지게 된다는 뜻.

돈 떨어지면 적막강산寂寞江山이다.
돈 있던 사람이 패가하면 세상이 살풍경스럽다는 뜻.

돈 떨어지면 정도 떨어지고, 정 떨어지면 임도 떨어진다.
돈 있을 때 든 정은 돈 떨어지면 정도 떨어져서 갈리게 된다는 뜻.

돈 떨어지면 정도 떨어진다.
돈 있던 사람이 돈 떨어지면 정든 사람과도 사이가 멀어지게 된다는 뜻.

돈 떨어지면 친구도 괄시한다.
친하던 친구도 돈이 떨어지면 푸대접을 한다는 뜻.

돈 떨어지면 친구도 떨어진다.
부자가 패가를 하면 옛 친구들과도 멀어지게 된다는 뜻.

돈 떨어지면 친구도 바뀐다.
돈 있을 때 친구는 돈 떨어지면 친구도 바뀌게 된다는 뜻.

돈 떨어지면 친척도 바뀐다.
돈이 있다가 패가를 하면 자주 오던 일가친척도 찾아오지 않는다는 뜻.

돈 떨어지자 신발 떨어진다.
돈이 있을 때는 쓸 데가 없다가도 돈이 떨어지면 살 것이 많게 된다는 뜻.

돈 떨어지자 입맛 난다.
돈을 다 쓰고 나면 먹고 싶은 것이 더 많아진다는 뜻.

돈 떨어진 전주錢主다.
전주가 돈 떨어지면 일을 못하게 되듯이, 자격이 상실되면 제구실을 못하게 된다는 뜻.
* 전주: 밑천을 대주는 사람.

돈 반 밥 먹고 열네 닢으로 사정한다.
돈은 쓸 돈에서 단 한 푼만 모자라도 못 쓰게 된다는 뜻.

돈 쓰다가 돈 못 쓰면 공동묘지로 가야 한다.
돈을 물 쓰듯 하던 사람이 돈을 못 쓰게 되면 죽은 송장과 같다는 뜻.

돈 쓰다가 돈 못 쓰면 죽어야 한다.
돈을 흥청망청 쓰던 사람이 돈을 못 쓰게 되면 미쳐서 죽고 싶다는 뜻.

돈 쓰다 돈 못 쓰면 병신 된다.
돈 잘 쓰던 사람이 돈을 못 쓰게 되면 바보처럼 된다는 뜻.

돈 없고 잘난 놈 없고, 돈 있고 못난 놈 없다.
돈이 없으면 잘난 사람도 잘난 구실을 못하게 되고, 돈이 있으면 못난 사람도 똑똑하게 된다는 뜻.

돈 없는 것이 죄다.
돈이 없어서 사람 대접을 못 받는 것이 죄라면 죄가 된다는 뜻.

돈 없는 나그네 주막 지나듯 한다.
먹고 싶은 것을 못 먹어 매우 섭섭하다는 뜻.

돈 없는 놈 서러워 못 살겠다.
돈이 없으면 천대도 받고 억울한 일도 당하게 되므로 매우 서럽다는 뜻.

돈 없는 놈은 성도 없다.
돈이 없는 사람은 천대밖에 받을 것이 없다는 뜻.

돈 없는 놈은 입도 없다.
(1) 돈이 없으면 할 말도 못한다.
(2) 돈이 없으면 먹을 것도 못 먹는다는 뜻.

돈 없는 놈은 주먹도 못 쓴다.
돈이 없으면 정의로운 용기조차 내지 못한다는 뜻.

돈 없는 놈이 선가船價 먼저 물어본다.
돈이 없어서 선가도 못 내는 주제에 선가를 낼 것처럼 묻듯이, 돈이 없으면서도 겸손하지 못하다는 뜻.

돈 없는 놈이 장에 가 큰 떡 고른다.
없는 놈이 있는 척하고 허세를 부린다는 뜻.

돈 없는 놈이 큰 떡 먼저 집는다.
돈이 없으면서도 비위가 좋은 사람을 비유하는 말.

돈 없는 천하에는 조무래기 영웅뿐이다.
영웅도 돈이 없으면 뜻대로 활동할 수가 없다는 뜻.

돈 없는 탓이다.
돈이 없어서 일을 어쩔 수 없이 저지르게 되었다는 말.

돈 없다는 사람은 있어도 돈 남는다는 사람은 없다.
돈은 많으면 많이 쓰게 되므로 아무리 큰부자라도 돈이 남아서 걱정되는 일은 없다는 뜻.

돈 없어 사지는 못하지만 망건은 나쁘다.
나와는 관계가 없어도 바른말을 할 것은 해야 한다는 뜻.

돈 없으면 끈 떨어진 망석중이다.
돈 없는 사람은 사람 구실을 못하게 된다는 뜻.

돈 없으면 못난 놈 된다.
인격적으로 잘났더라도 돈이 없으면 활동력이 없게 되므로 못난 사람이 된다는 뜻.

돈 없으면 아무리 잘난 놈도 별수없다.
돈이 없으면 바탕이 잘난 사람도 사람 구실을 할 수가 없다는 뜻.

돈 없으면 잘난 놈도 못난 놈 되고, 돈 있으면 못난 놈도 잘난 놈 된다.
사람의 평가는 그 바탕도 중요하지만 사회활동에서는 경제력으로 결정된다는 뜻.

돈 없으면 잘난 놈도 못난 놈 된다.
아무리 잘난 사람이라도 돈이 없으면 하고 싶은 일을 못하게 되므로 결국은 못난 놈이 된다는 뜻.

돈 없으면 잘난 놈도 용빼는 재주 없다.
아무리 잘난 사람이라도 돈이 없으면 하고 싶은 일을 하지 못한다는 뜻.

돈 없으면 적막강산寂寞江山이고, 돈이 있으면 금수강산錦繡江山이다.
돈이 없으면 아무리 경치 좋은 곳에서 살아도 쓸쓸하고 고생스럽기만 하며, 돈이 있으면 아무리 쓸쓸한 곳에서 살아도 경치 좋은 곳처럼 즐겁게 살 수 있다는 뜻.

돈 없으면 적막강산이다.
돈 있던 사람이 돈 떨어지면 세상이 쓸쓸하고 찬바람만 분다는 뜻.

돈 없으면 제사도 물 떠놓고 지낸다.
집안이 극빈하면 조상 제사도 어쩔 수 없이 물제사를 지내게 된다는 뜻.

돈 없으면 조상 제사도 못 지낸다.
돈이 없으면 자손 노릇도 못한다는 뜻.

돈 없으면 천대받고, 돈 있으면 존대받는다.
돈 없는 사람은 잘난 사람이라도 천대를 받고, 돈 있는 사람은 못난 사람이라도 존대를 받게 된다는 뜻.

돈 없으면 호걸豪傑도 없다.
돈이 없으면 아무리 잘난 사람도 잘난 값을 못하게 된다는 뜻.

돈 없으면 혼례도 물 떠놓고 한다.
집안이 극빈하면 결혼식도 물 떠놓고 하게 된다는 뜻.

돈 없이 되는 일 없고, 돈 있고 안 되는 일 없다.
돈 없이 하는 일은 성공할 수 없고, 돈을 가지고 하는 일은 성사 안 되는 일이 없다는 뜻.

돈에 걸신乞神이 들렸다.
돈이라면 사족을 못 쓰는 사람을 비유하는 말.

돈에는 눈물도 없다.
금전 문제에 있어서 개인 사정을 봐주게 되면 일이 성사되지 못한다는 뜻.

돈에는 눈이 없다.
(1) 돈에는 눈이 없기 때문에 악한 사람에게도 가게 된다는 뜻.
(2) 돈에는 눈이 없기 때문에 가난하고 불쌍한 집을 몰라본다는 뜻.

돈으로 맺은 연분은 돈 떨어지면 그만이다.
재산만 보고 하는 결혼은 경제적으로 충족치 못하면 불행하게 될 수 있다는 뜻.

돈으로 사귄 사람은 돈 떨어지면 그만이다.
돈으로 연분을 맺은 사이는 돈이 떨어지면 자동적으로 연분도 끊어진다는 뜻.

돈은 없어도 걱정이고 있어도 걱정이다.
돈이 없는 사람은 없어서 걱정이고, 돈이 있으면 관리할 걱정이 생긴다는 뜻.

돈을 잃은 것은 조금 잃은 것이고, 명예를 잃은 것은 크게 잃은 것이고, 건강을 잃은 것은 전부를 잃은 것이다.

돈을 잃은 것은 회복할 수도 있으므로 조금 잃은 것이 되고, 명예는 한 번 잃으면 회복하기 어렵기 때문에 크게 잃은 것이 되며, 건강을 잃은 것은 곧 죽게 된 것이므로 전부를 잃은 것이 된다는 말.

돈이 떨어져 봐야 사람의 마음을 알 수 있다.

돈 있을 때 친하던 사람이 돈 떨어졌을 때도 친하게 대해 주는가 아닌가로서 그 마음을 알 수 있다는 뜻.

돈이 떨어져 봐야 세상 인심도 안다.

(1) 잘 살던 사람은 패가를 해봐야 비로소 없는 사람 사정을 알게 된다는 뜻.
(2) 고생해 본 사람이라야 세상 물정도 알게 된다는 뜻.

돈이 떨어지면 만사가 다 떨어진다.

돈 있던 사람이 패가하게 되면 몸뚱이밖에 남는 것이 없다는 뜻.

돈이 없다는 사람은 있어도 돈이 남는다는 사람은 없다.

(1) 돈은 아무리 많아도 만족하지 않는다는 뜻.
(2) 돈 욕심은 한이 없다는 뜻.

돈이 없었더라면 자식이나 버리지 않았지.

부자집 아들이 공부는 않고 부화하고 음탕한 행동만 하여 타락하였다는 뜻.

돈이 없으면 궁기窮氣가 낀다.

돈이 있다가 떨어지면 구차스러운 짓을 하게 된다는 뜻.

돈이 없으면 금수강산錦繡江山도 적막강산寂寞江山 된다.

돈이 없으면 아무리 경치 좋은 곳이라도 가지를 못하게 된다는 뜻.

돈이 없으면 될 일도 안 된다.

돈 없이 하는 일은 성사되는 일이 없다는 뜻.

돈이 없으면 똑똑한 놈도 무식해지고, 돈이 있으면 무식한 놈도 똑똑해진다.

돈이 없으면 똑똑한 사람도 배우지 못하게 되므로 무식할 수밖에 없고, 무식한 사람도 돈을 벌게 되면 대인관계가 많아지기 때문에 똑똑해진다는 뜻.

돈이 없으면 못난 놈 된다.

돈이 없으면 남의 밑에서 일을 해야 하기 때문에 못난 사람이 된다는 뜻.

돈이 없으면 무서운 것도 없다.
돈이 없는 사람은 악만 남았기 때문에 무서운 것이 없다는 뜻.

돈이 없으면 사람값도 못한다.
돈이 없는 사람은 자신의 능력도 발휘하지 못한다는 뜻.

돈이 없으면 사람이 잘났거나, 사람이 못났으면 돈이라도 많아야지.
돈도 없고 사람도 못나서 천대만 받는 존재라는 뜻.

돈이 없으면 아무 일도 이루어지지 않는다.
무슨 일이든지 돈이 없으면 일을 할 수 없게 된다는 말.

돈이 없으면 악만 남는다.
돈이 없으면 성사되는 일이 없기 때문에 악만 쓰게 된다는 뜻.

돈이 없으면 조상 제사도 못 지낸다.
극빈한 집에서는 조상 제사도 못 지내서 자손 노릇도 못한다는 뜻.

돈 잃고는 살아도 인심 잃고는 못 산다.
돈 잃고는 고생스러워도 살 수 있지만, 인심 잃고는 그 고장에서 살 수 없다는 뜻.

돈 잃고 병신 된다.
제 것을 주고도 칭찬을 받지 못하고 오히려 병신 대접을 받게 된다는 말.

돈 잃고 사람 잃는다.
남에게 돈을 빌려 주면 흔히 돈도 못 받게 되고 그 사람도 못 만나게 된다는 말.

돈 잃고 친구 잃는다.
돈을 잘못 빌려 주면 돈도 잃고 친구도 잃게 된다는 말.

돈 잃은 것은 도둑맞은 폭 치고, 기름 닳은 것은 개가 핥은 폭 친다.
노름해서 돈 잃은 것은 도둑맞은 폭 치고, 노름하느라고 등잔 기름이 없어진 것은 개가 핥아서 없어진 폭 치고 자위를 한다는 뜻.

돈 잃은 것은 도적맞은 폭 친다.
노름해서 돈 잃은 것은 도적맞은 폭 치고 자위한다는 뜻.

돈 잃은 것은 폭만 잘 치면 속이 편하다.
돈 잃고 속을 썩이는 것보다는 핑계를 잘 대고 속을 푸는 것이 낫다는 뜻.

등 쳐봤자 먼지밖에 안 난다.
등을 쳐봤자 돈 소리는 안 나고 등에서 먼지밖에 안 난다는 뜻.

물에 빠져도 주머니밖에 뜰 것이 없다.
물에 빠지면 몸은 무거워 빠지고 돈 없는 빈 주머니만 가벼워 뜨듯이, 주머니에 돈 한 푼도 없다는 뜻.

물에 빠지면 주머니부터 뜰 처지다.
주머니 속에 돈이 한 푼도 없이 떨어졌다는 말.

바람이 불려거든 돈바람이나 불어라.
돈바람이 불어서 고생하는 사람들도 다 잘 살게 되기를 바란다는 뜻.

백수 건달이다.
(1) 돈 한 푼 없는 건달이라는 뜻.
(2) 친해 봤자 이로울 것이 하나도 없는 사람이라는 뜻.

비상을 먹고 죽을래도 돈이 없어 비상을 못 산다.
(1) 죽는 사람에게도 돈이 필요하다는 말.
(2) 돈이 없으면 사소한 일도 할 수 없다는 뜻.

비상을 사먹고 죽으려고 해도 노랑동전 한 푼 없다.
고생하고 사느니 죽는 것이 낫겠기에 독약을 사먹고 죽으려고 해도 독약 살 돈이 없어서 못 사먹듯이, 돈이 없으면 모든 일이 마음대로 안 된다는 뜻.
* 비상: 독약.

빈 주머니가 되었다.
주머니에 있는 돈 다 쓰고 한 푼도 없다는 뜻.

사람 노릇도 돈이 있어야 한다.
돈이 있어야 예의도 갖추고 사람 행세도 할 수 있다는 뜻.

사람이 돈 없다고 못 사는 법 없다.
돈이 없으면 고생은 되지만 살아갈 수는 있다는 뜻.

사람이 돈을 따를 것이 아니라 돈이 사람을 따라야 한다.
돈은 사람이 억지로 벌지 못하는 것이므로 돈이 사람을 따라야 부자가 될 수 있다는 뜻.

사람이 돈을 부리는 것이 아니라 돈이 사람을 부린다.
사람이 돈을 쓰기도 하지만, 때로는 사람이 돈에 매어서 살기도 한다는 뜻.

사람이 돈이 없어서 못 사는 것이 아니라 명이 모자라서 못 산다.
사람이 돈이 없으면 고생스러울 뿐이지 오래 살고 못 사는 것은 명에 달렸다는 뜻.

사람이 못났거든 돈이 있거나, 돈이 없으면 사람이나 잘나야지.
사람이 못났으면 돈이라도 있어야 살고 돈이 없으면 사람이라도 잘나야 사는데, 어느 한 가지도 만족한 것이 없어서 살아갈 길이 막막하다는 뜻.

선가船價 없는 놈이 배에 먼저 오른다.
(1) 돈도 없으면서 염치없는 짓만 한다는 뜻.
(2) 실력 없는 사람이 실력 있는 사람보다 앞장서서 한다는 뜻.

손에 돈 한 푼 없는 건달이다.
돈 잘 쓰던 사람도 돈 한 푼 없을 때가 있다는 뜻.

수수돈 한 푼 없다.
노랑동전 한 푼도 없다는 뜻.

수중手中에 돈 한 푼 없다.
가지고 있는 돈이라고는 한 푼도 없다는 말.

시재時財가 이것뿐이다.
현재 가지고 있는 밑천을 통틀어도 이것밖에 안 된다는 뜻.

시재를 통틀었다.
현재 가지고 있는 돈을 다 털어도 몇 푼 안 된다는 뜻.

없는 놈은 힘으로 일하고, 있는 놈은 돈으로 일한다.
없는 사람은 자기 노력으로 일을 하고, 있는 사람은 돈을 주고 사람을 사서 일을 한다는 뜻.

없는 사람 걱정은 돈 없는 걱정이다.
가난한 사람의 걱정은 돈 하나 없는 걱정뿐이라는 뜻.

엽전 한 푼 없다.
돈이라고는 한 푼짜리 엽전 하나도 없다는 뜻.

입맛 나자 노자路資 떨어진다.
(1) 한창 재미나는 판에 돈이 떨어져 판이 깨지게 되었다는 뜻.
(2) 일이 공교롭게도 서로 빗나간다는 뜻.
* 노자: 여비.

있다있다 해도 없는 것이 돈이요, 없다없다 해도 있는 것이 빚이다.
돈을 준다준다 하면서도 없어서 못 주고, 빚은 남에게 없는 척하지만 숨은 빚이 있다는 뜻.

젊어 고생은 돈을 주고도 못 산다.
젊어서 고생을 한 사람은 어떤 고생이라도 극복하고 성공할 수 있기 때문에 젊어 고생은 소중하다는 뜻.

죄라고는 돈 없는 죄뿐이다.
성실하게 일하고도 가난한 사람에게 죄가 있다면 가난한 죄밖에 없다는 뜻.

주머니에 돈 한 푼 없다.
주머니에 있는 돈 다 쓰고 한 푼도 없다는 뜻.

첩은 돈 떨어지는 날이 가는 날이다.
첩은 돈 보고 왔기 때문에 패가하면 떨어지게 된다는 뜻.

털면 먼지뿐이다.
몸에 가진 것이라고는 등에 먼지밖에 없다는 뜻.

판장販場에 어물 떨어지면 돈 떨어진다.
위탁판매장에 어물이 떨어지는 것은 고기가 안 잡혔기 때문이므로 어민들 역시 돈이 떨어져 곤란을 받는다는 뜻.

피전 한 푼 없다.
가진 것이라고는 엽전 한 푼 없는 빈 몸뿐이라는 뜻.

6
빚

가난한 놈은 빚도 못 얻는다.
극빈한 사람은 신용이 없어서 빚을 얻을 수가 없다는 뜻.

가난한 놈치고 빚 없는 놈 없다.
가난해지면 어쩔 수 없이 빚을 얻어 쓰게 된다는 뜻.

가난해도 빚만 없으면 산다.
가난하더라도 남의 빚만 없으면 살아갈 수가 있다는 뜻.

가을 빚은 소도 잡아먹는다.
가을 빚은 얻어쓰기가 쉬우므로 씀씀이가 헤프다는 뜻.

겉으로는 허허 해도 빚이 열닷 냥이다.
겉으로는 표시를 하지 않고 있으나 속으로는 빚 걱정이 태산 같다는 뜻.

과부 대돈 오 푼 변을 내서라도 갚겠다.
한 달에 15퍼센트인 대돈 오 푼의 고리를 내서라도 진 빚을 꼭 갚겠다는 뜻.

과부 장변을 내서 쓴다.
돈이 급하게 필요할 때는 변리가 비싼 과부 돈이라도 빚내서 쓰게 된다는 뜻.

과부 체계돈을 내서라도 갚겠다.
이자가 비싼 과부의 장체계돈이라도 얻어 빚을 꼭 갚겠다는 뜻.

구월 군두 조금에 사돈네 빚 갚는다.
음력 9월 9일 조금이 되면, 낚시질로도 고기를 많이 잡으므로 빚도 갚게 된다는 뜻.

굴뚝 보고 절한다.
남의 빚을 많이 지고 못 살게 되어 도망 가면서 이웃 사람에게 인사는 못하고 굴뚝에 대고 작별 인사를 하듯이, 무슨 일을 남모르게 하고 도망친다는 뜻.

그릇을 포개 가지고 다니면 빚을 많이 진다.
그릇을 많이 포개 가지고 다니는 것은 위험하므로 삼가라는 뜻.

그믐날에는 빚을 갚아야 한다.
섣달 그믐에는 빚을 다 청산하고 새해를 맞이하라는 뜻.

급하면 과부 대돈 오 푼 빚도 쓴다.
돈이 급히 쓸 데가 생기면 비싼 이자를 주고라도 변돈을 쓰게 된다는 뜻.

꾼 돈이 열 냥이다.
없는 처지에 남에게 빚을 많이 졌다는 뜻.

꿈에 쓴 빚이다.
돈 거래가 흐지부지하여 알 수가 없다는 뜻.

꿈에 준 돈도 받아먹을 판이다.
어떤 구실만 있으면 남의 돈도 빼앗아 갈 억지를 쓴다는 뜻.

꿈에 준 돈이다.
(1) 받을 가망성이 없는 돈이라는 뜻.
(2) 돈 거래를 분명히 하지 않는다는 뜻.

꿈에 현몽한 돈도 찾아먹는다.
(1) 공돈을 좋아하는 사람을 비유하는 말.
(2) 떼를 잘 쓴다는 뜻.

끝끝내 빚을 갚지 않는다.
남의 돈을 쓰고 끝끝내 돈을 갚지 않고 떼어먹는다는 뜻.

남의 빚 보증 서는 자식은 낳지도 말랬다.
남의 빚을 얻는 데 보증을 서서는 안 된다는 말.

농투성이는 빚투성이다.
영세 농민들은 1년 내내 농사를 지어도 식량이 부족할 형편이라 빚을 안 질 도리가 없다는 뜻.
* 농투성이: 농민의 방언.

달질이 장변을 내서라도 갚겠다.
고리대금高利貸金을 얻어서라도 꼭 갚겠다는 말.

대돈변을 내서라도 갚겠다.
변돈에서 이자가 가장 비싼 대돈변을 얻어서라도 꼭 갚겠다는 뜻.
* 대돈변: 한 달에 10퍼센트 이자의 변돈.

돈놀이는 시비거리다.
돈을 줄 때는 웃으며 주지만 받을 때는 얼굴을 붉히며 받게 된다는 뜻.

돈 두고도 빚 안 갚는 난봉이다.
돈이 있어도 남에게서 쓴 빚을 안 갚는 사람이라는 뜻.

돈 보증 서는 자식은 낳지도 말랬다.
남의 빚 보증 섰다가 변상해 주고 패가하는 자식은 없는 것이 낫다는 뜻.

돈 보증은 서도 사람 보증은 서지 말랬다.
돈 보증은 금액에 대한 책임만 있지만, 신분 보증은 인적人的 보증까지 서기 때문에 책임이 매우 크다는 뜻.

돈 보증은 서지 말랬다.
남의 빚 보증은 위험성이 많으므로 아예 서지 말라는 뜻.

돈 빌려 주는 날이 친구 잃는 날이다.
친한 사이에 돈 거래를 하였다가 돈을 못 받게 되면 돈도 잃고 친구도 잃게 된다는 뜻.

돈은 꾸어 주기는 쉬워도 받기는 힘들다.
돈은 빌려 주기는 쉬워도 받기는 매우 어렵다는 뜻.

똥 묻은 속곳이라도 팔아 갚겠다.
있는 재산이라고는 다 팔아서 빚을 갚겠다는 뜻.

말 한 마디로 원산元山 빚 갚는다.
말만 잘하면 빚도 탕감받을 수 있으므로 항상 말을 조심해야 한다는 뜻.
* 원산 빚: 명태값.

묵은 빚은 본전만 주어도 좋아한다.
오래 된 빚은 채권자가 포기하고 있었기 때문에 본전만 주어도 좋아한다는 뜻.

밤에도 자지 않고 느는 것이 변돈이다.
빚은 이자가 있기 때문에 밤낮으로 쉬지 않고 늘게 된다는 뜻.

범보다 더 무서운 것이 남의 변돈이다.
호랑이보다도 더 무서운 것은 이자가 늘어가는 빚이듯이, 고리채는 바로 갚지 않으면 집안이 망한다는 뜻.

벽에다 발을 얹고 자면 빚을 진다.
잠을 잘 때 팔다리를 단정히 하고 자라는 뜻.

변리에 변리가 붙는다.
빚은 이자에 이자가 붙어 점점 많아진다는 뜻.

봉사 체계돈은 호랑이보다도 무섭다.
소경의 체계돈은 이자가 비싸기 때문에 빨리 갚지 않으면 경제적으로 큰 타격을 받게 된다는 뜻.

빚값에 계집 빼앗긴다.
예전에는 빚지고 못 갚게 되면 아내까지도 빼앗기듯이, 빚이 많으면 집안이 망한다는 뜻.

빚내서 굿하니 맏며느리 춤춘다.
남은 속을 태우고 있는데, 그 눈치도 모르고 한쪽에서는 즐거워한다는 뜻.

빚내서 빚갚기다.
빚내서 빚을 갚게 되면 빚이 누적되어 경제적으로 큰 타격을 받게 된다는 뜻.

빚내서 장가 보냈더니 동네 머슴 좋은 일만 시켰다.
없는 살림에 빚내서 자식 장가를 보냈더니 자식이 못나서 계집을 남에게 빼앗기듯이, 애써 한 일이 남의 좋은 일만 시켰다는 뜻.

빚도 많으면 갚을 생각보다 떼먹을 생각을 하게 된다.
부채가 과다하여 갚을 능력이 없게 되면, 갚을 생각을 않고 떼어먹을 궁리를 하게 된다는 뜻.

빚도 얻기 전에 돈 쓸 걱정부터 한다.
돈을 벌 생각은 않고 쓸 생각부터 하는 사람은 항상 경제적으로 곤궁하게 된다는 뜻.

빚도 있는 놈이 지고, 꾸는 것도 있는 놈이 꾼다.
빚도 가난한 사람은 얻어 쓸 수가 없으므로 빚을 얻는 사람은 아주 가난한 사람은 아니라는 뜻.

빚 두루마기다.
빚 속에서 헤어나지 못하고 사는 사람을 비유하는 말.

빚만 없으면 산다.
가난할지라도 빚만 없으면 먹고 살 수 있다는 뜻.

빚 많이 지고는 못 산다.
빚이 많으면 빚쟁이에게 졸려서 못 산다는 말.

빚 많이 지면 잠도 못 잔다.
빚이 많으면 근심 걱정이 생겨서 밤에도 잠을 편히 자지 못한다는 뜻.

빚 무서운 줄 모르면 망한다.
빚 무서운 줄 모르고 함부로 빚을 내 쓰다가는 패가하게 된다는 뜻.

빚 물어 달라는 자식은 낳지도 말랬다.
빚 갚아 달라는 자식은 집안을 망하게 하는 자식이니 아예 낳지를 말아야 한다는 뜻.

빚 받듯 한다.
큰소리를 쳐가면서 당당하게 받는다는 말.

빚 보증 서는 자식은 낳지도 말랬다.
남의 빚에 보증 서주는 자식은 아예 낳지도 말아야 한다는 뜻.

빚 안 준다고 원수 되는 일은 없다.
빚 달라는 것을 거절한다고 원수 되는 일은 없다는 뜻.

빚얻기는 근심얻기다.
빚을 지면 빚에 대한 근심을 하게 되므로 빚과 근심은 따라다니게 된다는 뜻.

빚 얻어 굿하니 맏며느리 춤춘다.
주인공이 되어서 일을 할 사람이 도리어 딴짓만 한다는 뜻.

빚 얻어 장가 보냈더니 동네 머슴 좋은 일만 시켰다.
장가도 잘못 가고 빚까지 져서 처지가 난처하게 되었다는 뜻.

빚 없고 자식만 있으면 산다.
아무리 가난해도 남에게 진 빚 없고 자식만 있으면 집안 살림은 꾸려 나간다는 뜻.

빚 없으면 부자다.
(1) 빚지고는 못 산다는 뜻.
(2) 빚진 사람이 하는 말.

빚 없으면 잘 사는 사람이다.
농촌에서는 빚 없이 사는 사람이면 잘 사는 축에 든다는 말.

빚에 계집 빼앗긴다.
빚지고 갚지 못하여 아내까지 빚값에 빼앗겨 가정이 파탄된다는 뜻.

빚은 걱정거리다.
빚진 사람은 자나깨나 항상 빚 걱정을 하게 된다는 뜻.

빚은 변리에 변리가 붙는다.
빚은 이자에 이자가 붙어 점점 많아진다는 뜻.

빚은 앉아 주고 서서 받는다.
빚은 앉아서 웃으며 주지만, 받을 때는 서서 얼굴을 붉혀가며 받는다는 뜻.

빚은 얻는 날부터 걱정이다.
남의 돈을 쓰면 걱정이 되기 때문에 되도록 남의 돈은 쓰지 말라는 뜻.

빚은 웃고 얻고 성내고 갚는다.
친한 사이 돈 거래를 하면 처음에는 웃으며 빚을 쓰지만 갚을 때는 의誼가 상하게 된다는 뜻.

빚은 웃으며 주고 싸우며 받는다.
빚을 줄 때는 서로 웃으며 주지만 약속을 어길 때는 싸워가며 받게 된다는 뜻.

빚은 이자도 늘고 걱정도 는다.
빚을 얻으면 이자도 늘고 걱정도 늘기 때문에 얻어 쓰지 말아야 한다는 말.

빚은 잠도 안 잔다.
빚은 잠도 안 자고 밤에도 이자가 늘어간다는 뜻.

빚은 점점 늘고 가난은 더욱 심하다.
빚을 지게 되면 없는 사람은 점점 더 가난해진다는 뜻.

빚을 고슴도치 외 따 짊어지듯 했다.
고슴도치가 외를 따서 짊어지듯이, 빚을 많이 진 사람을 비유하는 말.

빚을 얻을 때는 공돈 같고, 갚을 때는 생돈 같다.
빚을 얻을 때는 공돈을 얻은 것 같지만, 갚을 때는 생돈을 갚는 것처럼 무겁다는 뜻.

빚을 얻을 때는 웃고, 갚을 때는 찡그린다.
빚을 얻었을 때는 기분이 좋지만 갚을 때는 속이 아프다는 말.

빚을 줄 때는 부처님이요, 받을 때는 염라대왕이다.
채무자 입장에서 채권자를 볼 때, 돈을 줄 때는 부처님같이 보였으나 돈을 독촉하고 받을 때는 염라대왕같이 무섭다는 말.

빚을 질수록 간은 더 커진다.
빚을 많이 지게 되면 점점 겁 없이 빚을 얻다가 나중에는 떼어먹을 궁리를 하게 된다는 뜻.

빚이 가시나무에 연 걸리듯 하였다.
빚을 여러 사람에게서 많이 얻어 쓴 사람을 비유하는 말.

빚이 늘면 가난은 커진다.
빚이 점점 늘어 극도에 달하면 패가하게 된다는 뜻.

빚이 대추나무에 연 걸리듯 하였다.
여러 사람들에게 빚을 많이 져서 파산하게 되었다는 뜻.

빚이 많아질수록 배짱은 커진다.
빚이 많아지면 갚을 도리가 없게 되므로 배짱을 부리게 된다는 뜻.

빚이 많으면 걱정도 많다.
빚을 지고 독촉을 받게 되면 걱정이 되어 침식이 불안하다는 뜻.

빚이 많으면 뼈도 녹는다.
빚을 많이 지면 사람이 말라죽을 지경에 이른다는 뜻.

빚이 많으면 악만 남는다.
과다하게 빚을 지면 갚을 생각은 않고 발악적으로 대항하게 된다는 뜻.

빚이 법보다도 무섭다.
빚에 쪼들리는 사람은 빚쟁이만 보아도 걱정이 되고 무서워진다는 뜻.

빚이 산더미 같다.
채무債務를 지나치게 많이 졌다는 말.

빚이 태산이다.
남에게 빚을 과다하게 써서 갚을 도리가 없게 되었다는 뜻.

빚쟁이 거짓말하듯 한다.
빚진 사람이 제때에 못 갚게 되면 거짓말로 연기만 한다는 뜻.

빚쟁이는 발을 뻗고 잠을 못 잔다.
빚을 많이 진 사람은 걱정이 되어 밤에도 잠을 자지 못한다는 뜻.

빚 졸리는 것보다는 굶고 안 졸리는 것이 낫다.
빚지고 졸리는 것보다는 차라리 굶어도 빚에 안 졸리는 것이 낫다는 뜻.

빚 주고 못 받으면 친구 잃고 돈 잃는다.
친한 사이에 빚을 주고 못 받게 되면, 돈 잃고 친구 잃는 두 가지의 손실을 보게 된다는 뜻.

빚 주고 뺨 맞는다.
남에게 후히 하고도 도리어 봉변을 당한다는 뜻.

빚 주고 원한 사지 말랬다.
자기 돈을 주었다가 받는 것은 떳떳한 일 같지만, 돈놀이를 하게 되면 남에게 원한을 사게 된다는 뜻.

빚 주고 친구 잃는다.
친한 사이에 빚을 주면 그 친구와 사이가 나빠지게 된다는 뜻.

빚 준 사람은 안 잊어도 빚진 사람은 잊는다.
남의 돈이나 물건을 빌려 준 사람은 잊어버리는 일이 없어도 빌린 사람은 잊는 경우가 많다는 뜻.

빚 준 사람은 오금을 못 펴고 자도 빚진 사람은 두 다리 뻗고 잔다.
빚 준 사람은 떼일까봐 항상 불안하지만 빚진 사람은 태평한 마음으로 지낸다는 뜻.

빚 준 상전이다.
채권자는 자연히 채무자의 상전 노릇을 하게 된다는 뜻.

빚 준 상전이요, 빚진 종이다.
금전 거래를 하게 되면 빚 준 사람은 고자세가 되고 빚진 사람은 저자세가 된다는 뜻.

빚지고 거짓말 않는 놈 없다.
빚을 지고 약속한 날에 못 갚으면 자연 거짓말을 하게 된다는 뜻.

빚지고는 못 산다.
빚을 많이 지게 되면 근심 걱정으로 불안한 생활을 하게 된다는 뜻.

빚지면 문서 없는 종 된다.
빚을 지면 채권자에게 굽실거리게 된다는 뜻.

빚지면 본심도 잃게 된다.
빚이 많아서 갚을 능력이 없어지면 떼어먹을 궁리를 하게 된다는 뜻.

빚지면 잠도 제대로 못 잔다.
빚을 많이 지면 걱정이 많아서 잠도 못 자게 된다는 뜻.

빚진 놈 도망 가며 마당 보고 절한다.
빚에 쪼들려서 못 살고 밤에 도망치는 사람이 이웃집 사람에게는 차마 인사를 못하고 마당을 보고 작별 인사를 하듯이, 무슨 일을 하고 남모르게 피해서 도망친다는 뜻.

빚진 놈이 죄진 놈이다.
남에게 빚을 지면 채권자에게 죄라도 진 것같이 굽실거리게 된다는 뜻.

빚진 놈치고 거짓말 않는 놈 없다.
남에게 빚을 지고 제때에 못 갚게 되면 자연히 거짓말을 하게 된다는 뜻.

빚진 종이다.
빚을 지게 되면, 빚 준 사람 앞에서 저자세가 된다는 뜻.

빚진 죄인이다.
빚을 지게 되면, 빚 준 사람 앞에서 죄라도 지은 것처럼 저자세가 된다는 뜻.

빚질 때는 보살菩薩이고, 빚 갚을 때는 염라閻羅다.
빚을 얻을 때는 웃으면서 얻었지만, 빚을 제때에 못 갚게 되면 얼굴을 붉히며 갚게 된다는 뜻.

사람은 자도 돈은 자지 않는다.
변돈은 밤에도 여전히 이자가 늘어간다는 뜻.

삭일변朔一邊에 말라죽는다.
이자가 비싼 빚이 많아서 잠도 못 자고 먹지도 못할 정도로 근심 걱정이 된다는 뜻.
* 삭일변: 월 10퍼센트의 변돈.

살아서 못 갚은 빚은 죽어서라도 갚아야 한다.
살아서 못 갚은 빚은 죽은 뒤에도 자식이 갚도록 해야 한다는 뜻.

새끼가 새끼치는 것이 빚이다.
빚을 지면 이자가 이자를 새끼치기 때문에 갚기가 어려워진다는 뜻.

섣달 그믐에는 빚도 다 갚아야 한다.
섣달 그믐에는 모든 일을 청산하는 때이므로 빚도 청산을 해야 한다는 뜻.

설은 못 쇠도 그믐날 빚은 갚아야 한다.
설이 되어 조상의 제사를 못 지내더라도 그믐날 남의 빚은 다 갚는 것이 사람의 도리라는 뜻.

소경 월수를 내서라도 갚겠다.
봉사에게서 변돈을 내서라도 청산하겠다는 뜻.

소경 죽이고 살인빚 갚는다.
일도 일 같지 않은 짓을 하고 손해만 본다는 뜻.

십 년 묵은 빚은 본전만 주어도 고맙게 여긴다.
10여 년이 된 빚은 채권자가 이미 결손처분한 것이기 때문에 본전만 주어도 고맙게 여긴다는 뜻.

아비 빚은 자식이 갚는다.
아비가 빚을 져 갚지 못하고 죽으면 자식이 대신 갚아 주는 것이 그 도리라는 뜻.

앉아서 주고 서서 받는다.
빚은 줄 때는 앉아서 웃으며 주지만, 많은 경우에 받을 때는 서서 큰소리 쳐가며 받는다는 뜻.

앉아서 준 돈 서서도 못 받는다.
흔히 친한 사이에 돈을 주면 낯을 붉혀가면서도 못 받게 된다는 뜻.

약은 빚을 내서라도 사먹는다.
약은 제때에 먹어야 하기 때문에 돈이 없으면 빚을 얻어서라도 사먹어야 한다는 뜻.

없는 것 같으면서도 있는 것이 빚이다.
(1) 남 줄 돈은 생각하고 있는 것보다도 많다는 뜻.
(2) 받을 돈에는 관심이 많지만 줄 돈에 대해서는 관심이 적다는 뜻.

없는 놈은 남의 빚도 못 얻어 쓴다.
매우 가난한 사람은 신용이 없기 때문에 빚도 못 얻는다는 뜻.

없는 놈은 빚이 밑천이다.
없는 사람은 돈이 없을 때 빚을 얻어 해결하게 된다는 뜻.

없다없다 해도 있는 것이 빚이다.
(1) 남 줄 돈은 관심이 적다는 뜻.
(2) 남 줄 빚은 생각하고 있는 것보다 많다는 뜻.

없다없다 해도 있는 것이 빚이요, 있다있다 해도 없는 것이 돈이다.
빚은 없는 것 같으면서도 많고, 돈은 많은 것 같으면서도 적다는 말.

여기저기서 빚만 진다.
이 사람 저 사람에게서 빚을 많이 졌다는 뜻.

오갈피 상나무에 연 걸리듯 했다.
아는 사람에게는 빚을 다 질 정도로 빚이 많다는 뜻.

오 푼 쓰고 한 냥 갚는다.
빚을 얻으면 이자는 당연히 주어야 한다는 뜻.

왜채倭債라도 내서 갚겠다.
일제 시대 왜놈의 고리채高利債라도 내서 꼭 갚아 주겠다는 뜻.

왜채에 문전옥답門前沃畓 날리듯 한다.
일제 시대 좋은 논밭은 왜놈 고리채 바람에 다 빼앗겼다는 뜻.

왜채에 소 몰아가듯 한다.
일제 시대 왜놈이 고리채를 미처 못 갚으면 소를 몰아가듯이, 남의 것을 제 것처럼 가져간다는 뜻.

웃고 얻은 빚 울며 갚는다.
빚을 얻을 때는 기분이 좋아서 웃지만, 갚을 때는 힘이 들어 울면서 갚는다는 뜻.

웃으며 가져간 돈 성내며 갚는다.
빚을 얻을 때는 웃으며 얻고, 갚을 때는 독촉을 받고 화가 나서 갚는다는 뜻.

원 달라 빚이라도 내서 갚겠다.
빚을 지고 성화 같은 독촉에 못 이기어 고리高利라도 얻어서 갚겠다는 뜻.
* 원 달라 빚: 하루 1퍼센트의 고리.

윤동지달(閏冬至月)에는 빚을 갚겠다.
음력 다른 달에는 윤달이 다 있어도 11월인 동짓달에는 윤달이 없기 때문에 윤동지달로 약속하는 것은 안 주겠다는 뜻.

윤동지달 초하룻날이 돈 갚는 날이다.
윤달은 일 년 열두 달 중에서 동짓달(11월)만 없고 다른 달은 다 있기 때문에 윤동지달로 미룬다는 것은 못 갚겠다는 뜻.

자모전가子母錢家에 마누라를 잡히고서라도 갚겠다.
마누라를 전당포에 잡혀서라도 돈을 마련하여 꼭 갚겠다는 말.
* 자모전가: 전당포.

장님 돈은 호랑이보다 무섭다.
소경에게 진 빚은 이자도 비쌀 뿐 아니라 기일도 어기지 못하고 갚아야 한다는 뜻.

장례 빚은 대물림해서라도 갚는다.
장례 빚은 자기가 갚지 못할 경우에는 자식이 갚도록 하여 고인의 명예를 더럽히지 말아야 한다는 뜻.

장리長利에 처자식 채로비債奴婢로 빼앗긴다.
빚을 갚지 못하여 처자식을 종으로 빼앗긴다는 뜻.
* 채로비: 빚값으로 처자식을 준 종.

장변 새끼치듯 한다.
장변이라 하면 장과 장 사이, 즉 닷새를 단위로 하여 보통 2부로 하는데 이런 경우에는 한 달에 장이 여섯 번 있으므로 월 이자가 12퍼센트인 비싼 변돈이라는 뜻.

장인 돈 떼어먹듯 한다.
장인 장모에게 사랑을 받는 사위가 처가집 돈을 떼어먹듯이, 돈에 염치없는 사람을 비유하는 말.

저승에 가서도 빚진 돈 달라겠다.
돈에 대하여 인정사정도 없는 사람을 비유하는 말.

저승에 가서도 이승 빚 내라겠다.
돈밖에 모르는 냉정한 사람을 비유하는 말.

제 빚은 제가 갚는다.
자기가 진 빚은 자기가 갚듯이, 자기가 저지른 잘못에 대한 벌도 자기가 받아야 한다는 뜻.

조리장수 매끼돈도 떼어먹겠다.
조리장수가 그날 그날 한두 푼씩 모아서 매끼에 꿰어둔 돈을 빚으로 쓰고도 떼어먹듯이, 체면도 염치도 없는 사람을 비유하는 말.

조리장수 매끼돈이라도 내서 갚겠다.
영세상인 조리장수가 근근히 모아둔 돈이라도 고리로 얻어 갚겠다는 뜻.

종이 망건 사러 가는 돈이라도 꾸어 갚겠다.
어느 누구의 돈이라도 꾸어서 꼭 갚겠다는 뜻.

주는 날이 받는 날이다.
말로만 준다는 것은 믿을 수가 없고, 돈을 주는 날이라야 받는 날이 된다는 뜻.

중 망건 사러 가는 돈이라도 빌려 갚겠다.
어떤 돈이라도 있기만 하면 얻어서 꼭 갚겠다는 뜻.

중이 가사袈裟 사러 가는 돈이라도 얻어 갚겠다.
어떤 급전이라도 둘러서 꼭 갚겠다는 뜻.

집 마련에는 빚 좀 져도 괜찮다.
집을 사기 위하여 빚을 지는 것은 무방하다는 뜻.

짚신장수 체계돈을 내서라도 갚겠다.
짚신장수의 체계돈이라도 얻어 꼭 갚겠다는 뜻.

천 냥 빚도 말로 갚는다.
말을 잘하면 채권자가 동정을 하여 빚을 포기한다는 뜻.

천 냥 빚도 말 한 마디로 갚는다.
말을 친절하고 겸손하게 하면 이득을 보게 된다는 뜻.

천 냥 빚에 말이 비단이다.
빚진 사람이 말을 곱게 하면 빚도 유리하게 해결될 수 있다는 뜻.

천 냥 빚지나 천한 냥 빚지나 빚지기는 매일반이다.
많은 양에서는 약간의 차이가 있는 것은 별로 영향을 끼치지 않는다는 뜻.

천지개벽天地開闢하는 날이 돈 갚는 날이다.
남의 돈을 쓰고도 갚지 않겠다는 말.

초상 빚은 삼대를 두고 갚는다.
초상 때 쓴 빚은 당대에 못 갚으면 대를 물려가면서라도 꼭 갚아야 한다는 뜻.

풀짐은 짊어지면 썩기나 하지만, 빚은 짊어져도 썩지도 않는다.
빚은 질수록 줄지 않고 늘어만 간다는 뜻.

하다못해 여편네 속곳이라도 팔아야겠다.
빚쟁이에게 졸려 더 견딜 수가 없어서 최종적으로 갚겠다는 것을 약속하는 말.

한 냥 굿에 열 냥 빚진다.
본질적인 문제보다 지엽적인 문제가 더 크다는 뜻.

허허 해도 달지리 장변長邊이 쉰 냥이다.
겉으로는 좋은 척해도 속으로는 걱정이 많다는 뜻.
* 달지리 장변: 다달이 갚는 이자 높은 빚.

허허 해도 빚이 열닷 냥이다.
겉으로는 아무 근심 걱정 없이 잘 사는 것 같지만, 속으로는 빚이 많아서 근심 걱정으로 산다는 뜻.

호랑이보다 더 무서운 것이 변돈이다.
과분한 채무는 패가할 수 있기 때문에 경계해야 한다는 뜻.

혼례 돈은 떼먹어도 초상 돈은 대물려 가면서 갚는다.
(1) 결혼 빚보다도 초상 빚은 고인의 명예를 위하여 대물림을 하더라도 갚는다는 뜻.
(2) 초상난 데는 초면이라도 안심하고 외상을 줄 수 있다는 뜻.

7
돈 걱정

가난한 놈 걱정은 결국 돈 한 가지 없는 걱정이다.
가난한 사람이 걱정하는 것은 돈 한 가지 없는 걱정밖에 없다는 뜻.

돈은 많아도 걱정이요, 적어도 걱정이다.
돈은 많아도 화를 당하는 경우가 있고, 돈이 없어서 화를 당하는 경우도 있다는 말.

돈은 벌기 전에는 벌 걱정하고, 번 뒤에는 잃을까봐 걱정한다.
돈은 없을 때나 있을 때나 항상 걱정이 따라다닌다는 뜻.

돈은 없어도 걱정이고 있어도 걱정이다.
돈이 없을 때는 벌 걱정을 하게 되고, 돈을 벌면 간수하기 위한 걱정이 생긴다는 뜻.

돈을 탐내는 사람은 돈이 안 모아지는 것을 근심한다.
돈을 탐내는 사람은 항상 돈 모을 걱정만 한다는 뜻.

돈이 너무 많아 주체 못하는 사람 없다.
돈이 아무리 많아도 관리를 못하는 사람은 없다는 뜻.

욕심쟁이는 돈과 재물을 쌓아두지 않으면 걱정이 된다.
물욕이 많은 사람은 필요한 돈으로 만족하는 것이 아니라 축재를 하려고 한다는 뜻.

주머니가 가벼워지면 걱정은 무거워진다.
주머니 속에 돈이 떨어지게 되면 사람은 돈 걱정을 더 하게 된다는 뜻.

주머니가 가벼워지면 어깨는 무거워진다.
일상생활에 필요한 돈이 떨어지면 당장 굶게 되므로 걱정을 하게 된다는 뜻.

8
돈 욕심

감투 꼬리에 돈 따라다닌다.
벼슬을 하게 되면 돈은 저절로 벌게 된다는 뜻.

감투 좋아하는 사람은 돈도 좋아한다.
벼슬 꼬리에는 돈이 따라다니기 때문에 벼슬을 좋아하는 사람은 돈도 좋아하게 된다는 뜻.

개는 구린내를 따라다니고, 사람은 돈을 따라다닌다.
개는 먹이를 따라다니게 되고, 사람은 돈을 벌기 위하여 일을 하게 된다는 뜻.

계집 싫다는 사람 없고, 돈 싫다는 사람 없다.
유부남이라도 예쁜 여자와는 가까이하고 싶고, 돈은 누구에게나 다 필요하다는 뜻.

관리는 돈을 사랑하지 말아야 한다.
관리가 뇌물을 좋아하게 되면 나랏일을 망친다는 뜻.

관리는 돈을 탐내지 말아야 한다.
관리가 돈을 탐내면 부정이 생겨서 나랏일을 망치게 된다는 뜻.

늙으면 자식 촌수보다 돈 촌수가 더 가깝다.
늙어갈수록 자신이 쓸 수 있는 돈은 가지고 있어야 한다는 뜻.

늙을수록 돈 욕심은 커진다.
늙을수록 돈과 인연이 멀어지기 때문에 돈에 대한 애착심이 더 강해진다는 뜻.

돈과 재물은 모일수록 욕심이 는다.
돈에는 욕심이 따라다니기 때문에 돈을 모을수록 욕심도 부푼다는 뜻.

돈 앞에는 눈이 어두워진다.
돈을 보면 이것을 손아귀에 넣기 위하여 수단과 방법을 가리지 않게 되므로 의리에 어긋나는 행동도 하게 된다는 뜻.

돈에 눈이 어두우면 부모형제도 보이지 않는다.
돈 욕심이 많은 사람은 돈을 보면 의리도 저버리고 돈에만 욕심을 낸다는 뜻.

돈에 눈이 어두우면 사람도 안 보인다.
물욕이 많은 사람은 이권을 보면 이것을 얻기 위하여 사람의 도리도 저버리게 된다는 뜻.

돈에 눈이 어두우면 처자식도 돌보지 않는다.
돈을 보게 되면 이에 현혹되어 도덕과 의리도 돌보지 않고 덤빈다는 뜻.

돈에는 눈이 없다.
(1) 돈에는 눈이 없기 때문에 불쌍하고 고생하는 사람도 몰라본다는 뜻.
(2) 돈에는 눈이 없기 때문에 악한 사람에게도 간다는 뜻.

돈에는 욕심이 따라다닌다.
돈을 벌면 벌수록 욕심이 더 커진다는 뜻.

돈에 대한 사랑은 돈이 자랄수록 커진다.
돈이 많아질수록 돈에 대한 애착심은 강해진다는 뜻.

돈에 맛들이면 의리도 저버린다.
돈에 눈이 어둡게 되면 의리도 생각지 않게 된다는 뜻.

돈에 미치면 죽는 줄도 모른다.
돈에 현혹되면 자신의 생명도 돌보지 않게 된다는 뜻.

돈에 반하지 사람엔 반하지 않는다.
허영에 들뜬 여자가 사람보다도 돈에 반한다는 뜻.

돈에 환장하면 돈밖에 모른다.
돈에 현혹되면 돈 벌 생각밖에 하지 않는다는 뜻.

돈에 환장하면 돈밖에 보이지 않는다.
돈에 환장을 하게 되면 도덕과 예의도 모르고 돈만 알게 된다는 뜻.

돈에 환장하면 사람도 보이지 않는다.
돈에 미친 사람의 눈에는 돈밖에 보이지 않는다는 말.

돈에 환장하면 죽는 것도 모른다.
돈에 미치면 자신의 생명도 돌보지 않는다는 뜻.

돈에 환장하면 처자식도 모른다.
돈에 현혹되면 처자식도 돌보지 않고 돈에만 욕심을 낸다는 뜻.

돈을 보면 눈이 뒤집힌다.
돈을 보면 환장을 하고 덤빈다는 뜻.

돈을 보면 마음이 뒤집힌다.
돈을 보면 환장을 하여 본정신도 잃게 된다는 뜻.

돈을 보면 사지를 못 쓴다.
돈을 보면 환장하여 어쩔 줄을 모른다는 뜻.

돈을 보면 환장을 한다.
돈을 보면 미쳐서 사족을 못 쓴다는 뜻.

돈이 늘면 돈 욕심도 는다.
돈이 모일수록 더 모으고 싶은 욕심도 커진다는 뜻.

돈이라면 대통 그림자도 따라간다.
돈에 눈이 어두우면 돈같이 생긴 것만 보아도 욕심을 낸다는 뜻.
* 대통: 담뱃대의 둥근 꼭지.

돈이라면 덫에라도 들어간다.
돈을 보면 죽는 줄도 모르고 마구 덤빈다는 뜻.

돈이라면 뱃속에 든 아이도 손 내민다.
돈이라면 누구나 다 좋아한다는 말.

돈이라면 뱃속의 아이도 손 벌린다.
돈을 준다면 뱃속에 있는 아이도 좋아서 나온다고 할 정도로 아이들까지도 돈을 좋아한다는 뜻.

돈이라면 불가사리 찜 쪄먹겠다.
불가사리가 쇠를 집어먹듯이, 돈만 보면 아무 돈이나 마구 먹으려는 사람을 조롱하는 말.
* 불가사리: 쇠를 먹는다는 상상의 짐승.

돈이라면 사지를 못 쓴다.
돈이 생기는 일이라면 죽을지 모르고 덤빈다는 뜻.

돈이라면 산 호랑이 눈썹도 빼온다.
돈이 생기는 일이라면 죽음을 무릅쓰고 무슨 일이든지 한다는 뜻.

돈이라면 신주도 팔아먹겠다.
돈만 생기는 일이라면 수치스러운 줄도 모른다는 뜻.

돈이라면 오금을 못 쓴다.
돈이라면 악을 쓰고 덤벼든다는 뜻.

돈이라면 죽는 줄도 모르고 덤빈다.
돈이라면 자기 생명도 돌보지 않고 마구 덤비는 사람을 조롱하는 말.

돈이라면 죽는 줄 알고 동생의 남편에게까지 받는다.
돈이라면 도덕과 의리도 모르는 파렴치한 사람을 비유하는 말.

돈이라면 죽을지 살지도 모르고 덤빈다.
돈이라면 생명도 돌보지 않고 악착같이 덤비는 사람을 비유하는 말.

돈이라면 처녀도 아이를 낳는다.
돈을 준다면 처녀도 정조를 팔 정도로 돈에 미친다는 뜻.

돈 훔친 사람은 사형을 받고, 나라 훔친 사람은 임금이 된다.
돈을 훔친 사람은 도적이기 때문에 벌을 받게 되고, 쿠데타를 일으킨 사람은 정권을 잡게 된다는 뜻.

똥 마다다는 개 없고, 돈 마다다는 사람 없다.
돈은 어느 누구나 다 가지고 싶어한다는 뜻.

무관武官은 목숨을 아끼지 않고, 문관文官은 돈을 탐내지 않는다.
군인은 생명을 아끼지 말고 싸워야 하고, 관리는 청렴해야 한다는 뜻.

문관文官은 돈을 탐내지 말아야 한다.
관리는 돈에 청렴결백해야 나랏일이 잘 된다는 뜻.

미인 싫다는 사내 없고, 돈 싫다는 사람 없다.
남자는 누구나 미인을 좋아하고, 사람은 누구나 돈을 좋아한다는 뜻.

벼슬을 좋아하는 사람은 돈도 좋아한다.
벼슬에는 돈이 따라다니므로 벼슬을 좋아하는 사람은 돈도 좋아하게 된다는 뜻.

아전衙前 망령에는 돈이 약이고, 늙은이 망령에는 고기가 약이다.
뇌물을 좋아하는 관리에게는 돈을 주어야 하고, 늙은이는 고기로 보신을 해서 건강을 유지해야 한다는 뜻.

아전 망령에는 돈이 약이다.
뇌물을 좋아하는 관리에게는 돈으로 해결을 해야 한다는 뜻.

욕심쟁이는 돈을 쌓아두지 않으면 근심이 된다.
탐욕이 많은 사람은 돈을 쌓아두지 않으면 걱정이 되어 못 견딘다는 뜻.

9
절약

가난하면 돈도 아끼고말고 할 것이 없다.
돈 한 푼 없는 사람은 아낄 돈조차 없다는 뜻.

건강은 건강할 때 잘 지켜야 하고, 돈은 있을 때 아껴야 한다.
건강은 건강할 때 유지되도록 해야 하고, 돈은 있을 때 절약을 해야 한다는 뜻.

남편은 두레박이고, 아내는 항아리다.
남편이 돈을 벌어 오면 아내는 살림을 알뜰하게 하여 저축을 해야 한다는 뜻.

돈은 아껴서 뜻밖의 쓸 일에 대비해야 한다.
일상생활에서 절약하여 뜻밖의 일에 쓸 준비를 해두어야 한다는 뜻.

돈은 아끼는 사람에게 따르고, 아이는 귀여워하는 사람에게 따른다.
돈은 아끼는 사람에게 붙어 있고, 아이는 귀여워하는 사람을 따르게 된다는 뜻.

돈은 아끼는 사람에게 따른다.
돈은 아끼지 않는 사람에게는 붙어 있지 않고 떠난다는 뜻.

돈은 안 쓰는 것이 버는 것이다.
돈을 벌려고만 하지 말고 아껴서 저축하도록 하라는 뜻.

돈은 있을 때 아끼고, 권력은 있을 때 쓰랬다.
돈은 있을 때 아껴서 저축을 해야 하고, 권력은 있을 때 잘 활용하여 좋은 업적을 남기라는 뜻.

돈은 있을 적에 아껴야 하고, 건강은 건강할 적에 잘 지켜야 한다.
돈은 여유가 있을 때 아껴서 저축해야 하고, 건강은 건강할 때 관리를 잘해야 한다는 뜻.

돈은 있을 적에 절약해야 한다.
돈은 여유가 있을 때 절약하여 저축을 해야 한다는 뜻.

돈 있는 집 머슴이 배고프다.
돈 있는 집에서는 식량을 절약하기 위하여 밥을 적게 담는다는 뜻.

돈 있는 집 밥사발이 작다.
돈 있는 집에서는 식량을 절약하기 위하여 작은 밥사발을 사용한다는 뜻.

목돈을 만든다.
푼돈을 아껴서 모으게 되면 목돈이 된다는 뜻.

배를 곯아 봐야 돈 귀한 줄도 안다.
굶주려 본 사람이라야 돈이 소중하다는 것을 알게 된다는 뜻.

부자가 돈은 더 안 쓴다.
부자는 돈 벌기 위한 사업에는 아끼지 않고 투자하지만 개인 용돈은 아껴 쓴다는 뜻.

아이는 귀여워하는 사람에게 따르고, 돈은 아끼는 사람에게 따른다.
어린아이는 귀여워하는 사람을 따르게 마련이고, 돈은 아껴 쓰는 사람이 저축하게 된다는 뜻.

푼돈이 목돈 된다.
푼돈도 아껴서 저축하게 되면 목돈이 된다는 뜻.

한 푼도 쪼개 쓴다.
한 푼도 단번에 다 쓰지 않고 나누어 쓰듯이, 돈을 몹시 아껴 쓴다는 뜻.

한 푼 모아 두 푼 되고, 두 푼 모아 한 돈 된다.
돈은 단번에 목돈이 되는 것이 아니라, 한 푼 두 푼 모아야 큰돈이 되므로 푼돈을 아낄 줄 알아야 한다는 뜻.

한 푼 모아 두 푼 된다.
돈은 처음부터 목돈이 되는 것이 아니라, 한 푼 두 푼 모아야 큰돈이 된다는 뜻.

한 푼을 아끼면 두 푼 된다.
돈은 푼돈을 아껴서 모으면 목돈이 된다는 뜻.

한 푼 한 푼 모으면 목돈 된다.
돈은 단번에 목돈으로 저축되는 것이 아니라, 한 푼 두 푼씩 꾸준히 저축하면 목돈이 된다는 뜻.

10
구두쇠

가난 끝에 돈 번 사람은 인색하다.
고생 끝에 돈을 번 사람은 구두쇠가 되어 몹시 인색하다는 뜻.

가난한 활수滑手가 돈 있는 부자보다 낫다.
돈 많은 구두쇠보다는 돈이 적어도 남의 사정을 알아 주는 사람이 낫다는 뜻.

궤 속에서 녹슨 돈은 똥도 못 산다.
(1) 두고 못 쓰는 돈은 있으나마나하다는 뜻.
(2) 돈은 쓸 때 써야 가치가 있다는 뜻.

놀부 돈제사 지내듯 한다.
인색하기로 유명한 놀부는 제사를 지낼 때 제물을 놓는 것이 아니라 제물값으로 제기에 돈을 담아 놓고 제사를 지냈다는 데서 유래된 말로서, 몹시 인색한 사람을 조롱하는 말.

대신 매맞고 온 사람 매값 뺏는다.
자기가 맞을 볼기를 돈을 주고 대신 맞게 한 뒤에는 그 돈을 되뺏듯이, 돈 욕심이 많은 사람을 비유하는 말.

돈 꾸러미가 썩는다.
돈을 쓸 데 쓰지 않고 감추어두기만 하는 사람을 비유하는 말.

돈독이 오르면 돈밖에 안 보인다.
돈만 아는 사람은 도덕이나 의리는 전혀 모른다는 뜻.

돈독이 오르면 사람도 보이지 않는다.
돈에 환장한 사람은 돈 이외에는 아무 관심이 없다는 뜻.

돈독이 올랐다.
돈이라면 사족을 못 쓰는 사람이라는 뜻.

〈돈돈〉 하다 죽는다.
흔히 죽을 때까지 돈을 벌기 위하여 고생만 하다가 죽는 사람도 있다는 뜻.

돈 두고 못 쓰면 죽어야 한다.
돈은 쓸 데 쓰려고 버는 것인데 돈을 쓸 줄 모르면 사람 구실을 못하는 송장과 같다는 뜻.

돈만 아는 구두쇠다.
돈밖에 모르는 수전노守錢奴라는 말.

돈만 아는 사람이다.
사람의 도리는 모르고 오직 돈만 아는 사람이라는 뜻.

돈맛을 보면 대롱 그림자를 따라다닌다.
돈에 미친 사람은 돈과 비슷한 것만 봐도 따라다닌다는 뜻.

돈맛을 보면 솜씨는 떨어진다.
돈벌이에 재미를 붙이면 제품을 많이만 만들려고 함부로 만들게 된다는 뜻.

돈맛을 알면 인색해진다.
돈 모으는 데 재미를 붙이면 점점 더 인색해진다는 뜻.

돈 몇 푼에 살인 난다.
돈에 환장하게 되면 푼돈에도 생명을 걸고 다툰다는 뜻.

돈 앞에는 인정사정도 없다.
돈에 인색한 사람은 남의 사정을 전혀 돌보지 않는다는 뜻.

돈에 녹이 슬겠다.
돈을 두고도 쓸 데 안 쓰는 사람을 비유하는 말.

돈에 눈이 어두우면 부모형제도 보이지 않는다.
돈에 인색한 사람은 가족도 돌보지 않는다는 뜻.

돈에 눈이 어두우면 사람도 안 보인다.
수전노가 되면 친척이나 친구도 몰라보게 된다는 뜻.

돈에 눈이 어두우면 처자식도 돌보지 않는다.
돈에 환장을 하게 되면 처자식보다도 돈을 더 소중하게 여긴다는 뜻.

돈에는 부자간에도 남이다.
금전 문제에 있어서는 부자간에도 분명히 해야 한다는 뜻.

돈에는 부자간에도 속인다.
금전 문제에 있어서는 부자간에도 비밀이 있다는 뜻.

돈에서 곰팡이가 난다.
수전노와 같이 돈을 두고도 쓰지 않는다는 말.

돈은 거머쥐지 않으면 도망친다.
손 안에 한 번 들어온 돈은 쓸 데가 있어도 쓰지 말고 잘 간수해야 저축이 된다는 뜻.

돈을 보면 눈이 뒤집힌다.
돈을 보면 돈 욕심이 치밀어 본정신을 잃게 된다는 뜻.

돈을 쥐면 펼 줄을 모른다.
돈이 한 번 손에 들어오면 쓰지 않고 저축만 한다는 뜻.

돈의 노예다(守錢奴).
(1) 사람이 돈의 노예 노릇을 한다는 말.
(2) 돈에 몹시 인색한 사람을 비유하는 말.

돈이 있으면 인색해진다.
돈을 모으는 사람은 인색하다는 뜻.

돈 주머니를 채우면 인색 주머니가 된다.
돈을 모으는 사람은 인색하게 된다는 뜻.

돈 주머니와 입은 동여매야 한다.
말은 삼가야 하고, 돈은 쓰지 말고 저축을 해야 한다는 뜻.

돈 한 푼을 손에 쥐면 땀이 난다.
힘들게 번 돈은 쓰지 않고 저축하게 된다는 뜻.

돈 한 푼 쥐고 벌벌 떤다.
돈에 대하여 인색한 사람을 조롱하는 말.

돈 한 푼 쥐면 펼 줄을 모른다.
한 번 손 안에 들어온 돈은 쓰지 않는다는 뜻.

들어가는 돈은 봐도 나오는 돈은 못 본다.
돈을 벌기만 하고 도무지 쓰지를 않는 구두쇠라는 뜻.

들어오는 돈은 있어도 나가는 돈은 없다.
한 번 들어온 돈은 쓰지 않고 모으기만 하는 수전노라는 뜻.

보지와 돈궤는 남을 보이면 도적맞는다.
여자의 음부와 돈은 남들에게 보이면 도적맞기 쉬우므로 간수를 잘하라는 뜻.

부자간父子間에도 돈은 남이다.
금전 문제는 부자간에도 분명하게 구분하고 써야 한다는 뜻.

새 양반이 묵은 양반보다 돈에는 더 무섭다.
젊은 사람이 나이 먹은 사람보다 돈에는 더 인색하다는 뜻.

수전노守錢奴다.
돈밖에 모르는 구두쇠라는 뜻.

있는 사람이 돈은 더 안 쓴다.
돈 많은 사람이 돈은 더 아껴 쓴다는 뜻.

쥐면 펼 줄을 모른다.
돈을 모을 줄만 알지 쓸 줄은 모른다는 뜻.

충주忠州 자린고비는 조기를 천정에 매달아 놓고 밥을 먹는다.
예전에 충청북도 충주에 이李 아무개라는 부자가 있었는데, 몹시 인색하여 조기를 반찬으로 먹는 것이 아니라 천정에 매달아 놓고 밥 한 숟가락 먹고 조기 한 번 쳐다보는 식으로 하였다는 데서 유래된 말로서, 몹시 인색한 사람을 비유하는 말.
* 자린고비: 인색한 사람을 꼬집어 이르는 말.

충주忠州 자린고비다.
예전에 충주에 인색하기로 유명한 자린고비처럼 몹시 인색한 사람을 비유하는 말.

한 번 쥐면 펼 줄을 모른다.
돈이 들어오면 쓰는 일이 없이 저축만 한다는 뜻.

한 푼도 목숨과 같이 여긴다.
한 푼도 생명처럼 아껴가며 모은다는 뜻.

한 푼을 쥐면 손에 땀이 난다.
돈이 손에 한 번 들어오면 쓰지 않고 저축만 한다는 뜻.

한 푼을 쥐면 펼 줄을 모른다.
한 번 들어온 돈은 쓰지 않고 모으기만 한다는 뜻.

11
남용

겟돈 타고 집안 망한다.
겟돈을 탔을 때는 공돈 같아 흥청망청 쓰지만, 쓰고 나서는 그 겟돈을 갚느라 빚을 내어 패가를 하게 되듯이, 돈은 있을 때 절약해야 한다는 뜻.

겟돈 타고 집 판다.
겟돈을 타서는 공돈처럼 마구 쓰고 나서 겟돈을 갚을 때는 집을 팔아 갚듯이, 돈은 있을 때 아껴 써야 한다는 뜻.

고당장高堂長이 돈 쓰듯 한다.
예전에 제주도 고당장이라는 사람이 돈을 물 쓰듯 한 데서 유래된 말로서, 돈을 아껴 쓰지 않고 마구 쓰는 사람을 비유하는 말.

곡식은 들어왔다 나가면 이문을 주지만, 돈은 들어왔다 나가면 손해만 준다.
곡식은 한 번 들어오면 먹을 것이 생기지만, 돈은 들어왔다 나가면 쓰게 되므로 손해를 본다는 뜻.

나가는 건 생돈이고, 들어오는 건 꾼돈이다.
수입은 없이 남의 빚으로만 생활을 하는 사람을 비유하는 말.

돈으로 도배를 한다.
벽을 종이로 도배하지 않고 돈으로 도배를 하듯이, 돈을 남용한다는 뜻.

돈으로 맥질을 한다.
벽을 흙으로 바르지 않고 돈으로 바르듯이, 돈을 함부로 쓴다는 뜻.

돈을 물 쓰듯 한다.
돈을 물 쓰듯이 마구 쓴다는 뜻.

돈을 뿌린다.
돈을 쓰는 것이 아니라 뿌려서 없앤다는 뜻.

돼지값은 칠 푼인데 나무값은 서 돈이다.
돼지값보다 돼지를 삶는 장작값이 더 비싸듯이, 기본 재료비보다 간접 재료비가 더 비싸다는 뜻.

무당판에 헛돈 쓴다.
돈을 주고 무당을 불러 굿을 해봤자 아무 소득이 없듯이, 아무 성과도 없는 일을 한다는 뜻.

무대패에서 돈 댄다.
노름판에서 무대만 잡는 사람에게 뒷돈을 대듯이, 손해 볼 때 돈을 댄다는 뜻.

본전本錢도 못 찾는다.
돈을 벌려고 투자를 했다가 본전도 못 찾고 손해만 본다는 뜻.

부자가 패가하면 등신이 되고, 없는 놈이 돈을 벌면 안하무인이 된다.
돈 있던 사람이 패가를 하면 풀이 죽어서 어리숙하게 되고, 없던 사람이 돈을 벌게 되면 거만해져서 사람들을 업신여긴다는 뜻.

뺑덕어미 살구값이 쉰 냥이다.
심봉사 부인 뺑덕어미는 살림할 돈으로 살구를 잘 사먹어 살림을 못하듯이, 살림을 못한다는 뜻.

뺑덕어미 엿값이 서른 냥이다.
뺑덕어미는 살림할 돈으로 엿을 잘 사먹듯이, 살림을 아주 못한다는 뜻.

술 잘 먹고 돈 잘 쓰면 금수강산錦繡江山이고, 술 못 먹고 돈 못 쓰면 적막강산寂寞江山이다.
술과 돈을 마음대로 쓰면서 호화로운 생활을 하면 기분이 좋고, 술도 못 먹고 돈도 못 쓰면 괴롭기만 하다는 뜻.

아비가 고생해 돈 벌어 놓으면 아들은 흥청망청 쓰고, 손자는 거지 된다.
고생해 가면서 돈을 벌어 자식에게 물려 주면 자식은 함부로 쓰다가 패가를 하고 손자는 거지가 되듯이, 돈 번 사람은 돈이 아까워 못 쓰고 유산받은 사람은 마구 쓰다가 패가하게 된다는 뜻.

앞으로는 돈이 남고, 뒤로는 밑진다.
장사를 잘못하면 겉으로는 남고, 속으로는 밑지게 된다는 뜻.

잔돈 밝히다가 큰돈 잃는다.
사소한 이득에 너무 집착하다가는 큰 이득을 놓치게 된다는 뜻.

집안을 망칠 자식은 돈쓰기를 똥 버리듯 한다.
집안을 망칠 자식은 돈을 똥 버리듯이 함부로 써버린다는 말.

한 냥짜리 굿하다가 백 냥짜리 징 깬다.
조그마한 이득을 얻으려다가 도리어 큰 손해만 보게 된다는 뜻.

12
공돈

공돈 싫다는 사람 없다.
힘 안 들이고 거저 생기는 공돈은 누구나 다 좋아한다는 뜻.

공돈은 공으로 나간다.
공으로 생긴 돈은 나갈 때도 공으로 나가게 된다는 뜻.

공돈은 나가는 줄 모르게 나간다.
돈은 땀을 흘려서 번 돈이라야 오래 간직할 수 있지, 공으로 생긴 돈은 그만큼 함부로 쓰게 된다는 뜻.

공돈은 몸에 붙지 않는다.
부정한 수단으로 번 돈은 오래 지니지 못하고 없어진다는 뜻.

관리로 오래 있으면 돈을 모으게 된다.
오랫동안 관리로 있으면 양으로 음으로 돈이 들어오게 된다는 뜻.

굴러 들어온 돈은 굴러 나간다.
공으로 생긴 돈은 결국 공으로 쓰여지게 된다는 뜻.

눈 먼 돈 나누어 먹듯 한다.
공돈을 서로 나누어 먹듯이, 힘도 안 들이고 나눈다는 뜻.

눈 먼 돈도 먹어 본 놈이 먹는다.
공돈도 벌어 본 사람이 벌 듯이, 무슨 일이나 해본 경험이 있는 사람이 한다는 뜻.

눈 먼 돈도 못 줍는다.
돈복이 없는 사람은 흔한 돈벌이도 못한다는 뜻.

눈 먼 돈이다.
(1) 불쌍한 사람을 도울 줄 모르는 인정 없는 돈이라는 뜻.
(2) 임자 없는 돈이라는 뜻.

도가집 우물은 물도 돈이다.
술도가집 술에는 물만 타면 돈이 된다는 뜻.

도깨비 돈은 땅을 사야 한다.
도깨비를 친히 해서 얻은 돈은, 잘못하다가 도깨비의 기분을 상하게 하면 도로 빼앗아 가게 되므로 땅을 사두는 것이 안전하듯이, 돈은 현금으로 두는 것보다는 땅을 사두는 것이 안전하다는 뜻.

돈 마다다는 놈 없고, 계집 싫다는 놈 없다.
남자는 누구나 다 돈과 여자를 좋아한다는 뜻.

돈 마다다는 놈 없다.
사람은 누구나 다 돈을 좋아한다는 뜻.

돈 마다다는 사람 없고, 똥 마다다는 개 없다.
사람은 돈을 탐내고, 개는 똥을 탐낸다는 뜻.

쉽게 번 돈은 쉽게 나간다.
힘 안 들이고 쉽게 번 돈은 나갈 때도 쉽게 나간다는 뜻.

일도 않은 놈이 두 돈 오 푼 바란다.
일도 않은 사람이 품삯을 받으려고 하듯이, 공돈을 좋아하는 사람을 비유하는 말.

저 돈 칠백 냥이 들어오거든.
오래 전에 부탁해 둔 돈이 들어오면 주겠다는 뜻.

하는 일도 없이 노는 놈이 두 돈 오 푼 바란다.
(1) 일도 하지 않은 사람이 품삯을 바란다는 뜻.
(2) 주지도 않을 공돈을 바란다는 뜻.

13
주머니 돈

남편 주머니 돈은 내 돈이고, 아들 주머니 돈은 사돈네 돈이다.
남편 돈은 자기 돈처럼 임의롭게 쓸 수 있지만, 자식 돈은 마음대로 못 쓴다는 뜻.

돈은 주머니와 상의해 봐야 안다.
돈 쓸 일이 있으면 주머니에 돈이 있나없나 본 뒤에야 쓰듯이, 돈이 넉넉하지 못하다는 뜻.

돈 주머니가 커야 인심도 후하다.
돈이 많아야 남도 도와 주고 인심도 얻을 수 있다는 뜻.

돈 주머니는 자식도 안 보인다.
부자지간에도 돈에 대해서는 비밀을 가지게 된다는 뜻.

돈 주머니를 채우면 인색 주머니가 된다.
돈에 눈이 어두워 돈 욕심만 채우면 남들이 인색하다고 흉을 보게 된다는 뜻.

돈 주머니를 턴다.
가지고 있는 돈을 한 푼도 안 남기고 다 털어 준다는 뜻.

돈 주머니와 보지는 남을 보이면 도둑맞는다.
돈 주머니와 여자의 음부는 남을 보이면 도적을 맞을 수 있으므로 잘 간수하라는 뜻.

돈 주머니와 입은 동여매야 한다.
돈 주머니도 열어두면 헤프게 되므로 단단히 동여매야 하고, 말은 되도록 삼가라는 뜻.

물에 빠져도 주머니가 먼저 뜨게 되었다.
주머니에 돈이 한 푼도 없어서, 물에 빠지면 주머니가 가벼워 먼저 뜨게 되었다는 뜻.

베 주머니에 돈 들었다.
겉으로 보기에는 허술하나 속에는 돈이 들었다는 뜻.

삼베 주머니에 석 냥 들었다.
보잘것 없는 삼베 옷 주머니에 돈이 석 냥이나 들어 있듯이, 겉보기보다는 내용이 충실하다는 뜻.

쌈지 돈이 주머니 돈이고, 주머니 돈이 쌈지 돈이다.
쌈지나 주머니나 다 한 사람의 소유물이기 때문에 돈도 역시 같은 사람의 소유물이라는 뜻.

쌈지 돈이 주머니 돈이다.
돈이 쌈지에 있거나 주머니에 있거나 다 한 사람의 소유물이라는 뜻.

아들 주머니 돈은 사돈네 돈이고, 남편 주머니 돈은 내 돈이다.
아들 돈은 임의롭게 못 쓰지만, 남편 돈은 자기 돈처럼 임의롭게 쓸 수 있다는 뜻.

아버지 주머니 돈도 제 주머니 돈만 못하다.
아버지 돈도 제 돈처럼 마음대로 쓰지 못한다는 뜻.

양반 돈은 상놈 주머니에 들었다.
옛날 양반이 상놈 돈을 약탈하여 썼듯이, 권력을 가진 사람이 약한 사람의 재물을 약탈한다는 뜻.

어린 아내 달래려면 주머니에 쇠돈 넣고 생글생글 흔들면서 달랜다.
어린 아내도 기분을 좋게 하려면 돈을 주어야 한다는 뜻.

영감 주머니는 작아도 손이 들어가지만, 아들 주머니는 커도 손이 안 들어간다.
여자는 남편이 주는 돈은 아무 부담감 없이 쓸 수 있지만, 자식이 주는 돈은 부담감을 가지게 된다는 뜻.

영감 주머니 돈은 내 돈이요, 아들 주머니 돈은 사돈네 돈이다.
아들이 주는 돈은 만만치 않으나 남편이 주는 돈은 만만하다는 뜻.

입과 돈 주머니는 동여매야 한다.
말은 적게 해야 하고, 돈은 아껴서 절약해야 한다는 뜻.

자식 주머니는 커도 손이 안 들어가지만, 영감 주머니는 작아도 손이 들어간다.
남편 돈은 자기 돈처럼 임의롭게 쓸 수 있지만, 자식 돈은 마음대로 못 쓴다는 뜻.

자식 주머니 돈은 사돈네 돈이고, 남편 주머니 돈은 내 돈이다.
자식 돈은 임의롭게 못 쓰지만, 남편 돈은 자기 돈처럼 마음대로 쓸 수 있다는 뜻.

자식 주머니 돈은 사돈네 돈이다.
자식 돈은 며느리가 있기 때문에 만만히 쓸 수가 없다는 뜻.

제 주머니 돈 내 쓰듯 한다.
제 주머니에 든 돈을 내 쓰듯이, 무슨 일을 임의롭게 할 수 있다는 뜻.

주머니가 무거워지면 마음은 가벼워진다.
돈이 많으면 기분이 좋아서 마음이 가벼워진다는 뜻.

주머니가 화수분이라도 모자라겠다.
화수분에서 돈이 계속해서 나와도 못 당할 정도로 마구 쓴다는 뜻.

주머니 돈이 쌈지 돈이고, 쌈지 돈이 주머니 돈이다.
(1) 그것이나 이것이나 다를 것이 없다는 뜻.
(2) 네 것 내 것을 구별할 필요가 없다는 뜻.

주머니 돈이 쌈지 돈이다.
이러나저러나 결과적으로는 마찬가지라는 말.

주머니를 열어두면 돈은 나가게 된다.
돈은 단단히 간수하지 않으면 낭비하게 된다는 말.

주머니 밑천이다.
얼마 남지 않은 돈을 다 털어 준다는 뜻.

주머니 사정을 봐야 한다.
주머니에 돈이 있나없나를 본 다음에 결정하겠다는 뜻.

주머니 속 돈은 남이 먼저 안다.
돈이 있고 없는 것은 남이 먼저 알고 있으므로 속이지 못한다는 뜻.

주머니에 구멍이 뚫렸다.
돈을 아끼지 않고 함부로 쓰는 사람을 비유하는 말.

주머니에 돈이 씨가 말랐다.
주머니에 단돈 한 푼도 없다는 뜻.

주머니에 돈이 없어지면 마음은 무거워진다.
돈이 떨어지면 마음이 불안해진다는 뜻.

주머니에 돈 한 닢 없다.
주머니에 돈이라고는 한 푼도 없이 다 떨어졌다는 뜻.

주머니에 든 돈이다.
(1) 언제든지 마음대로 쓸 수 있는 돈이라는 뜻.
(2) 믿을 수 있는 물건이라는 뜻.

주머니와 상의해 봐야 한다.
주머니에 돈이 얼마나 있는가 본 다음에 결정하겠다는 뜻.

호주머니에 돈이 두툼하면 세상이 내 것으로 보인다.
돈을 많이 벌게 되면 세상이 다 자기 것같이 보인다는 뜻.

호주머니에 돈이 있으면 힘도 난다.
가난한 사람도 돈이 생기면 없던 용기도 생긴다는 뜻.

14
내 돈

내 돈 서 푼만 알고, 남의 돈 칠 푼은 모른다.
자기 돈은 작아도 소중하게 여기면서 남의 돈은 많아도 하찮게 여긴다는 뜻.

내 돈 서 푼이 남의 돈 백 냥보다 낫다.
남의 돈은 아무리 많아도 내가 쓸 수 없는 돈이기 때문에 적게 여겨지는 만큼, 적더라도 내가 쓸 수 있는 내 돈이 낫다는 말.

내 돈 서 푼이 임의 돈 사백 냥보다 낫다.
남의 것은 아무리 좋고 많더라도 자기에게는 아무 소용이 없기 때문에 나쁘고, 적더라도 자기 것이라야 실속이 있다는 뜻.

내 돈이 있어야 세상 인심도 좋아진다.
(1) 돈이 있으면 남들이 자연히 따르게 된다는 뜻.
(2) 내가 돈이 있어야 남을 도와 줄 수도 있다는 뜻.

돈은 손에 들어와야 내 돈이다.
돈이 아무리 많아도 제 손 안에 들어와야 제 돈이 된다는 뜻.

두부 한 모에 칠 푼을 주고 사먹어도 내 돈 준 것이다.
남은 물건을 비싸게 샀거나말거나 관여하지 말라는 말.

들어오는 돈은 내 돈이고, 나가는 돈은 남의 돈이다.
돈을 벌어서 저축하는 돈은 내 돈이 되고, 벌었던 돈도 쓰게 되면 남의 돈이 된다는 뜻.

장 잘 보아다 준다니까 제 돈 보태가면서 사다 준다.
남이 잘한다고 칭찬을 하니까 제 돈을 써가며 점점 더 잘한다는 뜻.

제 돈 놓고 통소 분다.
남의 돈을 구걸하기 위하여 퉁소를 부는 것이 아니라 제 돈 놓고 불 듯이, 아무 이해관계가 없는 일을 한다는 뜻.

제 돈 서 푼만 알고, 남의 돈 칠 푼은 모른다.
제 것만 소중히 여기고, 남의 것은 소중히 여기지 않는다는 뜻.

제 돈 쓰고 뺨맞는다.
(1) 남을 도와 주고도 봉변을 당한다는 뜻.
(2) 이래저래 손해만 본다는 뜻.

제 돈 쓰고 욕먹는다.
제 돈 써가면서 남에게 욕 얻어먹을 짓을 한다는 뜻.

제 돈은 주머니를 만져 보면서 쓰고, 자식 돈은 자식 눈치 봐가며 쓴다.
자신이 번 돈은 떨어질 때까지 아무 부담감이 없이 쓰지만, 자식에게서 타 쓰는 돈은 자식 눈치를 보아가며 조심스럽게 쓴다는 뜻.

제 돈 주고 뺨맞는다.
제 돈을 써가면서 남에게 봉변을 당하는 못난 짓만 한다는 뜻.

제 돈 칠 푼만 알고, 남의 돈 열네 닢은 모른다.
사소한 제 돈만 소중히 여기고, 남의 돈은 많아도 홀시한다는 뜻.

제 돈 한 푼이 남의 돈 열 냥보다 낫다.
남의 돈은 아무리 많아도 자기에게 아무 소용이 없다는 뜻.

중의 돈이 절 돈이고, 절 돈이 중의 돈이다.
(1) 한집에서 네 것 내 것 구별할 필요가 없다는 뜻.
(2) 서로 연관성이 있다는 뜻.

흥정을 잘한다니까 제 돈 보태서 물건을 사다 준다.
남이 잘한다니까 제 돈을 보태가면서 남의 물건을 사다 주듯이, 칭찬을 하면 아랫사람은 일을 성실히 한다는 뜻.

15
남의 돈

가난한 놈은 남의 돈 구경도 못한다.
가난한 사람은 돈 있는 사람이 상대를 하지 않는다는 뜻.

가난한 놈은 남의 돈 만져도 못 본다.
가난한 사람은 돈 있는 사람과 접촉할 기회가 없다는 뜻.

남의 돈 떼어먹는 놈 잘 되는 것 못 봤다.
남에게 피해를 많이 준 사람으로서 잘 되는 사람 없다는 뜻.

남의 돈먹기가 앓기보다 힘들다.
없는 사람이 돈을 벌려면 매우 힘이 든다는 뜻.

남의 돈먹기란 쉽지 않다.
남에게 매여서 먹고 살려면 매우 고생스럽다는 뜻.

남의 돈 먹자면 말도 많다.
남의 밑에서 일을 하려면 이러니저러니 말도 많이 듣게 된다는 뜻.

남의 돈으로 병 고친다.
자기 것은 아끼면서 공것은 매우 좋아한다는 뜻.

남의 돈을 떼어먹어도 핑계는 있다.
나쁜 일을 하는 사람도 무슨 핑계는 다 있다는 말.

남의 돈을 떼어먹었나?
남의 돈을 떼어먹은 사람마냥 뻣뻣하다는 말.

남의 돈 천 냥이 내 돈 한 푼만 못하다.
남의 돈은 아무리 많아도 나와는 관계가 없기 때문에 적은 내 돈만 못하다는 뜻.

남의 돈 한 냥이 내 돈 한 푼만 못하다.

남의 재산은 아무리 많아도 나와는 관계가 없으므로 나의 적은 재산만 못하다는 뜻.

없는 놈은 남의 돈 만져도 못 본다.

(1) 없는 사람은 돈을 가진 것이 없다는 뜻.
(2) 없는 사람은 남의 돈을 꾸어 쓸 수도 없다는 뜻.

16
동전

구리동전 한 푼 없다.
주머니에 동전 한 푼도 없다는 뜻.

귀 떨어진 동전 한 푼 없다.
주머니에 쓰지 못하는 동전 한 푼조차 없다는 뜻.

노랑동전 한 닢도 없다.
주머니에 돈이 씨가 말랐다는 뜻.

당백전當百錢이다.
(1) 조선조 말에 대원군이 경복궁을 중건할 때 발행한 백 닢짜리 은전이라는 뜻.
(2) 하나가 백을 당한다는 뜻.

동전에도 안팎이 있다.
동전에도 앞뒤가 분명히 있듯이, 모든 일에는 흑백이 분명하다는 뜻.

동전 한 푼 없다.
주머니 속에 구리동전 한 푼도 없다는 뜻.

땅 열 길을 파도 동전 한 닢 안 나온다.
땅을 파면 금은 나와도 동전 한 닢 안 나오듯이, 돈은 한 닢이라도 매우 소중하다는 뜻.

소전小錢 뒷글자 같다.
(1) 글 내용을 도무지 알 수 없다는 뜻.
(2) 남의 심중은 알 수가 없다는 뜻.
* 소전: 조선조 말기에 〈쇠천〉이라 하여 우리 나라 엽전에 섞이어 쓰이던 청나라 동전.

소전 반 닢도 없다.
주머니에 동전 한 닢은 고사하고 반 닢도 없다는 뜻.

수수돈 한 닢 없다.
주머니에 노랑동전 한 닢도 없이 말랐다는 뜻.

엽전葉錢 한 푼 없다.
주머니에 돈이라고는 씨가 말랐다는 뜻.

피동전 한 푼 없다.
주머니에 구리동전 한 푼 없이 다 쓰고 없다는 뜻.

황해도 인심이 좋아서 구리동전 한 푼에 큰아기가 열둘이다.
황해도는 곡창이라 인심도 좋고 살기도 좋은 고장이라는 뜻.

17
급한 돈

급하면 나랏님 감투끈 살 돈도 잘라 쓴다.
빚에 졸리는 사람은 아무 돈이나 보기만 하면 집어 쓴다는 뜻.

급하면 임금 망건 사러 가는 돈이라도 쓴다.
빚에 졸리는 사람은 겁 없이 아무 돈이나 쓰게 된다는 뜻.

나라 상감님 망건값도 쓴다.
급하면 나중에 벌을 받더라도 돈 먼저 쓰게 된다는 뜻.

나랏님 망건 사러 가는 돈도 쓸 판이다.
급하게 돈 쓸 데는 있고 돈이 없으면 아무 돈이나 보기만 하면 쓰게 된다는 뜻.

나랏님이 만든 관지款識 판 돈도 쓴다.
매우 뻔뻔스럽고 염치없는 짓을 거침없이 한다는 뜻.
* 관지: 옛날 의식 때 쓰는 제기나 솥·종 등의 그릇에 새긴 글씨나 표지.

상감님 망건 사러 가는 돈도 쓸 판이다.
급하게 돈 쓸 데가 있으면 아무 돈이나 쓰고 본다는 뜻.

상납上納 돈도 잘라먹는다.
국가에 바치는 국고금國庫金도 잘라먹듯이, 뻔뻔스럽고 염치없는 짓을 한다는 뜻.

술꾼은 상감님 망건 사러 가는 돈으로도 술 사먹는다.
애주가가 술 사먹을 돈이 없으면 아무 돈이나 보는 대로 쓰게 된다는 뜻.

원님 망건 사러 가는 돈도 쓴다.
급하게 쓸 돈이 있으면 아무 돈이나 먼저 쓰게 된다는 뜻.

임금님 망건 살 돈도 쓸 판이다.
급하게 꼭 써야 할 데가 있으면 아무 돈이나 보는 대로 쓰게 된다는 뜻.

주정뱅이는 상감님 망건 살 돈으로도 술 사먹는다.
술꾼은 돈이 없으면 아무 돈이나 가리지 않고 술 먼저 사먹는다는 뜻.

18
노름돈

같잖은 투전에 돈 잃는다.
(1) 노름도 제대로 못하고 돈만 잃었다는 뜻.
(2) 시시한 일에 손해만 보았다는 뜻.

기름 닳은 것은 개가 핥은 폭 치고, 돈 잃은 것은 도둑맞은 폭 치고, 잠 못 잔 것은 제사 지낸 폭 친다.
돈을 잃은 노름꾼이 속을 풀기 위하여 노름할 때 쓴 기름은 개가 핥아먹은 폭 치고, 돈 잃은 것은 도둑맞은 폭 치고, 잠 못 잔 것은 제사 지낸 폭 치고 자위를 한다는 뜻.

꿈에 똥을 만지면 돈을 딴다.
똥은 황금을 상징하는 것이므로 노름꾼이 꿈에 똥을 보면 돈을 딸 징조라는 뜻.

노름꾼 돈 떨어지면 계집 팔아먹는다.
노름꾼은 밑천이 떨어지면 계집도 팔아 노름 밑천으로 쓴다는 뜻.

노름꾼 돈 떨어지면 도둑질한다.
노름꾼은 밑천이 떨어지면 도둑질도 서슴지 않고 한다는 뜻.

노름꾼 돈 잃고 나면 만만한 여편네에게 화풀이한다.
노름꾼은 돈 잃고 나면 그 화풀이를 집에 와서 아내에게 한다는 뜻.

노름꾼이 돈 잃고는 개평 뜯는 재미다.
노름꾼은 돈 잃고 밑천이 없으면 개평을 뜯어 밑천을 장만한다는 뜻.

노름꾼이 백보지 씹을 하면 돈을 잃는다.
노름꾼이 음부에 털 없는 여자와 성교를 하고 노름을 하면 재수가 없어서 돈을 잃는다는 뜻.

노름돈 대주는 놈은 낳지도 말랬다.
노름꾼 뒷돈을 대주는 것은 성공하는 확률이 적으므로 위험하다는 뜻.

노름돈은 대줘도 먹는 뒤는 안 대준다.
노름돈을 대주면 돈 땄을 때 후한 보수를 받게 되지만, 음식 먹는 뒷돈은 대주면 손해만 본다는 뜻.

노름돈은 판이 끝나야 내 돈이다.
노름판에 돌아다니는 돈은 노름이 끝나기 전에는 누구의 돈이 될지 모르므로 판이 끝나야 결정된다는 뜻.

노름돈 주고는 본전받기도 어렵다.
노름꾼 뒷돈은 본전받기도 어려우니 아예 대주지 말라는 뜻.

노름빚은 노름판이 끝나기 전에 받아야 한다.
노름빚은 노름판이 끝나면 못 받게 되므로 노름판이 끝나기 전에 받아야 한다는 뜻.

노름에 돈 잃어도 개평 뜯는 재미다.
노름꾼은 돈을 잃으면 개평 뜯는 재미로 돈 잃은 것을 자위한다는 뜻.

노름에 돈 잃어도 해장하는 재미다.
노름꾼은 돈을 잃어도 아침에 해장국에 해장술 먹는 재미가 있다는 뜻.

노름에 돈 잃은 놈은 계집도 팔아먹는다.
노름꾼은 노름해서 돈을 잃고 밑천을 장만할 것이 없으면 계집도 팔아서 노름 밑천으로 한다는 뜻.

노름에 천 냥을 잃어도 개평 뜯어 해장하는 재미다.
노름꾼은 밑천을 다 잃고도 개평 뜯어 해장하는 것이 낙이라는 뜻.

노름은 돈을 따도 하고 잃어도 한다.
노름꾼은 돈을 따면 따는 재미로 하고 잃으면 본전을 찾으려고 한다는 뜻.

노름은 본전에 망한다.
노름꾼은 돈을 잃으면 그 본전을 찾으려고 계속 노름을 하게 된다는 뜻.

노름은 본전 찾으려다가 자꾸 잃는다.
노름꾼은 돈을 잃게 되면 본전을 찾으려고 계속하다가 점점 더 잃게 된다는 뜻.

노름은 처음에는 남의 돈 따려고 하고, 나중에는 본전 찾으려고 한다.
노름꾼이 노름을 시작할 때는 남의 돈을 따려고 하다가, 제 돈을 잃고 난 뒤부터는 자기 본전을 찾으려고 계속하게 된다는 뜻.

노름은 처음에는 장난으로 하고, 다음에는 돈 욕심에 하고, 나중에는 본전 찾으려고 한다.
많은 경우에 노름을 시작할 때는 장난삼아 푼돈내기로 시작하지만, 판돈이 많아지면 돈 욕심에 하게 되고, 나중에는 본전을 찾으려고 하게 된다는 뜻.

노름판 변이다.
노름판에서 쓰는 빚은 한 시간을 쓰나 하루를 쓰나 한 달 이자를 주게 된다는 뜻.

노름판에는 돈 잃은 놈만 있고 돈 딴 놈은 없다.
노름판이 끝나면 돈 땄다는 사람은 없고 잃었다는 사람만 있다는 뜻.

노름판은 큰돈이 떨어져야 끝난다.
노름판은 큰돈 가진 사람의 돈이 떨어져야 끝난다는 뜻.

노름판이 커야 판돈도 많다.
노름판이 크고 작다는 것은 판돈에 따라 결정된다는 뜻.

망하는 투전에 돈 댄다.
돈을 잃기만 하는 사람의 뒷돈을 대다가 큰 손해를 보았다는 뜻.

먹는 놈 뒷돈 대지 말고, 노름하는 놈 뒷돈 대랬다.
음식 먹는 뒷돈을 대면 먹어 없어지지만, 노름 뒷돈은 따게 되면 이득이 생긴다는 뜻.

무대패에 돈놓기다.
노름판에서 무대패에 돈을 놓아 돈을 잃듯이, 손해 보는 짓만 한다는 뜻.

배 판 돈 노름에 날린다.
아내가 정조를 팔아서 벌어 온 돈을 노름해서 잃어버리듯이, 노름꾼은 양심도 없고 속도 없다는 뜻.

손방巽方으로 앉아서 노름을 하면 돈을 잃는다.
손방은 재수가 없는 방위이므로 이 방위에서는 무슨 일이든 하지 말라는 뜻.
* 손방: 정동과 정남의 중간 15도 각의 방위.

싱거운 투전에 돈만 잃었다.
만만히 보고 한 투전에서 돈을 잃듯이, 자신이 있어서 깔보고 하는 일이 실패를 하게 된다는 뜻.

외상 가보에 맞돈 무대다.
가보를 잡아 돈을 따게 되었을 때는 외상이라 돈을 못 받게 되고 무대를 잡았을 때는 맞돈을 내게 되어 손해를 보듯이, 하는 일마다 손해만 본다는 뜻.

잃어도 내 돈 잃고, 팔아도 내 것 판다.
돈을 잃거나 땅을 팔거나 내 것 가지고 내 마음대로 하니 간섭하지 말라는 뜻.

잃은 돈은 내 돈이고, 딴 돈은 남의 돈이다.
노름해서 잃은 돈은 고스란히 손해를 본 것이고, 돈을 따게 되도 그 돈은 언제 잃을 돈인지 모른다는 뜻.

잘 먹는 놈 뒷돈 대지 말고, 노름하는 놈 뒷돈 대랬다.
음식 먹는 뒷돈은 없어지는 것이지만, 노름 뒷돈은 따게 되면 이득을 볼 수 있으므로 노름 뒷돈 대는 것이 낫다는 뜻.

천냥판 만냥판이다.
돈이 천 냥 만 냥이나 되는 큰 노름판이라는 뜻.

판돈은 죽은 돈이다.
노름판에 돌아다니는 돈은 잃을 수도 있으므로 산 돈이라고 말할 수 없다는 뜻.

판돈은 칠 푼인데 노름꾼은 아홉이다.
노름판에 사람만 많고 판돈은 얼마 안 된다는 뜻.

판돈을 다 긁는다.
노름판 돈을 한 사람이 다 긁는다는 뜻.

판돈이 개평으로 다 나간다.
노름판에서 판돈이 개평으로 다 나가 노름판이 안 된다는 뜻.

판돈이 많아야 노름판도 크다.
판돈이 많아야 노름판이 크게 벌어진다는 뜻.

판돈이 한 사람에게 몰려야 노름은 끝난다.
노름판은 돈이 한 사람에게 몰려야 노름판이 끝난다는 뜻.

19
한 푼

고쟁이 벗고 돈 한 닢 찬다.
옷차림에 어울리지 않는 몸치장을 하듯이, 격에 맞지 않는 행동을 한다는 뜻.
* 고쟁이: 여자 속옷의 한 가지.

구리동전 한 푼 없다.
주머니에 돈이라고는 씨가 말라 없다는 뜻.

귀 떨어진 동전 한 푼 없다.
주머니에 쓰지 못하는 동전 한 푼조차 없다는 뜻.

남의 돈 한 냥이 내 돈 한 푼만 못하다.
남의 재산은 아무리 많아도 나와는 관계가 없으므로 나의 적은 재산만 못하다는 뜻.

내 돈 한 푼만 알고, 남의 돈 칠 푼은 모른다.
(1) 제 돈은 소중하게 여기면서도 남의 돈은 무시한다는 뜻.
(2) 제 물건은 자랑하면서 남의 물건은 헐뜯는다는 뜻.

노랑동전 한 푼도 없다.
돈이라고는 가진 것이 한 닢도 없다는 뜻.

노랑동전 한 푼에 큰아기가 열둘이다.
예전에 황해도는 곡창이라 인심이 좋고 살기도 좋은 고장이었다는 뜻.

돈 한 푼과 목숨을 바꾼다.
사소한 돈을 벌려다가 귀중한 목숨을 잃게 된다는 뜻.

돈 한 푼 없는 놈이 떡집은 자주 간다.
없는 사람이 돈은 더 아껴 쓸 줄을 모른다는 뜻.

돈 한 푼 없는 놈이 자 두 치 떡을 즐긴다.
(1) 돈이 없을수록 더 먹고 싶다는 뜻.
(2) 자격이 없는 사람이 먼저 나선다는 뜻.

돈 한 푼 없는 백수건달白手乾達이다.
돈 한 푼 없이 남의 뒤만 따라다니는 난봉꾼을 비유하는 말.
* 백수: 빈손.
건달: 난봉꾼.

돈 한 푼 없다.
돈을 다 쓰고 한 푼도 가진 것이 없다는 말.

돈 한 푼 쥐고 벌벌 떤다.
돈 한 푼 쓰는 것도 벌벌 떠는 구두쇠라는 뜻.

돈 한 푼 쥐면 손에서 땀이 난다.
돈을 한 푼이라도 손에 쥐게 되면 벌벌 떨고 쓰지 않는 구두쇠라는 뜻.

땅 열 길을 파도 돈 한 푼 안 나온다.
땅을 파면 금은 나올 수 있지만 돈은 나오지 않듯이, 돈은 매우 소중하다는 뜻.

망개도 과실이고, 한 푼도 재물이다.
하찮은 망개도 과실은 과실이고 한 푼도 재물은 재물이듯이, 사소한 돈이라도 소중하게 여겨야 한다는 뜻.
* 망개: 갈매나무과에 속하는 작고 붉은 열매.

부조 한 푼도 아니한 놈이 젯상 친다.
남을 도와 주지는 않으면서 손해만 끼친다는 뜻.

비상을 사먹고 죽으려고 해도 노랑동전 한 푼 없다.
고생하고 사느니 죽는 것이 낫겠기에 독약을 사먹고 죽으려고 해도 독약 살 돈이 없어서 못 사먹듯이, 돈이 없으면 모든 일이 마음대로 안 된다는 뜻.

손에 돈 한 푼 없는 건달이다.
돈 잘 쓰던 사람이 돈 한 푼 없이 다 떨어졌다는 뜻.

손에 돈 한 푼 없다.
주머니에 돈 하나 없이 다 썼다는 뜻.

쇠전(小錢) 한 닢 없다.
주머니에 동전 한 푼 없이 다 써버렸다는 뜻.
* 쇠전: 조선조 말기에 쓰인 청나라 동전.

수수돈 한 닢도 없다.
돈이라고는 한 푼도 없다는 뜻.
* 수수돈: 노랑동전.

시재時財가 한 푼도 없다.
현재 가지고 있는 돈이라고는 한 푼도 없다는 뜻.

어림 한 푼도 없다.
조금이라도 받아들일 수 없다는 뜻.

열 냥에 한 푼이 모자라도 못 쓴다.
돈은 쓸 때 단 한 푼이 모자라서 못 쓰는 경우가 있으므로 푼돈도 소중히 여기라는 뜻.

엽전 한 푼 없다.
주머니에 돈이라고는 한 푼도 없다는 뜻.

용돈 한 푼 없다.
주머니 밑천도 한 푼 없이 다 썼다는 뜻.
* 용돈: 수시로 쓰는 돈.

일 전 오 리 밥 먹고 한 푼 모자라서 치사를 백 번이나 한다.
(1) 대단치 않은 일로 필요 이상의 치사를 한다는 뜻.
(2) 푼돈도 때로는 매우 소중하다는 뜻.

제 돈 한 푼이 남의 돈 열 냥보다 낫다.
남의 돈은 아무리 많아도 자기에게는 아무 소용이 없다는 뜻.

푼돈에 살인 난다.
금전 문제에 있어서는 사소한 돈으로 인하여 큰 싸움이 되는 경우가 있다는 뜻.

한 냥 쓸 데 한 푼이 모자라도 못 쓴다.
큰돈 쓸 때 단 한 푼이 모자라서 못 쓰게 되듯이, 푼돈도 소중하게 여기라는 뜻.

한 돈 오 푼 밥 먹고 한 푼 모자라서 백 번 치사한다.
(1) 돈 한 푼이 모자라서 못 먹는 밥을 먹게 해주어 매우 고맙다는 뜻.
(2) 돈 한 푼도 소중하게 쓰일 때가 있다는 뜻.

한 푼 값도 안 된다.
물건의 품질이 좋지 못하여 한 푼 값도 안 된다는 뜻.

한 푼도 목숨과 같이 여긴다.
하찮은 돈 한 푼도 생명처럼 소중하게 여긴다는 뜻.

한 푼도 없는 놈이 두 돈 오 푼 바란다.
돈 한 푼 없는 주제에 공돈은 많이 바란다는 뜻.

한 푼도 없는 놈이 두 돈 오 푼짜리 밥 먹는다.
돈 없는 놈이 염치없이 값비싼 음식을 외상으로 먹는다는 뜻.

한 푼도 없는 놈이 두 푼짜리 떡은 즐긴다.
돈은 없으면서 비위는 좋아서 비싼 떡을 외상으로 먹는다는 뜻.

한 푼도 없는 놈이 장에 가서 큰 떡 든다.
없는 놈은 굶주렸기 때문에 먹을 것을 더 밝힌다는 뜻.

한 푼도 쪼개 쓴다.
돈을 최대한으로 아껴서 쓴다는 뜻.

한 푼 돈에도 울고 웃는다.
어떤 경우에는 돈 한 푼이 일의 성패를 결정하는 경우가 있다는 뜻.

한 푼 돈에 살인 난다.
많지 않은 돈을 가지고 시비하다 나중에는 큰일을 저지르게 된다는 뜻.

한 푼 돈을 업신여기면 한 푼 돈에 울게 된다.
푼돈을 아끼지 않는 사람은 푼돈이 없어서 고생할 때가 있다는 뜻.

한 푼 모아 두 푼 되고, 두 푼 모아 한 돈 된다.
돈은 단번에 큰돈이 되는 것이 아니라 한 푼 두 푼 모은 것이 점점 커져서 목돈이 된다는 뜻.

한 푼 모아 두 푼 된다.
돈은 한 푼 두 푼 모아서 목돈을 만들게 된다는 뜻.

한 푼 밥에도 상 차리고, 오 푼 밥에도 상 차린다.
음식점에서는 가격의 고하를 막론하고 사람 본위로 상을 차리듯이, 고객에게는 비싼 물건을 사거나 헐한 물건을 사거나 다같이 친절하게 대하라는 뜻.

한 푼 보고 오 리간다.
돈을 벌기가 매우 힘들다는 뜻.

한 푼 보고 웃는 사람은 한 푼 없어 운다.
사소한 돈이라고 하찮게 여기는 사람은 사소한 돈이 없어 고생할 때가 있다는 뜻.

한 푼 아끼다가 백 냥 잃는다.
(1) 적은 것을 아끼다가 큰 손해를 당한다는 뜻.
(2) 일은 세심하게 생각해서 처리하라는 뜻.

한 푼 아끼다가 열 냥 손해 본다.
돈은 아낄 데는 아끼고 쓸 데는 써야 한다는 뜻.

한 푼어치도 안 된다.
물건이 쓸모가 없어서 한 푼 가치도 안 된다는 뜻.

한 푼어치를 팔아도 파는 것이 장사다.
돈이 남거나 밑지거나 팔아야 장사가 된다는 뜻.

한 푼어치 팔고 두 푼이 밑져도 파는 것이 장사다.
장사는 돈이 남는 것이 정상이지만 때로는 밑지고 파는 경우도 있다는 뜻.

한 푼에 살인 난다.
사소한 이해로 큰 화를 입게 된다는 뜻.

한 푼을 보고 오 리를 뛴다.
장사하는 사람은 이익이 적더라도 열심히 일을 하라는 뜻.

한 푼을 아끼면 두 푼이 된다.
돈은 아껴서 저축을 하게 되면 점점 늘어간다는 뜻.

한 푼을 아끼면 한 푼이 모인다.
한 푼 쓸 돈을 안 쓰면 한 푼을 번 것과 마찬가지라는 뜻.

한 푼을 쥐면 손에 땀이 난다.
돈 한 푼도 벌벌 떨고 안 쓰는 구두쇠라는 뜻.

한 푼을 쥐면 펼 줄을 모른다.
구두쇠는 한 푼이 생겨도 쓰지 않고 모은다는 뜻.

한 푼의 돈도 목숨과 같이 여긴다.
단돈 한 푼도 생명과 같이 아끼는 수전노라는 뜻.

한 푼 장사에 두 푼이 밑져도 팔아야 장사다.
장사는 이문이 남는 것이 정상이지만 때로는 밑지고 파는 경우도 있다는 뜻.

한 푼 주고 보라면 두 푼 주고 도망 간다.
(1) 아무것도 보잘것이 없다는 뜻.
(2) 돈 주고 볼 것이 못 된다는 뜻.

한 푼짜리 굿하고, 백 냥짜리 징 깬다.
사소한 이득을 얻으려다가 큰 손해를 보게 되었다는 뜻.

한 푼짜리도 안 된다.
물건이 쓸모가 없어서 한 푼어치 값도 안 된다는 뜻.

한 푼짜리 푸닥거리에 두부값이 오 푼이다.
주가 되는 일보다 부차적으로 하는 일에 비용이 더 많이 들 듯이, 일이 거꾸로 잘못되었다는 뜻.

한 푼 한 푼 모으면 목돈 된다.
저축은 처음부터 목돈이 되는 것이 아니라 푼돈을 모으면 목돈이 된다는 뜻.

20
백 냥

남을 부조는 못할망정 백 냥짜리 젯상이나 치지 마라.
남을 도와 주지는 못할망정 손해를 끼쳐서는 안 된다는 뜻.

내 돈 서 푼이 남의 돈 백 냥보다 낫다.
남의 돈은 아무리 많아도 내가 못 쓰는 돈이지만, 내 돈은 적어도 쓸 데 쓸 수 있기 때문에 낫다는 뜻.

내일 백 냥보다 당장 쉰 냥이 낫다.
없는 사람에게는 나중에 많고 풍부한 것보다 지금 당장 쓸 수 있다면 조금 부족한 것이라도 괜찮다는 말.

내일 백 냥보다 오늘 쉰 냥이 낫다.
사정이 어려운 사람에게는 내일 백 냥을 주겠다는 것보다 오늘 당장 쉰 냥을 주는 것이 더 요긴하게 쓰일 수 있다는 뜻.

내일 백 냥보다 지금 오 푼이 더 낫다.
없는 사람은 장래 많은 돈보다도 당장 적은 돈이 낫다는 말.

말을 하면 백 냥이고, 말을 않으면 천 냥이다.
말은 많이 하게 되면 실언할 수가 있으므로 되도록 적게 하라는 뜻.

말을 하면 백 냥이요, 입을 다물면 천 냥이다.
말은 많이 하면 실언을 하여 손해 보는 경우가 있으니 되도록 적게 하라는 뜻.

백 냥이면 형벌도 면한다.
예전에는 돈 백 냥을 상납하면 경범자는 면죄되었다는 뜻.

백 냥이면 형벌을 면하고, 천 냥이면 사형도 면한다.
예전에는 죄인이 돈 백 냥을 상납하면 경범은 면죄되었고, 천 냥을 상납하면 역적을 제외한 중형도 면죄되었다는 데서 유래한 말.

백 냥 주고 집 사고, 천 냥 주고 이웃 산다.
주거지의 선택은 집도 중요하지만 이보다도 이웃 좋은 곳을 선택하라는 뜻.

집값 백 냥에 이웃 천 냥이다.
이사는 집 좋은 것을 찾아서 하지 말고, 이웃 분위기가 좋은 곳을 선택하라는 뜻.

한 냥짜리 굿하다가 백 냥짜리 징 깬다.
사소한 이득을 얻으려다가 큰 손해를 당했다는 뜻.

21
천 냥

고기는 낚을 때는 천 냥이고, 먹을 때는 서 푼이다.

낚시질할 때는 큰 고기를 잡으면 돈 천 냥을 번 것처럼 기쁘지만, 먹을 때는 잡을 때같이 기쁘지 않고 고기맛에 즐긴다는 뜻.

글씨 한 자가 천냥금이다.

글씨가 명필이라 값이 비싸다는 뜻.

꿈에 본 천 냥이다.

(1) 무척 좋아했으나 제 것이 못 되어 섭섭하다는 뜻.
(2) 좋아했던 일이 허무맹랑하게 되었다는 뜻.

남의 돈 천 냥이 내 돈 한 푼만 못하다.

남의 돈은 아무리 많아도 나에게는 도움이 안 되기 때문에 내 돈이 더 소중하다는 뜻.

남자의 말 한 마디는 천금보다 무겁다.

남자는 한 번 말한 것은 반드시 집행해야 한다는 뜻.

단번에 천금을 번다.

단번에 천 냥을 벌 듯이, 벼락부자가 되었다는 뜻.

도련님 천 냥이다.

돈 한 푼 쓰지 않고 고스란히 모은 돈을 이르는 말.

돈 천 냥 물려 주지 말고 자식 글공부시키랬다.

자식에게는 유산을 물려 주는 것보다 공부를 시켜 주는 것이 낫다는 뜻.

돈 천 냥이 자식 글공부만 못하다.

자식에게 돈 천 냥을 유산으로 물려 주는 것보다는 공부를 시키는 것이 낫다는 뜻.

들으면 천 냥보다 무겁고, 보면 백 냥보다 가볍다.

소문은 푸짐하였지만 실물을 보면 별로 좋지 못하다는 뜻.

듣은 천 냥이요, 본 백 냥이다.
소문은 크게 났지만 실물은 소문보다 작다는 말.

말만 잘하면 천 냥 돈도 빌린다.
말을 잘하면 없는 사람이 천 냥 빚도 얻을 수 있듯이, 말을 잘하면 큰 이득을 얻을 수 있다는 뜻.

말만 잘하면 천 냥 빚도 얻는다.
없는 사람도 말만 잘하면 큰돈을 얻을 수 있듯이, 말 잘하는 것도 보배라는 뜻.

말을 하면 백 냥이고, 말을 않으면 천 냥이다.
말을 많이 하다가는 실언을 할 수 있으므로 되도록 말은 적게 하는 것이 이롭다는 뜻.

말 한 마디가 천 냥보다 무겁다.
(1) 자기가 한 말에는 책임을 져야 한다는 뜻.
(2) 말은 경솔하게 해서는 안 된다는 뜻.

말 한 마디로 천 냥 빚을 갚는다.
말을 잘하고 못하는 데서 큰 이해관계가 결정된다는 뜻.

말 한 마디에 천금이 오르내린다.
말을 잘하면 큰 이득도 얻을 수 있고, 잘못하면 큰 손해도 볼 수 있다는 뜻.

몸 천 냥에 눈이 팔백 냥이다.
신체 중에서 눈이 가장 보배롭다는 뜻.

밥 한 끼 얻어먹고 천금으로 갚는다.
중국 한漢나라 때 한신韓信이 고생하던 젊은 시절에 빨래하는 여인에게서 밥 한 끼를 얻어먹고서, 그후 출세하여 천금으로 그 은혜를 갚았다는 데서 유래된 말로서, 작은 은혜라도 후하게 갚으라는 뜻.

벼락천금이다.
갑자기 횡재하거나 일확천금하여 부자가 되었다는 말.

봄 밤의 일각은 천 냥 값이 있다.
봄은 낮이 길고 밤이 짧기 때문에 봄 밤의 일각은 대단히 소중하다는 뜻.

부자 천 냥보다 과부 두 푼의 정성이 더 낫다.
불공은 돈으로 평가하는 것이 아니라 정성으로 평가해야 한다는 뜻.

사람이 천 냥이면 눈이 팔백 냥이다.
몸에서 중요하지 않은 것은 없지만 그 중에서도 눈이 가장 소중하다는 뜻.

서 푼 주고 집 사고, 천 냥 주고 친구 산다.
이사는 집만 좋은 것을 선택할 것이 아니라, 이웃이 좋은 곳을 선택하라는 뜻.

서 푼짜리 집에 천 냥짜리 문호門戶다.
돈을 들일 데는 안 들이고, 안 들일 데는 들인다는 말.

세 닢 주고 집 사고, 천 냥 주고 이웃 산다.
이사를 할 때는 좋은 집을 선택하는 것보다 주거환경과 이웃 인심이 좋은 곳을 선택해야 한다는 뜻.

이십 전 자식이요, 삼십 전 천 냥이다.
자식은 일찍 두어야 하고, 돈은 젊어서 벌어야 한다는 뜻.

일각이 천금이다.
일분 일초가 금싸라기처럼 귀중하다는 뜻.

일자천금一字千金이라.
글씨 한 자가 천 냥 값이 있는 명필이라는 뜻.

자식에게 돈 천 냥 주지 말고 책 한 권 주랬다.
자식에게 유산을 물려 주는 것보다는 그 돈으로 공부를 시키는 것이 낫다는 뜻.

자식에게 천 냥 물려 주지 말고 기술 하나 가르쳐 주랬다.
자식에게 유산을 물려 주는 것보다는 기술을 가르쳐 주는 것이 더 안전하다는 뜻.

장부 말은 천금보다도 무겁다.
남자의 말은 천금보다도 더 무겁다는 뜻.

주먹이 천 냥이다.
(1) 힘이 매우 세다는 뜻.
(2) 말로 해결 안 되는 일을 완력으로 해결한다는 뜻.

천금 같은 아들이다.
매우 소중한 아들이라는 뜻.

천금도 아깝지 않다.
돈은 아무리 들어도 아깝지 않으니 일이나 성사되도록 하라는 뜻.

천금 맞잡이다.
비록 적은 돈이지만 천금처럼 소중하게 쓰이는 돈이라는 뜻.

천금 사랑은 없어도 일 사랑은 있다.
천 냥으로 남의 사랑은 못 사도 일을 잘하면 남의 사랑도 받을 수 있다는 뜻.

천금상千金賞에 만호후萬戶侯다.
(1) 상금도 많이 받고 높은 벼슬도 하였다는 뜻.
(2) 상금을 많이 주면 높은 관직에 있는 사람도 구할 수 있다는 뜻.

천금을 얻은 기분이다.
재물이 많이 생긴 것과 같은 좋은 기분이라는 뜻.

천금이면 사람을 움직이고, 만금이면 귀신도 움직인다.
돈만 많이 있으면 못하는 일이 없다는 뜻.

천금이면 사형死刑도 피한다.
예전에는 역적을 제외한 중범자도 천금을 상납하면 면죄되었다는 뜻.

천금이면 죽을 자식도 살린다.
돈만 많으면 죽게 된 사람도 살릴 수 있다는 뜻.

천 냥도 아깝지 않다.
일을 잘해 준 대가로 천 냥을 주어도 아깝지 않다는 뜻.

천 냥 돈도 말만 잘하면 빌린다.
가난한 사람도 말만 잘하면 큰돈을 얻을 수 있다는 뜻.

천 냥 만 냥 판이다.
노름판에 돈이 많은 것을 과장해서 하는 말.

천 냥 맞잡이다.
값은 얼마 되지 않으나 매우 소중하게 쓰이는 물건이라는 뜻.

천 냥 무서워 갓모 못 칠까?
격분하였을 때는 경제적인 보상이 문제가 아니라 먼저 복받치는 감정을 풀게 된다는 뜻.

천 냥 빚도 말로 갚는다.
빚 준 사람이 감동할 수 있도록 말을 잘하면 빚도 탕감받을 수 있다는 뜻.

천 냥 빚에 말이 비단이다.
빚이 많아도 말을 곱게 하면 해결할 수가 있다는 뜻.

천 냥 빚지나 천한 냥 빚지나 빚지기는 매일반이다.
빚이 워낙 많으면 약간 더 많으나 적으나 졸리기는 마찬가지라는 뜻.

천 냥 시주施主 말고 애매한 소리 말랬다.
남을 도와 주려고 하지 말고, 공연히 남을 해치지나 말라는 뜻.

천 냥 시주 말고 없는 사람 구제하랬다.
불공을 드리는 것보다는 그 돈으로 가난한 사람을 도와 주는 것이 낫다는 뜻.

천 냥 쓰면 죽을 것도 살고, 백 냥 쓰면 형벌도 안 받는다.
돈만 많으면 죽을 죄를 지어도 살 수 있고, 형벌 또한 안 받게 된다는 말.

천 냥에 활인活人 있고, 한 푼에 살인 있다.
많은 돈으로 자선하는 경우도 있지만 하찮은 돈으로 살인하는 경우도 있듯이, 돈관계는 금액이 문제가 아니라 감정이 문제라는 뜻.

천 냥이든 만 냥이든 먹고 보랬다.
빚이 많아서 갚을 도리가 없을 때는 우선 굶지 말고 먹고 살아야 한다는 뜻.

천 냥이면 사람도 움직이고, 만 냥이면 귀신도 움직인다.
돈만 많이 주면 어떤 사람이든지 다 매수할 수 있다는 뜻.

천 냥이면 죽을 사람도 살리고, 백 냥이면 형벌도 면한다.
천 냥만 나라에 상납하면 중형을 받을 사람도 면죄시킬 수 있고, 백 냥만 상납하면 볼기 맞을 사람도 면죄시킬 수 있다는 뜻.

천 냥이면 죽을 자식도 살린다.
돈이 많으면 병들어 죽을 자식도 살리는 경우가 있다는 뜻.

천 냥 잃고 조리장사한다.
큰 장사를 하다가 망하고도 밑천 없이 할 수 있는 조리장사를 하여 재기를 노린다는 뜻.

천 냥 지나 천한 냥 지나 먹고나 보자는 격이다.
이왕 빚을 많이 질 바에야 조금 더지나 덜지나 매일반이므로 우선 배부르게 먹는 것이 낫다는 뜻.

천 냥 지나 천한 냥 지나 빚지기는 마찬가지다.
빚이 많은 사람은 빚이 약간 더 많으나 적으나 다 못 갚기는 매일반이라는 뜻.

천 냥짜리 물건도 귀에 대고 한 푼 받으라고 한다.
무슨 물건이나 매매할 때에는 에누리를 많이 해도 무방하다는 뜻.

천 냥짜리 물건을 서 푼도 본다.
물건값은 에누리가 있기 때문에 값을 얼마든지 에누리할 수 있다는 뜻.

천 냥짜리 쇠고기도 소금이 들어가야 제 맛이 난다.
값진 음식이라도 양념이 들어가야 제 맛이 난다는 뜻.

천 사람이 찢으면 천금도 녹고, 만 사람이 찢으면 만금도 녹는다.
돈이 아무리 많아도 사람이 많으면 모자라게 된다는 뜻.

천 입으로 천금을 녹이고, 만 입으로 만금을 녹인다.
사람이 많으면 아무리 많은 돈이라도 다 쓰게 된다는 뜻.

팔백 냥으로 집 사고, 천 냥으로 이웃 산다.
이사를 갈 때는 집 좋은 것만 고르지 말고 이웃 좋은 곳을 선택해야 한다는 뜻.

하루가 천금 맞잡이다.
하루를 매우 값지게 소비한다는 뜻.

한꺼번에 천금을 얻는다.
단번에 큰돈을 벌어 벼락부자가 된다는 뜻.

한 끼가 천 냥이다.
한 끼 식사하는 데 천 냥을 쓰듯이, 지나치게 호의호식을 한다는 뜻.

한 끼 얻어먹은 은덕도 천 냥으로 갚는다.
옛날 중국 한漢나라 한신韓信처럼 한 끼를 얻어먹고 나중에 출세하여 천 냥으로 그 은덕을 갚듯이, 남의 은덕은 후하게 갚아야 한다는 뜻.

한 마디 말이 천 냥짜리다.
말 한 마디라도 매우 값진 말이라는 뜻.

한 몸이 천금 맞잡이다.
매우 소중한 신분이라 잘 간수해야 한다는 뜻.

한 번 승낙한 말은 천금과 같다.
한 번 약속한 일은 어떤 일이 있어도 고칠 수 없다는 뜻.

한 번에 천금을 얻는다.
단번에 큰돈을 벌어서 벼락부자가 되었다는 뜻.

황금 천 냥이 자식 교육만 못하다.
자식에게 유산으로 돈을 물려 주는 것보다는 공부를 시켜 주는 것이 낫다는 뜻.

22
만 냥

돈이 만 냥이면 귀신도 부린다.
돈만 많으면 귀신도 부릴 수 있듯이, 돈의 힘은 크다는 뜻.

만 냥인들 무슨 소용이 있나?
(1) 돈이 아무리 많아도 자기가 쓰지 못하는 돈은 아무 소용이 없다는 뜻.
(2) 중병은 돈이 많아도 못 고친다는 뜻.

세 닢짜리가 만 냥짜리를 흉본다.
철이 없어서 사리를 판단하지 못하는 사람을 비유하는 말.

어머니는 살아서는 서 푼이고 죽으면 만 냥이다.
어머니의 은혜는 살아 계실 때는 몰라도 죽은 뒤에는 깨닫게 된다는 뜻.

천 냥 만 냥 판이다.
노름판에 돈이 많다는 것을 과장하는 말.

II

가난편

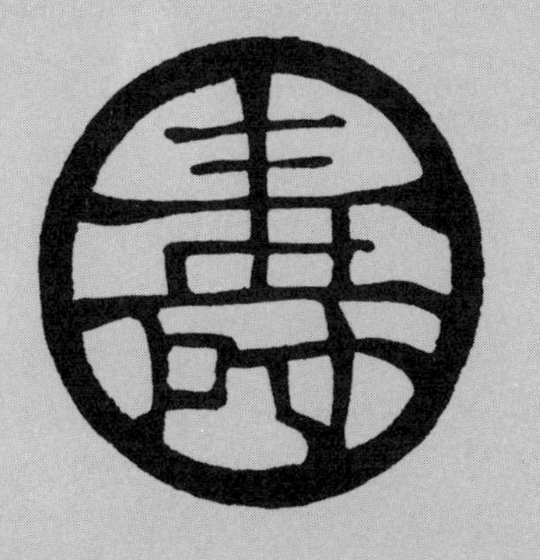

23
가난

가난과 거지는 사촌간이다.
거지가 따로 있는 것이 아니라 가난하다 보면 거지가 되는 것이므로 가난과 거지는 가까운 사이라는 뜻.

가난 구제는 나랏님도 못한다.
백성들의 빈곤은 임금도 어쩔 도리가 없다는 뜻.

가난 구제는 나라도 못한다.
가난 구제는 나라에서도 못하는데, 하물며 개인으로서 어떻게 감당하겠느냐는 뜻.

가난 구제는 지옥 늪이다.
가난을 구제하다가는 결국 자신도 고생을 하게 된다는 말.

가난 끝에 돈 번 사람은 인색하다.
가난하던 사람이 돈을 벌어 잘 살게 되면 없는 사람 사정을 더 몰라 준다는 뜻.

가난도 비단가난이다.
비록 가난하기는 해도 깨끗한 인품을 지니고 있다는 뜻.

가난도 씨가 있다.
가난한 집안에 태어난 사람은 잘 살게 되기가 어렵다는 뜻.

가난뱅이 구들장에 물난리다.
가난한 집은 지붕이 세기 때문에 비만 오면 방 안에서 물소동이 난다는 뜻.

가난뱅이 조상 안 둔 부자 없고, 부자 조상 안 둔 가난뱅이 없다.
가난하다고 대대손손 가난한 것이 아니고 부자라고 천추만대 부자로 있는 것이 아니기 때문에, 가난한 사람도 부자 될 때가 있고 부자도 가난해질 때가 있다는 뜻.

가난·사랑·재채기 셋은 못 속인다.
가난한 것과 애정과 재채기는 노출되기 때문에 감출 수가 없다는 뜻.

가난에는 고생이 따라다닌다.
가난하면 의식주를 해결하지 못하기 때문에 고생을 면할 수가 없다는 뜻.

가난에는 백전노장百戰老將도 별수없다.
전쟁에서는 항상 승리하던 용감한 용사도 가난은 이기지 못하는 경우가 많다는 뜻.

가난에는 장사壯士도 없다.
아무리 용감한 사람이라도 가난 앞에는 굴복하게 된다는 뜻.

가난에도 굴하지 않는다.
춥고 배고파도 소신을 굽히지 않는다는 뜻.

가난에 사랑 처다.
집안이 가난할수록 어진 아내가 생각난다는 뜻.

가난에 어진 아내다.
(1) 고생스러우면 어진 아내의 고마움을 느끼게 된다는 뜻.
(2) 가난한 살림에서는 아내의 내조가 필요하다는 뜻.

가난에 찌들린다.
가난 속에서 헤어나지 못하고 몹시 고생한다는 뜻.

가난은 개도 안 먹는다.
가난은 짐승들도 싫어한다는 뜻.

가난은 나랏님도 못 당한다.
백성들의 가난은 임금도 해결하지 못한다는 뜻.

가난은 나라도 못 당한다.
국민들의 빈곤은 국가에서도 막을 수가 없다는 뜻.

가난은 독에 감춰도 알게 된다.
가난한 티는 아무리 감추려고 해도 어디선가 탄로가 난다는 뜻.

가난은 돈을 주면서 가져가라고 해도 안 가져간다.
가난은 누구나 다 싫어하기 때문에 돈을 주면서 가져가라고 해도 가져가지 않는다는 뜻.

가난은 돈 주고도 못 산다.
가난은 누구든지 싫어하기 때문에 처분할 도리가 없다는 뜻.

가난은 못 속인다.
가난은 남들이 먼저 알기 때문에 속일 수가 없다는 말.

가난은 오허五虛 하면 찾아든다.
가난하게 되는 것은 집에 다섯 가지 헛점(五虛)이 있기 때문이다. 즉 일허一虛는 집이 크고 사람이 적을 때, 이허二虛는 집은 작고 문이 클 때, 삼허三虛는 담벽이 허술할 때, 사허四虛는 우물과 부엌이 부적당한 장소에 있을 때, 오허五虛는 집터는 넓고 집이 작을 때이다. 이상과 같은 집에서 살면 가난을 면할 수 없다는 뜻.

가난은 죄가 아니다.
가난해서 고생하는 것이 천벌이라도 받아 가난한 것 같지만 천벌이 아니므로 부끄러울 것이 없다는 뜻.

가난은 타고난 팔자다.
잘 살고 못 사는 것은 타고난 팔자이기 때문에 마음대로 되는 것이 아니라는 뜻.

가난은 팔자다.
가난은 타고난 운명이기 때문에 참고 견딜 수밖에 없다는 말.

가난을 낙으로 삼는다.
가난을 낙으로 알고 참아내야 극복할 수 있다는 말.

가난을 벗는다.
가난에서 해방되어 부유하게 되었다는 뜻.

가난이 가난을 타고 온다.
가난한 사람이 점점 더 가난해진다는 뜻.

가난이 그림자처럼 따라다닌다.
아무리 노력을 해도 가난을 떼어 버리지 못한다는 뜻.

가난이 도둑이다.
가난하기 때문에 도둑질도 하게 된다는 뜻.

가난이 든다.
가난이 집안으로 파고든다는 뜻.

가난이 뚝뚝 떨어진다.
어디로 보나 가난한 모습이 역력하게 나타난다는 뜻.

가난이 무식이다.
가난한 탓으로 배우지 못하여 무식하다는 뜻.

가난이 병보다 무섭다.
가난은 대대로 가난할 수 있지만, 병은 불치병이라도 당대에 끝나기 때문에 가난이 더 무섭다는 뜻.

가난이 뼛속까지 스며든다.
가난이 뼛속까지 침투될 정도로 몹시 가난하다는 말.

가난이 소새끼만도 못하다.
사람이 가난하여 먹지도 입지도 못하면 잘 먹고 지내는 짐승만도 못하다는 뜻.

가난이 소 아들이다.
가난하면 소처럼 일생을 고되게 일만 하다가 죽게 된다는 뜻.

가난이 스승이다.
가난한 사람은 잘 살기 위하여 열심히 일하는 과정에서 성공하는 비결(스승)을 배우게 된다는 뜻.

가난이 싸움이다.
가난하면 작은 이해상관利害相關을 가지고도 자연히 서로 다투게 되고 불화不和하게 되니, 모든 싸움의 원인은 가난에 있다는 말.

가난이 우환이다.
가난하면 환자처럼 옳은 사람 구실을 못한다는 뜻.

가난이 원수다.
불행한 일이 일어나게 된 동기가 모두 돈이 없어서 생긴 것이라는 뜻.

가난이 장사다.
먹고 살기 위해서 있는 힘을 다하여 일을 하기 때문에 남 보기에는 장사로 보인다는 뜻.

가난이 죄다.
(1) 가난한 사람은 어디서나 죄진 사람처럼 기를 펴지 못하고 산다는 뜻.
(2) 일이 잘 안 되는 것도 모두 돈이 없는 탓이라는 뜻.

가난이 질기다.
가난한 것으로 보아서는 당장 굶어죽을 것 같지만 그래도 견디낸다는 뜻.

가난이 집 안으로 들어오면 주인은 집을 나가게 된다.
가난한 팔자는 가난을 이기지 못하고 가난에게 쫓겨다닌다는 뜻.

가난이 천대다.
가난한 사람은 아무리 똑똑해도 사람 대접을 못 받는다는 뜻.

가난이 파고든다.
집안이 점점 가난해져서 견딜 수가 없다는 뜻.

가난 좋아하는 사람 없다.
누구를 막론하고 가난을 좋아할 사람은 없다는 뜻.

가난하고 늙은 부모가 계시면 하찮은 직업이라도 가져야 한다.
가난하고, 또한 부모가 계시면 하찮은 직업이라도 가져야 그 부모를 봉양할 수 있다는 말.

가난하고 명도 짧다.
(1) 가난한 처지에 오래 살지도 못하고 죽게 된다는 뜻.
(2) 박복한 사람을 비유하는 말.

가난하고 천대를 받게 되면 일가친척도 떨어진다.
가난하고 천대를 받게 되면, 친척들까지도 왕래가 적어지게 되므로 자연히 사이가 멀어지게 된다는 말.

가난하고 천대받을 때 사귄 친구는 잊지 못한다.
젊어서 함께 고생하면서 서로 돕고 의지하던 친구는 죽을 때까지 잊을 수가 없다는 뜻.

가난하고 천하면 부지런해진다.
가난하고 천대를 받는 사람은 이것을 탈피하기 위하여 부지런히 일을 하게 된다는 뜻.

가난하고 천한 것은 누구나 싫어한다.
인간이라면 누구나 가난하고 천대받는 것은 싫어하고 부귀를 누리고 싶어한다는 뜻.

가난하기 때문에 벼슬하는 것이 아니다.
국가 공무원은 임금을 위해서만 다니는 것이 아니라 국민들을 위한 봉사도 해야 한다는 말.

가난하면 거지 티가 난다.
몹시 가난하게 되면 거지와 별로 다를 것이 없다는 뜻.

가난하면 돈도 못 쓴다.
가난한 사람은 돈 쓸 데는 많아도 돈이 없어서 못 쓴다는 뜻.

가난하면 돈도 아끼고말고 할 것이 없다.
돈 한 푼 없는 사람은 돈을 아낄 것이 없다는 뜻.

가난하면 돈은 아껴 쓰게 된다.
가난하면 쓸 데는 많지만 쓸 돈이 적거나 없기 때문에 자연히 아껴 쓰게 된다는 뜻.

가난하면 등신 된다.
똑똑한 사람도 가난하면 별수없이 못난 사람이 된다는 말.

가난하면 뜻이 구차하고, 부유하면 교만하다.
가난한 사람은 비굴감을 가지고 있기 때문에 그 뜻도 원대하지 못하고 제약을 받게 되며, 부자는 재력의 힘이 있기 때문에 교만하게 된다는 뜻.

가난하면 마음에 도둑이 든다.
몹시 가난하면 도둑질을 하고 싶은 생각이 든다는 뜻.

가난하면 만사萬事가 안 된다.
무슨 일이나 경제적 뒷받침이 따라야 이루어진다는 말.

가난하면 먹고 싶은 것이 더 많다.
굶주린 사람은 먹을 생각밖에 없다는 뜻.

가난하면 못난 놈 된다.
똑똑한 사람도 돈이 없으면 등신 노릇을 하게 된다는 뜻.

가난하면 무식을 못 면한다.
가난하면 공부를 할 수 없으므로 무식하게 된다는 뜻.

가난하면 번화한 장바닥 속에 살아도 아는 사람이 없다.
가난한 사람은 친구도 없기 때문에 번화한 곳에 살아도 아는 사람이 없을 정도로 외롭다는 말.

가난하면 부자가 되고 싶어한다.
고생하면서 가난하게 살고 싶은 사람은 없기 때문에 누구나 잘 먹고 잘 살고 싶어한다는 말.

가난하면 비겁해진다.
용기가 있는 사람도 가난하면 비굴해진다는 뜻.

가난하면서도 남을 원망하지 않는다.
가난 때문에 남에게서 천대를 받지만 남을 원망하지는 않는다는 말.

가난하면 아내를 가려서 얻지 못한다.
가난한 사람은 아내를 골라서 얻을 수가 없다는 뜻.

가난하면 아는 것도 적어진다.
가난하면 대인관계도 별로 없기 때문에 문견도 적다는 뜻.

가난하면 아무것도 남을 주지 못한다.
가난하면 마음으로는 주고 싶은 사람도 많고 주고 싶은 것도 많지만, 가진 것이 없기 때문에 줄래야 줄 수가 없게 된다는 뜻.

가난하면 아부하게 된다.
가난한 사람은 남에게 의지하여 살아가기 때문에 아부하는 일이 많다는 뜻.

가난하면 어진 아내가 생각난다.
가난하여 양식이 떨어지면 아내가 산에 가서 산나물이나 풀뿌리를 캐다가 끼니를 마련해 주어, 그 은덕이 뼈아프게 고맙다는 뜻.

가난하면 염치도 없어진다.
가난하면 예절도 없고 염치도 없는 짓을 어쩔 수 없이 하게 된다는 뜻.

가난하면 오는 손도 없다.
가난하면 나가서 일만 하게 되기 때문에 찾아오는 사람도 없다는 뜻.

가난하면 일가도 없다.
가난하면 일가간에도 왕래가 없게 된다는 뜻.

가난하면 일이 많다.
가난하면 먹고 살기 위하여 남보다 더 많이 일을 하게 된다는 말.

가난하면 일하고 싶은 생각이 절로 난다.
가난하면 먹고 살기 위하여 일을 하지 않던 사람도 자연히 일하고 싶은 생각이 나게 마련이라는 뜻.

가난하면 잠친구밖에 없다.
가난한 사람은 어쩌다가 틈이 생겨도 잠으로 피곤을 풀게 된다는 뜻.

가난하면 죽고 싶은 생각밖에 안 난다.
가난에 시달리면 살고 싶은 희망도 없어지게 된다는 뜻.

가난하면 죽어도 찾아오는 사람이 없다.
극빈한 사람 집에는 초상이 나도 조문하는 손님이 별로 없다는 뜻.

가난하면 죽을 날도 없다.
가난한 사람은 눈코뜰새없이 돈벌이를 해야 하기 때문에 여가가 없다는 말.

가난하면 집안 싸움이 잦다.
가난하면 불만과 불평도 많기 때문에 집안 싸움도 자연히 많이 하게 된다는 말.

가난하면 찾아오는 벗도 없다.
가난한 사람은 친구도 가난하기 때문에 서로 찾아다닐 여가가 없다는 말.

가난하면 찾아오는 친척도 없다.
가난하게 살면 친척이 있어도 찾아오는 사람이 별로 없다는 뜻.

가난하면 처자식도 얕본다.
가난한 집 가장은 집안 식구들에게도 대접을 못 받는다는 뜻.

가난하면 천대받고, 돈 있으면 존대받는다.
돈이 없으면 사람 구실을 못하기 때문에 천대를 받게 되지만, 돈이 있으면 금력金力에 의하여 저절로 신분이 높아지게 된다는 말.

가난하면 친구도 없다.
몹시 가난하면 찾아오는 친구도 없다는 뜻.

가난하면 친척도 멀어진다.
친척간에도 경제적으로 차이가 있으면 사이가 멀어지게 된다는 말.

가난하면 친척도 없어진다.
부유하게 살다가 패가를 하게 되면 자주 왕래하던 친척도 찾아오지 않는다는 뜻.

가난하면 친한 사람도 적다.
없는 사람은 친구도 적다는 말.

가난하면 형제간에도 만나지 못한다.
가난한 형제가 멀리 떨어져 살면 만나고 싶어도 만나기가 어렵다는 뜻.

가난한 놈 걱정은 결국 돈 한 가지 없는 걱정이다.
가난한 사람은 걱정이 굉장히 많은 것 같지만, 근본은 다 돈 없는 데서 생긴 걱정이라는 뜻.

가난한 놈은 남의 돈 구경도 못한다.
가난한 사람은 돈 있는 사람과 접촉할 기회가 없기 때문에 비록 남의 돈일망정 구경조차 못하게 된다는 뜻.

가난한 놈은 남의 돈 만져도 못 본다.
가난한 사람은 돈 거래가 없기 때문에 남의 돈을 만져 볼 기회조차 없다는 뜻.

가난한 놈은 못하는 일이 없다.
가난하여 일거리가 없는 사람은 아무 일이나 닥치는 대로 하게 된다는 뜻.

가난한 놈은 바라는 것도 많다.
가난한 사람은 없는 것이 많기 때문에 가지고 싶은 것도 많다는 뜻.

가난한 놈은 빚도 못 얻는다.
극빈한 사람은 신용이 없어서 남에게서 빚도 못 얻는다는 뜻.

가난한 놈은 성도 없다.
없는 사람이 멸시를 당할 때 하는 말.

가난한 놈은 앓을 틈도 없다.
가난한 사람은 부지런히 일을 하기 때문에 사소한 여가도 없다는 뜻.

가난한 놈은 일가도 없다.
가난하게 살면 친척들이 찾아오지도 않고 돌봐 주지도 않는다는 뜻.

가난한 놈은 일이 많다.
가난한 사람은 저축한 것이 없어서 그날 벌어 그날 먹게 되므로 매일 일만 하게 된다는 뜻.

가난한 놈은 잠자는 것이 낙이다.
외출하게 되면 돈을 쓰게 되므로 가난한 사람은 여가가 생겨도 집에서 잠이나 자게 된다는 뜻.

가난한 놈은 제 성도 못 가진다.
없는 사람은 제 것을 가지고 있어도 남이 의심한다는 말.

가난한 놈은 힘으로 일하고, 부자는 돈으로 일한다.
가난한 사람은 자기가 직접 일을 하게 되고, 돈 있는 사람은 남을 시켜서 일을 하게 된다는 뜻.

가난한 놈이 기와집만 짓는다.
가난한 사람일수록 몽상夢想을 많이 하게 된다는 뜻.

가난한 놈이 남의 것을 먹자면 말이 많다.
가난한 사람이 남의 밑에서 일을 하자면 자연히 이렇다저렇다 말이 많다는 뜻.

가난한 놈이 못난 놈이다.
가난하면 똑똑해도 남들이 알아 주지 않는다는 뜻.

가난한 놈이 빚까지 짊어졌다.
가난한 처지에 빚까지 있어서 더욱 고생스럽다는 뜻.

가난한 놈 집구석 같다.
이사 간 집처럼 가난하여 집 안에 살림살이라고는 아무것도 없다는 뜻.

가난한 놈치고 빚 없는 놈 없다.
가난하면 어쩔 수 없이 남에게 빚을 지게 된다는 뜻.

가난한 사람끼리는 서로 단결된다.
가난한 사람끼리는 같은 처지에 있기 때문에 서로 단결이 잘 될 수 있다는 뜻.

가난한 사람도 부자와 같이 대하라.
가난한 사람이라고 차별하지 말고 있는 사람을 대하듯이 하라는 뜻.

가난한 사람은 덕이 있다.
가난한 사람은 고생을 많이 해왔기 때문에 남의 사정을 잘 봐준다는 뜻.

가난한 사람은 바늘 꽂을 땅도 없다.
빈농은 자기 땅은 고사하고 남의 땅도 별로 없다는 뜻.

가난한 사람은 바라는 것이 많다.
가난한 사람은 없는 것투성이이기 때문에 가지고 싶은 것, 하고 싶은 것이 많다는 뜻.

가난한 사람은 벼룩 무릎 꿇을 땅도 없다.
가난한 농민은 자기 땅이라고는 전혀 없이 남의 땅을 소작한다는 뜻.

가난한 사람은 송곳 꽂을 땅도 없다.
가난한 농민에게는 송곳을 꽂을 정도의 땅도 없다는 뜻.

가난한 사람은 시장에 살아도 아는 사람이 없다.
경제력이 없는 가난한 사람은 대인관계가 적기 때문에 아는 사람도 매우 적다는 뜻.

가난한 사람은 자는 것이 낙이다.
가난한 사람에게는 오락시설도 없을 뿐더러 피로한 몸을 풀려면 잠을 많이 자지 않을 수 없다는 말.

가난한 사람은 허리띠가 양식이다.
가난하여 먹을 것이 없으면 허리띠를 졸라매면서 참고 견딘다는 뜻.

가난한 사람의 한 등불이 부자의 만 등불보다 낫다.
불전佛前에 올리는 법등은 양적으로 평가할 것이 아니라 정성으로 평가해야 한다는 뜻.

가난한 살림에는 빚보다 더 무서운 것이 없다.
가난한 살림에 빚을 얻어 쓰면 그 이자 때문에 더욱 못 살게 되므로 빚을 지지 말고 이를 극복해야 한다는 뜻.

가난한 살림에는 일이 많다.
가난한 사람은 남보다 일을 더 많이 하게 된다는 뜻.

가난한 상주 방갓 대가리 같다.
(1) 물건이 낡아서 허술하게 보인다는 뜻.
(2) 사람의 몸꼴이 초라하게 보인다는 뜻.

가난한 양반 삼청三廳에 들어가듯 한다.
헐벗은 가난한 양반이 불도 때지 않은 삼청의 찬방에 들어가듯이, 벌벌 떨면서 들어간다는 뜻.
* 삼청: 금부禁府의 삼청은 불을 안 때는 냉방으로 몹시 찬방을 비유하여 이르는 말.

가난한 양반 씨나락 주무르듯 한다.
식량이 떨어져 굶고 있는 양반이 씨나락을 만지작거리며 안 먹으면 굶어죽겠고 먹자니 농사를 못 짓게 될 것 같아 망설이듯이, 무슨 일을 결정하지 못하고 우물쭈물하고만 있다는 뜻.

가난한 양반 향청鄕廳에 들어가듯 한다.
(1) 행동이 당당하지 못하고 주눅이 들어 머뭇머뭇하는 사람을 비유하는 말.
(2) 하기 싫은 일을 억지로 마지못해서 한다는 뜻.

* 향청: 조선조에 수령을 보좌하던 자문기관.

가난한 일가 자랑하는 사람 없다.
잘 사는 일가의 자랑은 해도 못 사는 일가의 자랑은 하지 않는다는 뜻.

가난한 집 밥 굶듯 한다.
가난한 집에서는 밥 굶는 일이 자주 있듯이, 괴로운 일이 자주 생긴다는 뜻.

가난한 집 신주神主 굶듯 한다.
가난한 집에서는 산 사람도 굶는 처지에 있기 때문에, 죽은 사람에게까지 제물祭物을 차려 놓지 못하므로 신주도 굶는다는 말.
* 신주: 죽은 사람의 위패位牌.

가난한 집안에는 싸움 떠날 날 없다.
가난하면 집안에 싸움이 잦게 된다는 뜻.

가난한 집에는 형제가 많아도 우애가 좋다.
부유한 집 형제는 흔히 재산관계로 우애가 좋지 못한 경우가 많지만, 가난한 집 형제들은 서로 돕기 때문에 대체로 우애가 좋다는 뜻.

가난한 집에 부부 싸움만 잦다.
집안이 가난하면 불평불만이 많기 때문에 부부간에도 싸움이 잦게 된다는 뜻.

가난한 집에 살찐 닭 없고, 부자집에 마른 개 없다.
짐승이나 사람이나 굶주리게 되면 여위고, 잘 먹게 되면 살이 찐다는 뜻.

가난한 집에서 효자 난다.
효자는 가난한 집에서 더 많이 난다는 뜻.

가난한 집이 자식은 많다.
일반적으로 부자보다 가난한 집이 자식은 더 많다는 뜻.

가난한 집 제사 돌아오듯 한다.
괴로운 일이 계속적으로 자주 닥쳐온다는 뜻.

가난한 집 족보族譜 자랑하기다.
가난뱅이 양반은 자랑할 것이 없어서 자기 조상 자랑만 한다는 말.

가난한 집치고 싸움 없는 집 없다.
가난하면 생활고에 시달리게 되므로 부부간에 싸움도 잦다는 뜻.

가난한 친정에 가는 것보다 가을 산에 가는 것이 낫다.
가을이 되면 산에 먹을 수 있는 과일이 많다는 말.

가난한 탓이다.
일이 잘 안 되는 것도 다 돈이 없는 탓이라는 뜻.

가난한 활수滑手가 돈 있는 부자보다 낫다.
비록 가난하더라도 돈 잘 쓰는 활수가 돈을 두고도 쓰지 않는 구두쇠 부자보다도 낫다는 말.

가난할 때 사귄 친구다.
가난할 때 우정을 맺은 친한 친구라는 뜻.

가난할수록 더 가난해진다.
가난해질수록 있던 것은 팔아먹게 되고, 빚은 늘어만 가기 때문에 점점 가난해진다는 뜻.

가난할수록 밤마다 기와집만 짓는다.
(1) 가난할수록 밤이면 헛공상만 하게 된다는 말.
(2) 가난할수록 남에게 잘 사는 것같이 겉치장을 하려는 생각을 하게 된다는 뜻.

가난할수록 서울로 가랬다.
농촌에서 애를 써도 못 살 바에야, 사람이 많이 사는 서울에 가면 일거리가 많아서 자기 재능에 알맞고 수입도 비교적 좋은 데를 선택하여 보다 잘 살 수 있다는 뜻.

가난해도 빚만 없으면 산다.
가난하더라도 빚만 없으면 마음은 편하다는 뜻.

가난해도 속만 편하면 산다.
가난해도 속상하는 일만 없으면 단란하게 살 수 있다는 말.

가난해도 의지할 데가 없다.
가난해도 어느 누구에게 의지할 데 없이 고독하게 산다는 뜻.

가난해도 절개는 지켜야 한다.
가난하면 절개를 굽히기 쉬우나 악착같이 고수해야 한다는 뜻.

가난해져야 아내의 어짊을 알게 된다.
잘 사는 집보다도 가난한 집 아내의 역할이 더 큰 까닭에 가난해졌을 때에야 비로소 그 아내의 고마움을 알게 된다는 뜻.

가난해졌다 부유해졌다 한다.
가난한 사람이 부자가 되기도 하고, 부자가 패가하여 가난해지기도 한다는 뜻.

가난했을 때 사귄 친구다.
가난했을 때 서로 도와 주고 아껴 준 친구가 진정한 친구라는 뜻.

가는 밥 먹고 가는 똥 누랬다.
수입이 적은 사람은 쓰는 것도 적게 써서 수지를 맞추라는 뜻.

가는 밥 먹고 속 편하게 살랬다.
욕심을 내서 수입을 늘리려 말고, 쓰는 것을 절약하여 편하게 살라는 뜻.

가랑이가 찢어지게 가난하다.
먹지 못해 몹시 마른 나머지 궁둥이에 살이 없어 가랑이가 찢어진 것처럼 보이듯이, 굶주려서 다 죽게 된 사람을 비유하는 말.

가랑이가 찢어진다.
(1) 무리하게 일을 한다는 뜻.
(2) 바쁘게 뛰어다닌다는 뜻.

가마가 많으면 살림이 가난하다.
남자가 첩을 얻어 여러 살림을 하게 되면 패가하기 쉽다는 뜻.

가족도 없고 집도 없다.
의지할 데도 없고 돈도 없는 외로운 신세라는 뜻.

가죽과 뼈가 맞붙었다.
(1) 너무 말라서 살이 전혀 없이 가죽과 뼈가 맞붙었다는 뜻.
(2) 마른 사람이나 중병으로 앓아누운 환자를 보고 하는 말.

가죽과 뼈만 남았다.
너무 말라서 살은 전혀 없고, 다만 가죽과 뼈만 앙상한 사람을 가리키는 말.

가죽밖에 안 남았다.
살은 조금도 없고 뼈에 가죽만 남아 있을 정도로 말랐다는 뜻.

가진 것이라고는 그림자밖에 없다.
재산이라고는 아무것도 없고 그 그림자뿐이라는 뜻.

가진 것이라고는 불알 두 쪽밖에 없다.
재산이라고는 아무것도 없고 몸 하나밖에 없다는 뜻.

가진 것이라고는 알몸뿐이다.
지극히 가난하여 소유물이라고는 자신의 몸 하나밖에 없다는 뜻.

가진 것이라고는 이(虱)밖에 없다.
가진 것이라고는 옷에 있는 이밖에 없다는 뜻.

가진 것이라고는 쥐뿔도 없다.
쥐에게 뿔이 없듯이, 재산이라고는 한 푼도 없는 알거지라는 뜻.

가진 것이라고는 호두 두 알뿐이다.
가진 것이라고는 아무것도 없는 빈 알몸뿐이라는 뜻.

가진 물건이라고는 하나도 없다.
몹시 가난하여 재산이라고는 아무것도 없다는 뜻.

가풀막을 만났다.
(1) 몰락과정에 있다는 뜻.
(2) 역경에 빠져 있다는 뜻.

개가 핥은 것 같다.
개가 핥은 그릇처럼 집 안에 아무것도 없는 가난뱅이라는 뜻.

개가 핥은 듯이 가난하다.
개가 죽사발을 핥은 듯이 집 안에 양식이라고는 한 알도 없는 매우 구차한 생활을 한다는 뜻.

개가 핥은 죽사발 같다.
(1) 아무것도 남은 것이 없이 깨끗하다는 뜻.
(2) 매우 가난하여 집 안에 먹을 것이 아무것도 없다는 뜻.

개 때릴 막대기 하나 없다.
(1) 무슨 일을 하려고 해도 아무것도 준비할 것이 없어서 하지 못한다는 뜻.
(2) 집 안에 살림이라고는 아무것도 없다는 뜻.

개뿔도 없다.
개에게 뿔이 없듯이, 집 안에 살림살이 하나 없는 알거지라는 뜻.

개 죽 쑤어 줄 것도 없고, 생쥐 볼가심할 것도 없다.
집 안에 곡식이라고는 낟알 하나 없는 가난뱅이라는 뜻.

개처럼 벌어서 정승같이 살랬다.
어떤 직업을 가지거나 알뜰하게 저축하여 깨끗하게 살면 된다는 뜻.

거친 옷에 맛없는 음식이다.
가난하여 입는 것도 제대로 못 입고 먹는 것도 겨우 먹는다는 뜻.

겉부자 속가난이다.
겉으로는 부자 같으면서도 속으로는 가난하다는 뜻.

고생 끝에 병난다.
제대로 먹지도 못하고 오래 고생하면 병이 생겨 죽게 된다는 뜻.

고생해 본 사람이라야 세상 물정도 안다.
고생을 해본 사람이라야 없는 사람의 사정도 알게 된다는 뜻.

고양이 죽 쑤어 줄 것도 없고, 새앙쥐 볼가심할 것도 없다.
고양이 먹일 것도 없고, 새앙쥐 맛볼 것도 없을 정도로 몹시 가난하여 먹을 것이라고는 아무것도 없다는 뜻.

곤궁한 것이 가장 걱정스러운 일이다.
의식주는 인간의 기본 문제로서, 이것이 해결되지 않는 것보다 더 큰 걱정은 없다는 말.

곤궁한 사람은 항상 지배를 받게 된다.
가난한 사람은 경제적으로 예속되기 때문에 남의 지배만 받게 된다는 뜻.

곤궁할수록 지조는 굳어진다.
가난하고 고생스러울수록 의지는 더욱 굳세진다는 말.

곳간이 텅 비었다.
곳간에 식량이 떨어져 굶주리고 있다는 뜻.

궁상을 떤다.
보기에 민망할 정도로 궁상맞은 행동을 한다는 뜻.

궁하면 통한다.
고생을 극복하면서 참고 견디면 살아갈 수 있는 길이 생긴다는 뜻.

궁한 뒤에 행세 본다.
어려운 일을 당했을 때 비로소 그의 본성을 알게 된다는 뜻.

기둥뿌리가 빠진다.
(1) 일을 크게 실패하였다는 뜻.
(2) 매우 고생스럽다는 뜻.

기둥뿌리가 흔들린다.
역경에 빠져서 몹시 고생스럽다는 뜻.

깍두기 집안이다.
김장 중에서 깍두기가 가장 하품이듯이, 가장 가난한 집이라는 뜻.

꽁보리밥도 제때에 못 먹는다.
가난하여 꽁보리밥도 제대로 먹지 못하는 어려운 살림을 한다는 뜻.

나간 놈 집구석 같다.
이사 간 집처럼 집 안에 살림살이가 아무것도 없다는 뜻.

나물 먹고 물 마시고 임의 팔 베었으면 그만이다.
밥을 못 먹을 만큼 굶주리며 살아도, 정든 임과 함께 사는 것으로서 만족한다는 뜻.

난부자 든가난이다.
겉으로 보기에는 부자 같으나 실속 살림은 몹시 어려운 형편이라는 뜻.

난부자 든거지다.
겉으로는 부자 같지만 속은 거지처럼 가난하다는 뜻.

남은 비지를 먹어도 끼 에워먹는다.
남이 가지고 있는 것은 하찮은 것 같지만, 본인으로서는 없어서는 안 될 귀중한 것이라는 말.

남의 집 잔치 좋아하는 집 쌀독에 거미줄 친다.
남의 집 잔치에 잘 다니는 여자는 살림을 못한다는 뜻.

남자가 바가지 밥을 먹으면 가난하다.
남자가 거지처럼 바가지에 담긴 밥을 먹으면 볼품이 사납다는 뜻.

낭비는 가난을 부른다.
돈 있다고 낭비하면 패가를 하게 된다는 뜻.

낮에 옛이야기를 좋아하면 가난하다.
낮에 일은 하지 않고 옛이야기나 하고 지내면 가난하게 되는 것은 당연하다는 뜻.

낯짝에 밥풀 하나 안 붙었다.
얼굴이 궁상窮相이라 가난을 면할 길이 없다는 뜻.

내 코가 석 자나 빠졌다.
내 처지가 곤궁하여 남을 도와 줄 도리가 없다는 뜻.

냉수 떠놓고 혼례 한다.
집안이 너무도 빈곤하여 찬물을 떠놓고 결혼식을 한다는 뜻.

노래기 족통도 없다.
발이 몹시 작아서 잘 보이지 않는 노래기 족통과 같이 집안이 몹시 가난하다는 말.

누더기 속에서 영웅 난다.
가난한 집안에서 걸출한 인물이 나서 그 집안을 일으켰다는 뜻.

눈썹이 붉으면 가난하다.
눈썹 색이 검지 않고 붉은 사람은 가난을 면치 못한다는 뜻.

늦잠이 많으면 가난하다.
부지런히 일을 해도 먹고 살기가 바쁜데, 늦잠을 자는 게으른 사람이라면 더더욱 가난을 면할 수 없을 터라는 뜻.

대문 쪽을 향해서 주걱질을 하면 가난하다.
대문 쪽으로 주걱질을 하면 식복을 쫓아내게 되므로 가난해진다는 뜻.

되를 밖으로 가지고 나가면 가난해진다.
곡식을 되는 되를 밖으로 가지고 나가면 복도 따라 나간다는 데서 유래한 말.

든가난 난부자다.
집안은 극빈한데도 남들이 볼 때에는 부자처럼 보인다는 뜻.

든거지 난부자다.
집안은 몹시 빈곤한데도 남들이 볼 때에는 부자처럼 보인다는 뜻.

땅을 요로 삼고, 하늘을 이불로 삼는다.
때로는 노숙露宿해 가면서 방랑생활을 하는 신세라는 뜻.

땅이 자리고, 하늘이 이불이다.
방랑생활을 하다 보면 한데에 잠을 자는 경우도 있다는 뜻.

똥구멍이 찢어지게 가난하다.
가난하면 풀뿌리와 나무껍질로 연명한 나머지 똥덩이가 크고 단단하게 뭉쳐져 똥구멍이 찢어지듯이, 몹시 가난한 사람을 이르는 말.

마늘 껍질을 태우면 집안이 가난해진다.
마늘 껍질을 태우면 그 냄새가 이웃집까지 번져서 피해를 주므로 태우지 말라는 뜻.

맨손과 빈 주먹뿐이다.
가진 것이라고는 아무것도 없는 가난한 처지에 있다는 뜻.

먹고 살기도 바쁘다.
가난하여 당장 먹고 살기도 바빠서 다른 것을 생각할 여유가 없다는 뜻.

목구멍이 원수다.
식생활 하나도 해결하지 못하여 온갖 힘을 다 쓴다는 뜻.

몸에는 이밖에 없고, 집에는 쥐밖에 없다.
몸에 지닌 것은 이밖에 없고, 집 안에는 쥐밖에 없을 정도로 매우 가난하다는 뜻.

몹시 가난해도 굴하지 않는다.
경제적으로 매우 곤란한 처지에 있어도 굽히지 않는다는 말.

몹시 가난해도 의지할 데가 없다.
몹시 가난한데다가 어느 누구에게도 의지할 데가 없다는 뜻.

못난 놈 잡아들이라면 가난한 놈 잡아들인다.
돈 있는 사람은 대우를 받지만 돈이 없으면 천대를 받는다는 뜻.

못 사는 과부 없고, 잘 사는 홀아비 없다.
과부는 거의가 넉넉한 살림을 하지만, 홀아비는 어려운 생활을 면치 못한다는 말.

못 사는 부부가 싸움만 잦다.
몹시 가난하면 부부간에 싸우는 일이 많아진다는 뜻.

못 살면 일가도 오지 않는다.
몹시 가난하면 일가친척들도 찾아오지 않게 된다는 말.

무릎 위에 밥 올려 놓고 먹으면 가난하다.
밥은 상 위에 올려 놓고 단정한 자세로 먹으라는 뜻.

물 떠놓고 제사 지낸다.
가난하면 조상 제사에 제물조차 장만할 수가 없어서 찬물을 떠놓고 제사 지낸다는 뜻.

물 떠놓고 혼례 한다.
가난하면 일생에 한 번밖에 없는 결혼식도 찬물 떠놓고 할 수밖에 없다는 뜻.

물로 씻은 듯이 가난하다.
물에 싹 씻겨간 것처럼 집 안에 아무것도 없는 가난한 살림이라는 뜻.

미꾸라지 볼가심할 것도 없다.
매우 가난하여 굶고 살기 때문에 먹을 것이라고는 아무것도 없다는 뜻.

미련한 놈 잡아들이라면 가난한 놈 잡아들인다.
돈이 없으면 못나고 미련한 사람으로 취급받게 된다는 뜻.

밑구멍이 찢어지게 가난하다.
굶주린 나머지 밑구멍이 말라서 찢어질 지경이 되었다는 뜻.

밑 보이는 쌀독에 쌀톨이 있거든 처가살이하지 말랬다.
쌀독 밑에 쌀알이 몇 개라도 남아 있거든 처가에 붙어서 살지 말라는 뜻.

바람으로 빗질하고, 빗물로 목욕한다.
일에 시달려 목욕할 여가조차 없는 탓에 비가 오면 그 비를 맞아 목욕하고, 머리에 빗질할 시간 또한 없어서 그대로 바람에 말리듯이 몹시 바쁘게 산다는 뜻.

밤에 손톱을 깎으면 가난하다.
어두운 등불 아래에서 칼로 손톱을 깎는 것은 위험하니 깎지 말라는 뜻.

밥그릇을 손으로 받치고 먹으면 가난해진다.
밥그릇을 거지처럼 손으로 받치고 먹으면 그같이 된다는 뜻.

밥 먹으며 이야기하면 가난하다.
이야기를 좋아하면 일을 하지 않고 게으르게 되므로 가난해진다는 뜻.

백풍헌白風憲네 마당이다.
백풍헌네 마당이 빈 마당이듯이, 아무것도 없는 가난한 집이라는 뜻.

뱃가죽이 등에 붙었다.
몹시 굶주린 나머지 뱃속에 든 것이 없어 뱃가죽과 등이 붙게 되었다는 뜻.

뱃속에서 쪼록 소리가 난다.
밥은 못 먹고 물배만 채워서 뱃속에서 쪼록 소리밖에 안 난다는 뜻.

부황浮黃난 놈 얼굴 같다.
밥을 못 먹고 오랫동안 굶주리게 되면 살가죽이 들떠서 붓고, 얼굴색 또한 누렇게 된다는 뜻.

부황에는 먹는 것이 약이다.
오랫동안 굶주려서 생긴 부황은 밥만 정상적으로 먹으면 회복된다는 뜻.

불고 쓴 것 같다.
집안이 불어가면서 비로 쓴 것처럼 아무것도 없이 텅 빈 가난한 집이라는 뜻.

불쌍할 지경으로 가난하다.
보기에 안타까울 정도로 몹시 가난하다는 뜻.

불알 두 쪽만 대그락대그락한다.
돈 한 푼 가진 것은 없고, 다만 몸에 가진 것이라고는 호두 두 알밖에 없는 가난뱅이라는 뜻.

불한당不汗黨 다녀간 집 같다.
집 안에 살림살이가 아무것도 없다는 말.

비로 쓴 것 같다.
너무도 가난하여 집 안에 아무것도 없다는 뜻.

빈 주머니다.
주머니에 돈 한 푼 없이 다 쓰고 없다는 뜻.

빈 주머니에 근심만 가득하다.
가난하여 배우지 못한 사람에게는 근심과 불안만 가득하다는 뜻.

빈 집에도 소 들어갈 날이 있다.
돈이란 있다가도 없고 없다가도 있게 되므로 없는 사람도 언젠가는 돈이 들어올 때가 있다는 뜻.

빈천하면 부지런하고 검소하게 된다.
가난하고 천대받는 사람들은 부지런하고 검소한 생활을 한다는 뜻.

빈천하면 처자妻子도 업신여기고, 부귀하면 남들도 소중히 여긴다.
집안이 가난하고 천하면 아내와 자식들까지도 업신여기게 되고, 부귀를 누리게 되면 집안 식구는 물론 남들까지도 소중히 대접한다는 뜻.

빈천하면 처자도 업신여긴다.
돈 없고 천대를 받으면 집안 식구들조차도 업신여긴다는 뜻.

빚값에 계집 빼앗긴다.
남에게 빚지고 갚지 못하면 계집도 빼앗긴다는 뜻.

빚이 가시나무에 연 걸리듯 하였다.
(1) 남에게 빚이 많이 있다는 뜻.
(2) 빚이 많아서 용납을 못한다는 뜻.

뼛속에 스며든 가난이다.
어려서부터 가난에 시달려 오랫동안 고생만 하였다는 뜻.

사는 것이 죽는 것만 못하다.
고생스럽게 사는 것보다는 차라리 죽는 것이 낫다는 뜻.

사람은 가난하면 무식하고, 말은 마르면 털이 길어진다.
가난하면 공부를 할 수 없기 때문에 자연히 무식해지게 된다는 뜻.

사람은 가난하면 무식해진다.
가난하면 배우지를 못하기 때문에 저절로 무식해진다는 뜻.

사람은 가난하면 지혜도 적다.
가난한 사람은 공부를 할 수 없기 때문에 자연히 무식하게 된다는 뜻.

사람도 궁하면 속이게 된다.
사람은 누구나 궁지에 몰리면 거기서 벗어나기 위하여 거짓말을 하게 된다는 뜻.

사람은 궁할 때의 행동을 봐야 한다.
사람이 궁지에 몰리면 바른 행동을 하기가 어렵기 때문에 이럴 때의 행동을 봐야 그를 옳게 알 수 있다는 뜻.

사람의 의리는 다 가난한 데서 끊어진다.
생활이 몹시 궁핍해지면 자신이 지켜야 할 의리도 못 지키게 된다는 뜻.

사람이 가난하면 아는 것도 적다.
가난하면 배우지 못하여 무식하게 된다는 뜻.

사람이 굶어죽으라는 법 없다.
고생스러워도 사람은 다 살아가게 된다는 뜻.

사람이 궁할 때는 대 끝에서도 삼 년을 난다.
사람이 궁지에 빠지면 어떤 고난이라도 극복할 수 있는 용기가 생긴다는 뜻.

사람이 돈 없어서 못 사는 법 없다.
돈이 없으면 고생스럽기는 하지만 그런대로 살아갈 수는 있다는 뜻.

사람 입에 거미줄 못 친다.
굶어가며 고생스럽게 살기는 하지만 굶어서 죽는 사람은 없다는 뜻.

사람 입에 거미줄 치는 법 없다.
가난하여 끼니를 굶기는 하지만 굶어서 죽기까지는 않는다는 뜻.

사흘 굶어 도둑질 않는 사람 없다.
굶주리면 마음이 변하여 도둑질도 하게 된다는 뜻.

살림이란 쓸 건 없어도 남이 가져갈 건 있다.
살림이 변변치 못하여 쓸모가 없는 것 같지만 버리면 가져갈 사람이 있듯이, 물건에는 버릴 것이 없다는 뜻.

삼대 가는 가난뱅이 없고, 삼대 가는 부자 없다.
재물은 돌고도는 것이기 때문에 가난한 집안도 언젠가는 잘 살게 될 때가 있고, 부자집도 패가할 날이 있다는 뜻.

상팔십上八十이 내 팔자다.
옛날 중국 주周나라의 정치가인 강태공이 80세까지는 고생을 하다가, 그 이후에 출세하여 호화롭게 산 데서 유래된 말로서 강태공 상팔십처럼 고생을 한다는 뜻.

새벽에 노래를 부르면 가난하다.
아침 일찍부터 일은 하지 않고 노래를 부르며 놀기만 좋아하면 벌지는 않고 쓰기만 하게 되므로 가난을 면할 수 없다는 뜻.

새벽잠이 많으면 가난하다.
게으른 사람은 가난을 면하지 못한다는 뜻.

생쥐 볼가심할 것도 없다.
생쥐가 입맛을 다실 정도의 곡식이나 음식조차 없는 가난한 살림이라는 뜻.

생쥐 볼가심할 것도 없고, 고양이 죽 쑤어 줄 것도 없다.
식량이 떨어져 풀뿌리와 나무껍질로 연명하는 구차한 생활을 한다는 뜻.

생쥐 입가심할 것도 없다.
집안에 곡식이라고는 한 알도 없는 구차한 생활을 한다는 뜻.

서까래가 나팔을 분다.
지붕이 새서 서까래 끝이 썩어 나팔 모양이 된 집에서 사는 가난뱅이라는 뜻.

서 발 막대 거칠 것이 없다.
집 안에서 긴 막대를 휘둘러도 거칠 것이 없듯이, 살림살이가 아무것도 없이 가난하다는 뜻.

서 발 막대 휘둘러도 거칠 것이 없다.
집 안에서 긴 막대를 휘둘러도 걸리는 물건이 없듯이, 가난하여 집 안에 아무런 물건도 없다는 뜻.

섣달 그믐날 찬밥을 남기면 가난이 남는다.
섣달 그믐날은 먹을 것이 많은데 밥을 많이 하여 남기는 것은 살림을 잘 못하는 것이므로 가난을 면치 못한다는 뜻.

셋방살이 면할 날 없다.
일생을 두고 제 집 한 칸 못 지니고 셋방살이만 하고 있다는 뜻.

소금국에 조밥이다.
반찬도 없이 맨 소금국에 조밥을 말아서 먹듯이, 겨우 굶지 않을 만큼 가난하게 산다는 뜻.

소금밥도 못 먹는다.
가난하여 소금밥도 제대로 못 먹을 정도로 굶고 산다는 뜻.

속가난 겉부자다.
실속은 없으면서 겉으로는 부자인 척한다는 뜻.

속 빈 강정에 잉어등鯉魚燈이다.
가난하기 때문에 어디를 가도 신용을 얻을 수가 없다는 뜻.

속에서 쪼록 소리만 난다.
밥을 먹지 못하고 물만 먹어 뱃속에서 물소리가 들린다는 뜻.

술과 늦잠은 가난이다.
술을 즐기고 잠을 많이 자는 사람은 게으르기 때문에 가난을 면할 수가 없다는 뜻.

식구는 주인 양미간만 쳐다본다.
어려운 살림살이를 하자면 가족들은 가장의 눈치만 보게 된다는 뜻.

식사중에 큰 소리로 말하면 가난하다.
음식을 먹을 때는 조용히 먹어야 한다는 데서 나온 말.

씻은 듯 부신 듯하다.
(1) 집안에 아무것도 없는 가난한 집이라는 뜻.
(2) 아무것도 남지 않을 정도로 말끔하게 없어졌다는 뜻.

씻은 듯이 가난하다.
물로 씻은 듯이 집 안에 아무것도 없을 정도로 가난하다는 말.

아궁이 속에 풀이 나서 범이 새끼치겠다.
오랫동안 밥을 짓지 못하고 얻어먹거나 굶고 산다는 뜻.

아기 어미는 삼사월에 돌이라도 없어서 못 먹는다.
예전에 봄이 되어 식량이 떨어지게 되면, 아이를 가진 어머니는 굶주려서 돌이라도 먹고 싶은 심정이라는 뜻.

아기 어미는 삼사월에 이가 안 들어가 돌도 못 먹는다.
예전에 봄이 되어 춘궁기가 되면, 특히 아이 가진 어머니는 아무것이나 닥치는 대로 먹고 싶으나 씹을 수가 없어서 못 먹는다는 뜻.

아랫목 윗목 찾을 처지가 못 된다.
편안한 생활을 할 처지가 못 된다는 뜻.

아무리 가난해도 쥐 먹을 것과 도둑맞을 것은 있다.
아무리 가난한 집안이라도 쥐가 먹을 식량과 도둑이 가져갈 물건은 있다는 뜻.

아무리 없어도 쥐 먹을 것과 사위 먹을 것은 있다.
(1) 아무리 가난해도 쥐 먹을 곡식은 있고, 사위가 오면 대접할 수 있는 밑천은 있다는 뜻.
(2) 처가집에서는 사위 대접을 극진히 한다는 뜻.

아비가 고생하여 모으면 아들은 배부르게 먹고, 손자는 거지가 된다.
아버지가 고생스럽게 재산을 모아 놓으면 아들은 방탕하여 패가를 하게 되고, 손자대에 가서는 가난하여 고생을 하게 된다는 뜻.

아침 늦잠은 가난잠이다.
아침에 일찍 일어나지 않고 늦잠을 즐기는 사람은 게을러서 가난을 면할 수가 없다는 뜻.

아침에 얘기책을 보면 가난이 온다.
아침부터 심심풀이로 이야기책만 보고 일을 하지 않는 사람은 게을러서 잘 살 수가 없게 된다는 뜻.

안 주어 못 먹고, 못 보아 못 먹고, 없어서 못 먹는다.
남들이 주지를 않아서 못 먹고, 보지를 못해서 못 먹고, 먹을 것이 없어서 못 먹을 뿐이지 무슨 음식이든지 보거나 있기만 하면 다 먹을 수 있다는 뜻.

알몸뚱이가 되었다.
잘 살던 사람이 패가를 하여 거지처럼 되었다는 뜻.

알몸뚱이는 벗길 옷도 없다.
가난뱅이는 헐벗었기 때문에 벗길 옷도 없듯이, 가난한 사람에게 준 빚은 받을 수가 없다는 뜻.

알몸뚱이만 남았다.
돈 있던 사람이 패가하여 알거지가 되었다는 뜻.

양반 가난이 더 무섭다.
권력 있고 호화롭게 생활하던 사람이 패가를 하면 애초부터 고생하던 사람보다도 더욱 고생스럽다는 뜻.

양손 털고 나선 빈털터리다.
양손에 돈 한 푼 없는 알거지라는 뜻.

어리칠 개새끼 하나 없다.
개도 못 기를 만큼 가난하여 집 안이 빈 집같이 적막하다는 뜻.

어린아이 자지에 붙은 밥알도 뜯어먹겠다.
몹시 치사하고 염치가 없는 사람을 조롱하는 말.

얻어먹는 놈이 큰 떡 먼저 든다.
가난한 사람일수록 먹는 것에 겸손하지 못하고 버릇없이 미움받을 짓만 한다는 뜻.

얼굴 뜯어먹으려고 하지 말고 일해 먹고 살랬다.
잘생긴 사람이라도 그 얼굴 팔아 살려 말고 노력을 해서 먹고 살도록 하라는 뜻.

얼굴에 노랑꽃이 핀다.
오랫동안 굶주린 나머지 부황이 나서 살가죽이 붓고 들떠 누렇게 되었다는 뜻.

없는 것이 있는 것보다 많다.
너무 구차하여 살림살이가 아무것도 없다는 뜻.

없는 놈도 세 끼요, 있는 놈도 세 끼다.
(1) 잘 사나 못 사나 한평생 살기는 마찬가지라는 뜻.
(2) 잘 사는 사람 부러워하지 말라는 뜻.

없는 놈 돈이 더 헤프다.
구차한 살림을 하려면 없는 것이 많기 때문에 돈이 더 헤프게 쓰여진다는 뜻.

없는 놈만 죽는다.
언제나 만만한 사람만 손해를 본다는 뜻.

없는 놈 사정은 없는 놈이 안다.
같은 처지에 있는 사람이라야 서로의 사정을 잘 알게 된다는 뜻.

없는 놈에게는 작은 도움도 큰 부조다.
아주 가난한 사람에게는 조그마한 도움도 큰 도움이 된다는 뜻.

없는 놈은 꿈으로 산다.
가난한 사람은 현실의 고통을 공상空想으로 달래며 산다는 뜻.

없는 놈은 남의 돈 구경도 못한다.
빈곤한 사람은 돈 있는 사람과 접촉이 없기 때문에 남의 돈 구경하기도 어렵다는 뜻.

없는 놈은 남의 돈 만져도 못 본다.
구차한 사람은 남에게서 빚을 얻으려고 해도 얻을 수가 없다는 뜻.

없는 놈은 똥배가 제일이다.
없는 사람이 먹는 음식은 배부른 것이 제일 좋다는 뜻.

없는 놈은 먹고 싶은 것도 많다.
굶주리면 먹을 것만 생각하게 된다는 뜻.

없는 놈은 못 먹어 병나고, 있는 놈은 너무 먹어 병난다.
못 먹어도 영양 부족으로 병이 생기고, 너무 과식을 해도 위장병이 생긴다는 말.

없는 놈은 배부른 것이 성찬盛饌이다.
없는 사람은 맛보다는 양이 많아서 배부른 것이 낫다는 뜻.

없는 놈은 보리 숭늉에 살찐다.
(1) 굶주린 사람은 아무 음식을 먹어도 건강하다는 뜻.
(2) 보리 숭늉이 영양가가 있다는 뜻.

없는 놈은 보리 풍년이 들어야 산다.
없는 사람의 주식은 쌀이 아니라 보리이기 때문에 보리 풍년이 들어야 굶주림을 면하게 된다는 뜻.

없는 놈은 비단도 한 끼다.
군색窘塞하면 비단옷이라도 주고 끼니를 에워야 한다는 뜻.

없는 놈은 빚이 밑천이다.
가난한 사람은 빚을 얻어야 무슨 일을 하게 된다는 뜻.

없는 놈은 생일날이 따로 없다.
구차한 생활을 하는 사람은 생일을 제 날에 지내지 못하고 아무 날이나 잘 먹는 날을 생일로 하듯이, 무슨 일을 격식 찾아서 하지 않고 아무 날이나 한다는 뜻.

없는 놈은 성도 없다.
없는 사람은 아무도 알아 주지 않는다는 뜻.

없는 놈은 소가지도 없다.
남에게 매여 사는 사람은 자기 심사를 자기 마음대로 부리지 못한다는 뜻.

없는 놈은 소금밥도 대접 못한다.
궁핍한 사람은 반가운 손님이 와도 밥도 제대로 대접하지 못한다는 뜻.

없는 놈은 식색食色으로 산다.
가난한 사람의 유일한 낙은 끼니때 밥 먹는 것과 밤이면 아내와 자는 것밖에 없다는 뜻.

없는 놈은 쓸개도 없다.
없는 사람은 남의 지배를 받고 살기 때문에 자기 의사대로 무슨 일을 하기가 어렵다는 뜻.

없는 놈은 아비 제사도 못 지낸다.
극빈하면 부모 제사도 제물 없이 물만 떠놓고 지내게 된다는 뜻.

없는 놈은 앓을 여가도 없다.
가난한 사람은 밤낮없이 일을 해야 하기 때문에 도무지 여가가 없다는 뜻.

없는 놈은 없는 걱정이고, 있는 놈은 있는 걱정이다.
없는 사람은 먹고 살 걱정이고, 있는 사람은 재산을 더 늘릴 걱정이라는 뜻.

없는 놈은 여수與受가 밑천이다.
없는 사람은 빚을 졌다 돌리어 갚았다 하는 것이 한밑천이라는 뜻.

없는 놈은 외상도 밑천이다.
가난한 사람은 돈 없을 때 외상이라도 얻어야 먹고 산다는 뜻.

없는 놈은 이밥 조밥을 가리지 않는다.
굶주린 사람은 음식을 가려 먹을 사이도 없이 아무 음식이나 닥치는 대로 먹는다는 뜻.

없는 놈은 일가도 없다.
가난하면 일가친척이 있어도 찾아오지 않는다는 뜻.

없는 놈은 일만 하다 죽는다.
없는 사람은 일생을 힘든 일만 하다가 죽는다는 뜻.

없는 놈은 입 두고도 말을 못한다.
가난한 사람은 억눌려 살기 때문에 하고 싶은 말이 많아도 못하게 된다는 뜻.

없는 놈은 자는 재미밖에 없다.
구차한 사람은 밤이 되면 고된 피로를 풀면서 아내와 자는 즐거움밖에 없다는 뜻.

없는 놈은 절약도 못한다.
돈이 있어야 절약도 하지 돈이 없으면 절약도 할 것이 없다는 뜻.

없는 놈은 죽을 날도 없다.
가난한 사람은 죽을 때까지 일만 하다가 죽는다는 뜻.

없는 놈은 찬물 떠놓고 혼례 한다.
몹시 가난하면 결혼식도 제대로 못하고 결혼한다는 말.

없는 놈은 찬밥 더운밥을 가리지 않는다.
없는 사람은 굶지 않는 것을 다행으로 여기고 아무 음식이나 맛있게 먹는다는 뜻.

없는 놈은 첫아이 돌떡도 못한다.
몹시 가난하면 자식에게 부모 노릇도 못한다는 말.

없는 놈은 친구도 없다.
구차한 사람은 경제력도 없고 여가餘暇도 없기 때문에 사람을 사귈 기회가 없어서 친구가 별로 없다는 뜻.

없는 놈은 허리띠가 양식이다.
굶주려도 먹을 것이 없을 때는 허리띠를 졸라매며 참고 견딘다는 뜻.

없는 놈은 허리 펼 날이 없다.
극빈한 사람은 밥을 배불리 먹지 못하고 항상 배고프게 지낸다는 뜻

없는 놈의 비단옷이다.
비단옷이 좋기는 하지만 없는 사람에게는 격에 맞지 않는다는 뜻.

없는 놈이 남의 것 먹자면 말이 많다.
없는 사람이 남의 밑에서 일을 하자면 아니꼬운 말도 많이 듣게 된다는 뜻.

없는 놈이 돈을 벌면 없는 놈 사정 더 모른다.
구차했던 사람이 돈을 벌면 구두쇠가 되기 때문에 구차한 사람을 더더욱 동정하지 않는다는 말.

없는 놈이라야 없는 놈 딱한 줄도 안다.
가난한 사정은 가난한 사람이라야 안다는 뜻.

없는 놈이 많이 먹으면 먹어서 못 산다 하고, 있는 놈이 많이 먹으면 식복이 있어서 잘 산다고 한다.
같은 일이라도 없는 사람이 하면 나쁘게 해석하고, 있는 사람이 하면 좋은 쪽으로 해석하게 된다는 뜻.

없는 놈이 밤에 기와집 짓는다.
가난한 사람은 밤이 되면 공상으로 괴로운 마음을 달랜다는 뜻.

없는 놈이 밥술이나 먹게 되면 과객 밥 한 술 안 준다.
가난하던 사람이 돈을 벌면 구두쇠가 되어 없는 사람의 사정을 더 몰라 준다는 뜻.

없는 놈이 벼락부자 되면 안하무인眼下無人이 되고, 있는 놈이 패가를 하면 등신이 된다.
없는 사람이 어쩌다가 잘 살게 되면 교만해져서 사람들을 하시하게 되고, 부자가 패가를 하면 기가 죽어서 어리숙하게 된다는 뜻.

없는 놈이 부자가 되면 안하무인이다.
가난하던 사람이 돈을 벌면 교만해져 사람들을 멸시하게 된다는 뜻.

없는 놈이 우는 소리를 하면, 있는 놈도 우는 소리를 한다.
흉년이 되어 없는 사람이 죽는 소리를 하면, 있는 사람도 양식이 없는 것처럼 걱정을 한다는 뜻.

없는 놈이 울면 있는 놈도 운다.
없는 사람이 굶주려서 울게 되면 있는 사람도 엄살을 부리며 굶는 척한다는 뜻.

없는 놈이 이밥 조밥 가리랴.
배고픈 사람은 밥을 가려 먹을 겨를도 없이 닥치는 대로 먹는다는 뜻.

없는 놈이 있는 척은 더한다.
있는 사람은 있는 척을 하지 않는데 없는 사람이 반대로 있는 척한다는 뜻.

없는 놈이 있는 체, 못난 놈이 잘난 체, 모르는 놈이 아는 체한다.
많은 경우에 실속 없는 사람이 허세부리기를 좋아한다는 뜻.

없는 놈이 자 두 치 떡을 즐긴다.
실력도 없는 사람이 자기 분수에 지나친 행동을 한다는 뜻.

없는 놈이 잘 살게 되면 거지 쪽박을 깬다.
구차했던 사람이 잘 살게 되면 없는 사람 사정을 더 몰라 준다는 뜻.

없는 놈이 찬밥 더운밥 가리랴?
아쉬울 때는 좋고 나쁜 것을 가리지 않게 된다는 말.

없는 놈이 큰 떡은 먼저 든다.
굶주린 사람이 떡을 보면 나중 생각은 않고 우선 큰 떡부터 먹는다는 뜻.

없는 사람은 없는 걱정이 있고, 있는 사람은 있는 걱정이 있다.
없는 사람이나 있는 사람이나 다 자기 나름대로의 걱정은 있다는 뜻.

없는 사람은 여름이 좋고, 있는 사람은 겨울이 좋다.
가난한 사람은 생활비가 적게 드는 여름이 좋고, 돈 있는 사람은 생활비가 더 들어도 겨울이 낫다는 뜻.

없는 사람은 조금만 도와 줘도 산다.
가난한 사람은 경제적으로 조금만 도와 주어도 쉽게 자립할 수 있다는 뜻.

없는 사정은 없는 사람이 안다.
서로 같은 처지에 있는 사람이 사정은 누구보다도 잘 안다는 뜻.

없는 살림은 쓸 것은 없어도 남이 주워 갈 것은 있다.
(1) 하찮은 물건이라도 나름대로 다 쓰일 데가 있다는 뜻.
(2) 물건은 버릴 것이 없다는 뜻.

없는 죄다.
남에게 천대를 받는 것은 돈 없는 죄밖에 없다는 뜻.

없는 집 딸은 있는 집에 가서도 살지만, 있는 집 딸은 없는 집에 가서 못 산다.
고생해 본 사람은 부자집에 가서도 살지만, 호강으로 자란 사람은 구차한 집에 가서 살지 못한다는 뜻.

없는 집 밥 굶듯 한다.
무슨 일이 자주 발생한다는 뜻.

없는 집에는 싸움이 일이다.
몹시 가난하게 되면 부부간의 싸움도 잦다는 뜻.

없는 집에는 찾아오는 손님도 없다.
가난하게 살면 찾아오는 사람도 없다는 뜻.

없는 집에 싸움 떨어질 날 없다.
가난한 집에는 불만이 많기 때문에 부부간에도 싸움이 잦다는 뜻.

없는 집에 자식은 많다.
가난한 집에는 유일한 낙이 성교밖에 없기 때문에 자녀들이 많을 수밖에 없다는 뜻.

없는 집일수록 장은 담가야 한다.
구차한 살림일수록 장을 담가야 생활비가 절감된다는 뜻.

없는 집 자식은 신꼴 망태에 신꼴 같다.
가난한 집일수록 아이들이 많다는 뜻.

없는 집 제사 돌아오듯 한다.
무슨 일이 너무 자주 돌아온다는 뜻.

없는 집 제사엔 귀신도 굶는다.
가난하면 효성은 있어도 조상을 잘 모실 도리가 없다는 뜻.

없는 처지에 비단옷이다.
안 입자니 옷이 없고, 입자니 남의 조소를 받게 될 게 뻔하지만 하는 수 없어서 비단옷을 입는다는 뜻.

없다없다 해도 있는 것이 빚이다.
(1) 남 줄 돈은 관심이 적다는 뜻.
(2) 남 줄 빚은 생각하고 있는 것보다 많다는 뜻.

없다없다 해도 있는 것이 빚이요, 있다있다 해도 없는 것이 돈이다.
빚은 없는 것 같으면서도 있고, 돈은 많은 것 같으면서도 적다는 말.

없어도 비단치마만 입는다.
분수에 넘치는 사치를 한다는 뜻.

없으면 맏아들 돌떡도 못해 준다.
귀염둥이 맏아들의 돌떡도 못해 줄 정도로 매우 가난하다는 뜻.

없으면 맹물 놓고 제사 지낸다.
제물祭物이 없다고 제사를 안 지낼 수는 없으므로 어쩔 수 없이 맹물만 떠놓고 제사를 지낸다는 말.

없으면 염치만 는다.
군색한 처지에 있으면 염치를 차릴 수 없게 된다는 뜻.

없으면 제 부모 제사도 못 지낸다.
가난하면 예의와 도덕도 지키지 못하게 된다는 뜻.

없으면 조상 제사도 못 지낸다.
돈이 없으면 자손 노릇도 못하여 송구스럽다는 뜻.

없을수록 마음을 바로 먹으랬다.
구차한 사람일수록 마음이 정직해야 남이 믿어 주고 동정도 받게 된다는 뜻.

여름 쌀밥은 꿈에만 봐도 살찐다.
예전에는 부자가 아니고는 여름철에 쌀밥을 못 먹었기 때문에 없는 사람들은 여름이면 쌀밥이 몹시 먹고 싶었다는 뜻.

여름 쌀밥은 인삼이다.
옛날 농촌에서는 여름이 되면 가난한 사람들은 쌀밥을 구경조차 못하기 때문에, 여름에 쌀밥 한 번만 먹어도 힘이 날 것 같다는 뜻.

열 발 막대 거칠 데가 없다.
긴 막대를 내둘러도 거치적거리는 것이 없을 정도로 집 안에 아무런 물건이 없는 가난한 집이라는 뜻.

열흘 굶어 안 죽는 놈 없다.
사람이 10여 일 동안을 굶으면 죽게 된다는 뜻.

옷은 해지고 먹을 것은 없다.
가난하여 옷도 못해 입고 먹을 양식도 없어서 굶어죽게 되었다는 뜻.

위에서는 비가 새고, 옆에서는 바람이 들이친다.
지붕을 못 이어 비가 오면 물이 새고, 벽이 헐어 바람이 들어오는 집에서 산다는 뜻.

이고지고 가도 제 복이 없으면 못 산다.
결혼할 때 혼수를 아무리 많이 해가도 제 복이 없으면 못 살게 되므로, 결혼할 때 혼수를 무리하게 많이 장만하지 말라는 뜻.

이사 간 집구석 같다.
사람 사는 집임에도 이사 간 빈 집처럼 세간살이가 아무것도 없는 가난뱅이라는 뜻.

이야기를 좋아하면 가난하다.
낮에도 일은 하지 않고 이야기만 하는 사람은 게을러서 가난할 수밖에 없다는 뜻.

인색한 부자보다 손덕 있는 가난뱅이가 낫다.
동정심이 없는 인색한 부자보다는 가난해도 동정심이 많은 사람이 불쌍한 사람을 도와준다는 뜻.

일이 바쁘면 입도 바쁘다.
일을 많이 하면 수입도 많아지므로 먹는 것도 잘 먹게 되어 입도 바빠진다는 뜻.

입과 배가 원수다.
밥을 먹고 배를 채우는 일이 큰 걱정이라는 뜻.

입에 효자 하기도 바쁘다.
부지런히 벌어서 입을 먹여 살리기도 매우 바쁘다는 뜻.

입이 원수다.
하루 세 끼 입에 치다꺼리하는 일이 매우 고달프다는 뜻.

입이 작고 혀가 긴 사람은 가난하고 장수하지 못한다.
입이 작은데다가 혀가 가늘고 긴 사람은 재복도 적고 장수도 못한다는 뜻.

있는 것이라고는 몸에 이밖에 없고, 집에 쥐밖에 없다.
재산이라고는 몸에 이밖에 없고 집에 쥐밖에 없을 정도로 극빈하다는 뜻.

있는 것이라고는 불알 두 쪽밖에 없다.
몸에 지닌 것은 아무것도 없고 불알 두 쪽밖에 없다는 말.

있는 것이라고는 호두 두 알뿐이다.
몸에 지닌 재산이라고는 돈은 한 푼 없고 호두 두 알만 간직하고 있다는 뜻.

자면서 이를 갈면 가난하다.
잠을 자면서 이를 가는 것은 재복을 해치는 행동이라는 뜻.

자물통고개가 황천고개다.
(1) 목구멍에 음식이 안 들어가면 죽는다는 뜻.
(2) 황천이 먼 데 있는 것이 아니라 가까이 있다는 뜻.
* 자물통고개: 음식이 못 넘어가게 된 목구멍.

잘 입어 못난 놈 없고, 못 입어 잘난 놈 없다.
사람의 용모는 옷을 잘 입고 못 입는 데 따라 크게 좌우된다는 뜻.

재물이 모이면 인심은 흩어진다.
돈을 모으자면 여러 사람들에게 인심을 얻어가면서 모을 수가 없다는 뜻.

저 먹을 것과 저 묻힐 땅은 누구나 타고난다.
사람이면 아무리 가난하여도 먹을 것과 죽어 묻힐 땅은 타고난다는 뜻.

저 먹을 것도 못 타고났다.
사람은 누구나 저 먹을 것은 타고나건만 그것도 못 타고나서 고생만 한다는 뜻.

저미고 오려도 나올 것은 피밖에 없다.
아무리 빚을 갚으라고 쥐어짜도 피밖에 나올 것이 없다는 뜻.

젊어 게으름은 늙어 고생이다.
젊어서 부지런히 벌지 않으면 늙어서 고생을 면할 수 없다는 뜻.

젊어 고생은 돈 주고도 못 산다.
젊어서 고생을 하여 많은 경험과 교훈을 얻으면 성공하여 행복하게 살 수 있다는 뜻.

정초에 소금장수가 들어오면 가난하다. (제주도)
부정 잘 타는 정초에 소금장수(짠 사람)가 들어오면 해를 입게 된다는 뜻.

제사 덕분에 이밥 먹는다.
(1) 어떤 핑계를 대고 거기서 이득을 얻는다는 뜻.
(2) 남의 덕에 소원을 풀게 되었다는 뜻.

제 집이 가난하면 남의 집도 못 간다.
손이 와도 대접을 못할 형편이면 서로 친한 사이라도 왕래를 끊게 된다는 뜻.

조록싸리 피면 남의 집에 가지 말랬다.
조록싸리가 꽃피는 4월에는 춘궁기春窮期라 모두 굶고 있으므로 남의 집에 가는 것을 삼가라는 뜻.

조왕에 뜯기고, 터주에 뜯기고, 절구에 뜯기고 나니 먹을 것이 없다.
여기저기 뜯기는 데가 너무 많아 본인의 소득이 없듯이, 착취당하는 곳이 많아서 약한 사람은 살기가 어렵다는 뜻.

죄라고는 사주팔자를 잘못 타고난 죄밖에 없다.
양심적으로는 조금도 부끄러운 일을 하지 않았지만, 사주팔자가 사나워서 직업적으로 남들에게 욕을 먹게 된다는 뜻.

죄라고는 없는 죄 하나밖에 없다.
예의범절은 다 알고 있지만 사람 노릇을 못하는 것은 돈 하나 없는 죄밖에 없다는 뜻.

주머니가 가벼워지면 마음은 무거워진다.
주머니에 있는 돈이 줄어들면 돈에 대한 걱정이 생기게 된다는 뜻.

주머니는 열어두면 헤프다.
돈은 단단히 간수하고 아껴 쓰지 않으면 헤프다는 뜻.

죽어 부자보다 살아 가난이 낫다.
아무리 돈이 많아도 죽은 사람에게는 아무 소용이 없으므로 죽은 부자보다는 고생스러워도 산 사람이 낫다는 뜻.

죽어서 흙 되기는 마찬가지다.
잘 살다가 죽은 사람이나 못 살다가 죽은 사람이나 죽은 뒤에는 마찬가지라는 뜻.

죽을 먹고 살아도 속이 편해야 산다.
아무리 구차하게 살아도 마음이 편해야 산다는 뜻.

죽자니 청춘이요, 살자니 고생이라.
젊은 처지에 죽을 수도 없고 살자니 너무도 고생스러워 살아갈 수가 없는 난감한 처지에 있다는 뜻.

죽지 못해 산다.
죽으려고 해도 죽지를 못해서 어쩔 수 없이 산다는 뜻.

쥐가 볼가심할 것도 없다.
쥐가 먹을 음식조차 없을 정도로 매우 구차하다는 뜻.

쥐가 입맛 다실 것도 없다.
몹시 가난하여 먹을 것조차 없다는 뜻.

쥐뿔도 없다.
쥐에게 뿔이 있을 수 없듯이, 집안에 가진 것이라고는 아무것도 없다는 뜻.

즐거운 일 년은 짧고, 고생스러운 하루는 길다.
즐거울 때는 시간이 가는 줄 모르게 빨리 가지만, 고생스러울 때는 시간이 몹시 더디게 간다는 뜻.

지신地神에 뜯기고, 성주星主에 뜯기고 나면 먹을 것이 없다.
가을 떡을 하여 지신에 놓고 성주에 놓고 나면 먹을 것이 없듯이, 없는 사람이 여기저기 뜯기고 나면 먹고 살기가 어렵다는 뜻.

집구석이라고 바늘 하나 감출 데가 없다.
집이 너무 비좁아서 작은 물건 하나도 둘 데가 없다는 뜻.

집도 절도 없다.
잠잘 곳도 없이 떠돌아다니는 외로운 신세라는 뜻.

집 안에 거미줄이 많으면 가난해진다.
집 안에 거미줄을 치도록 청소를 않는 게으른 사람은 가난할 수밖에 없다는 뜻.

집 안에는 벽밖에 없다.
너무나 구차하여 집 안에 살림살이라고는 아무것도 없다는 뜻.

집안이 가난하면 싸움이 잦다.
집안이 가난하면 불평도 많아지므로 자연히 싸움이 잦게 된다는 뜻.

집안이 가난하면 어진 아내를 생각하게 된다.
곤궁한 생활을 할 때 특히 아내의 훌륭함을 깨닫게 된다는 뜻.

집안이 가난할지라도 화목해야 한다.
집안이 비록 가난할지라도 화목한 것보다 더 좋은 것은 없다는 뜻.

집안이라고 서 발 막대 거칠 것이 없다.
긴 막대를 내둘러도 거치는 것이 없을 정도로 세간이 없는 가난한 집이라는 뜻.

집에는 쥐밖에 없고, 몸에는 이밖에 없다.
집 안에 있는 것이라고는 쥐밖에 없고, 몸에는 돈 한 푼 없이 이밖에 없는 알거지라는 뜻.

째지게 가난하다.
궁둥이가 말라서 찢어지도록 굶주리며 산다는 뜻.

째지게 구차하다.
몹시 구차하여 굶주림에 가랑이가 째지도록 곤궁한 생활을 한다는 뜻.

찢어지게 가난하다.
창자가 비도록 먹지 못하여 변비로 똥구멍이 찢어질 정도로 가난하게 산다는 뜻.

참으면 가난도 간다.
참고 싸워 나가면 가난도 물러가 잘 살게 된다는 뜻.

천만 재산이 서투른 기술만 못하다.
재물은 있다가도 없어질 수 있지만, 한 번 배운 기술은 죽을 때까지 없어지지 않는다는 뜻.

천석꾼이 하나 나면 삼십 리 안이 다 망한다.
큰부자가 생기자면, 그 부근 농민들을 착취하지 않을 수 없으므로 자연히 농민들은 가난해질 수밖에 없다는 뜻.

첫가난 늦부자다.
젊어서는 가난하여 고생스러웠지만 늙어서는 돈을 벌어 편안하게 산다는 뜻.

첫부자 늦가난이다.
젊어서는 호화로운 생활을 하다가 늘그막에 패가하여 고생을 한다는 뜻.

촌놈은 등 따습고 배부르면 그만이다.
농촌 사람들은 따뜻이 입고 배불리 먹으면 그것으로 만족을 느낀다는 뜻.

촌놈은 똥배 부른 것만 안다.
무식한 사람은 배불리 먹는 것밖에 모른다는 뜻.

추운 날씨에도 불 못 때는 집이다.
춥고 배고픈 생활을 하는 가난한 집이라는 뜻.

코 아래 진상이 제일이다.
배고픈 사람은 배부르게 먹는 것이 제일 좋다는 뜻.

코 잘생긴 거지는 없어도 귀 잘생긴 거지는 있다.
관상학적으로 귀가 잘생긴 것보다는 코가 잘생겨야 재복이 있다는 뜻.

콧구멍 같은 집에 밑구멍 같은 나그네 온다.
몹시 가난한 집에 반갑지 않은 나그네가 온다는 뜻.

텅 빈 집에 서 발 막대기 거칠 것 없다.
이사 간 빈 집처럼 집안 살림이 하나도 없는 가난한 집이라는 뜻.

팔아먹을 것이라고는 부싯돌밖에 없다.
집 안에 세간이라고는 아무것도 없고, 다만 담배 피울 때 쓰는 부싯돌밖에 없을 정도로 매우 가난하다는 말.

패랭이에 숟가락 꽂고 산다.
몹시 가난하여 세간조차 변변치 않다는 뜻.

편안은 고생문을 연다.
생활수준이 향상되어 편안해지면, 호화스러운 생활을 하면서 나태하게 되므로 패가하여 고생을 하게 된다는 뜻.

하늘과 땅이 맷돌질이나 해라.
세상을 증오하는 불평분자가 세상이 싹 망하기를 바라는 말.

하늘을 장막으로 삼고, 땅을 자리로 삼는다.
여관에 들어서 잠잘 처지가 못 되어 노천露天에서 자면서 방랑생활을 한다는 뜻.

하늘을 지붕삼고 산다.
집 없이 노숙露宿하면서·떠돌아다니는 나그네라는 뜻.

하늘이 무너져도 솟아날 구멍은 있다.
아무리 어려운 일이라도 그것을 벗어날 수 있는 길은 있으므로 침착하게 대책을 세우라는 뜻.

한창때는 돌을 먹어도 삭힌다.
젊은 시절에는 무슨 음식을 먹어도 소화를 잘 시키게 된다는 뜻.

허욕이 패가라.
헛되게 욕심을 부리다가는 집안을 망치게 된다는 뜻.

허허 해도 빚이 열닷 냥이다.
겉으로는 표시하지 않으나 속으로는 빚이 많아서 근심 걱정이 된다는 뜻.

흉년에 남자는 굶어죽어도 여자는 굶어죽지 않는다.
남자는 대문 밖에서 밥을 얻어먹기 때문에 거절을 당하지만, 여자는 부엌문 앞에 가서 얻어먹게 되므로 거절당하는 일이 적어서 굶어죽지 않는다는 뜻.

흉년 죽은 아이도 한 그릇, 어른도 한 그릇이다.
흉년이 들면 가난한 집 식구들은 모두 굶주린 나머지 어른이나 아이나 죽 한 그릇씩은 다 먹게 된다는 뜻.

24
거지

가난과 거지는 사촌간이다.
거지가 따로 있는 것이 아니라 가난하다 보면 거지가 되는 것이므로 가난과 거지는 가까운 사이라는 뜻.

가는 곳마다 내 땅이요, 자는 집마다 내 집이다.
거지는 어디를 가나 제 땅처럼 다니고, 자는 집 또한 하룻밤이나마 제 집이라는 뜻.

각설이에게서는 장타령밖에 나올 것이 없다.
(1) 각설이가 얻어먹는 수단은 장타령 하나밖에 없다는 뜻.
(2) 한 가지 재주밖에 없는 사람을 비유하는 말.
* 각설이: 장판이나 가게 앞으로 동냥을 하러 다니면서 장타령을 부르는 거지.

각설이 장타령이다.
각설이는 장타령이 밑천이듯이, 돈 안 드는 밑천이라는 뜻.

같이 다니는 거지는 동냥을 못한다.
거지가 떼를 지어 다니면 동냥 주는 사람이 줄 것도 안 주듯이, 혼자 해야 할 일을 여러 사람이 하게 되면 일이 성사되지 않는다는 뜻.

갯고랑을 베게 되었다.
밭두둑을 베고 자는 거지 신세가 되었다는 뜻.

거렁뱅이도 밤이면 꿈에 부마駙馬 노릇 한다.
속으로는 무슨 생각이라도 거침없이 할 수 있다는 뜻.

거렁이 밥자루 같다.
거지 밥자루처럼 보기가 매우 흉하다는 뜻.

거렁이 밥자루찢기다.
거지들이 동냥한 밥을 서로 더 먹으려고 다투듯이, 사이가 좋아야 할 사람들이 사소한 것을 가지고 더 다툰다는 뜻.

거렁이 밥주머니 같다.
거지가 먹을 것이라면 무엇이나 가리지 않고 그 밥주머니에 얻어 담듯이, 아무것이나 되는 대로 한군데 담아둔다는 뜻.

거적 쓴 거지가 누더기 걸친 거지를 부러워한다.
서로 가난하더라도 그 중에서 조금 나은 사람이 있으면 그를 부러워하게 된다는 뜻.

거지가 거지를 꺼린다.
같은 처지에 있으면서도 경쟁자끼리는 서로 꺼리게 된다는 뜻.

거지가 논두렁을 베고 자도 웃음은 있다.
돈이 많다고 해서 웃음도 많은 것이 아니라, 가난한 사람에게도 웃음은 있다는 뜻.

거지가 도승지都承旨를 불쌍하다는 격이다.
불쌍한 사람이 도리어 돈 있고 권력 있는 사람을 불쌍히 여기듯이, 처지도 모르고 말을 한다는 뜻.

거지가 돼 본 사람에게는 구차한 소리를 말랬다.
남이 다 알고 있는 것은 구태여 말할 필요가 없다는 뜻.

거지가 떡 쪄먹으려니까 시루가 깨진다.
거지가 동냥한 곡식으로 시루를 빌려서 떡을 하려다가 그 시루를 깨듯이, 복 없는 사람은 하는 일마다 이렇듯 되는 일이 없다는 뜻.

거지가 말을 얻은 격이다.
(1) 분수에 넘치는 짓을 비웃는 말.
(2) 격에 맞지 않는다는 뜻.

거지가 밥술이나 먹게 되면 거지 밥 한 술 안 준다.
고생스럽게 살던 사람이 잘 살게 되면 인색하여 남의 사정을 더 몰라 준다는 뜻.

거지가 방앗간에서 자도 웃을 때가 있다.
돈 없이 고생하는 사람도 때로는 즐길 날이 있다는 뜻.

거지가 방앗간을 다툰다.
서로 같은 처지에 있는 사람들이 동정은커녕 서로 다투기만 한다는 뜻.

거지가 뱃속에 들어 있나?
굶주린 사람처럼 음식을 많이 먹는다는 말.

거지가 부자 되면 아예 문을 닫고 산다.
고생하던 사람이 잘 살게 되면 더 영악스러워진다는 뜻.

거지가 부자보고 불쌍하다고 한다.
불쌍한 사람이 행복한 사람을 보고 오히려 불쌍하다고 동정한다는 말.

거지가 비단옷 얻은 것 같다.
거지가 비단옷을 입으면 얻어먹을 수가 없게 되므로 이러지도 저러지도 못한다는 뜻.

거지가 은식기銀食器에 밥 먹는다.
(1) 자기 신분에 맞지 않는 행동을 한다는 뜻.
(2) 과분한 사치를 하는 사람에게 하는 말.

거지가 이밥 조밥 가린다.
얻어먹는 사람이 아무것이나 먹지 않고 좋으니 나쁘니 타박한다는 뜻.

거지가 잘 살게 되면 거지 괄시를 더한다.
고생하던 사람이 잘 살게 되면 고생하는 사람을 더 멸시한다는 뜻.

거지가 잘 살게 되면 거지 동냥을 안 준다.
고생하던 사람이 잘 살게 되면 남의 사정을 더 몰라 준다는 뜻.

거지가 좋고 나쁜 짓을 가리랴?
군색한 사람은 좋고 나쁜 것을 탓하지 않는다는 뜻.

거지가 하늘보고 불쌍하다고 한다.
자기 자신이 불쌍한 처지에 있으면서도 도리어 행복한 사람더러 불쌍하다고 동정한다는 뜻.

거지가 화살 걱정하는 격이다.
자기와 아무 상관도 없는 일에 쓸데없이 걱정을 하는 사람을 비유하는 말.

거지가 흰 말을 탄 격이다.
자기 위치에 맞지 않는 행동을 한다는 뜻.

거지 김칫국 흘리듯 한다.
무엇을 먹을 때 흘려가면서 먹는 사람에게 하는 말.

거지 꿀 얻어먹기다.
거지가 꿀 얻어먹을 정도로 매우 어렵고 드문 일이라는 뜻.

거지끼리 동냥바가지 깬다.
서로 동정하고 도와 주어야 할 처지에 있는 동료끼리 사소한 이해관계로 싸운다는 뜻.

거지끼리 동냥자루 찢는다.
동료끼리 사소한 이해관계로 싸운다는 말.

거지끼리 자루 찢는다.
서로 동정하고 도와야 할 동료끼리 싸운다는 뜻.

거지 낮잠 자듯 한다.
일 없이 낮잠만 자는 사람을 보고 하는 말.

거지 노릇도 고향에서 하랬다.
무슨 일이나 아는 사람이 많은 고향에서 하는 것이 성과가 있다는 말.

거지 노릇도 사흘 하면 못 버린다.
무슨 일이나 한 번 버릇이 들면 버리기가 어렵다는 뜻.

거지 노릇만 하라는 팔자는 없다.
어느 누구나 고생만 하다가 죽으라는 팔자는 없기 때문에 노력하면 잘 살 수 있다는 뜻.

거지 노릇은 해도 남에게 아첨은 말랬다.
먹고 살기 위한 수단으로 아첨하는 경우가 있는데, 어떤 고난을 당할지라도 아첨 행위는 하지 말아야 한다는 뜻.

거지 노릇을 해도 모르는 곳에서 하랬다.
패가했을 때에는 고향에서 수치스럽게 살지 말고 타향에 가서 살라는 말.

거지 눈엔 밥만 보인다.
누구나 자기에게 가장 긴요한 것에 관심을 많이 가지게 된다는 뜻.

거지는 같이 다니지 않는다.
귀한 물건을 얻으려고 갈 때는 여러 사람이 가면 줄 것도 안 준다는 말.

거지는 거지 노릇을 안해도 거지 거지 한다.
한 번 별명을 얻게 되면 그 별명은 좀처럼 없어지지 않는다는 뜻.

거지는 거지 친구를 좋아한다.
같은 처지에 있는 사람끼리는 친해지기가 쉽다는 말.

거지는 고마운 줄을 모른다.
항상 남에게 신세만 지는 사람은 고마운 줄을 모르게 된다는 뜻.

거지는 모닥불에 살찌고, 머슴은 보리 숭늉에 살찐다.
거지는 잠시나마 모닥불 곁에서 추위를 녹이고, 머슴은 보리 숭늉으로 배를 채운다는 뜻.

거지는 모닥불에 살찐다.
아무리 고생하는 사람에게도 무엇인가 즐거운 것이 있다는 말.

거지는 밥그릇 소리에 깬다.
누구나 관심을 가지고 있는 일에 신경을 쓰게 된다는 뜻.

거지는 배 채우는 날이 생일이다.
가난한 사람은 생일날도 굶을지 모르기 때문에 아무 때고 잘 먹는 날을 생일로 친다는 뜻.

거지는 부엌부터 들여다본다.
자기와 이해관계가 있는 곳에 신경을 쓰게 된다는 뜻.

거지는 성명도 없다.
거지에게는 성명을 부르는 것이 아니라 거지라고 부르기 때문에 성명이 필요 없다는 뜻.

거지는 주인 아씨 눈치부터 본다.
거지가 밥을 얻으러 남의 집에 들어가게 되면, 안주인이 밥을 줄 것인가 안 줄 것인가 눈치부터 먼저 본다는 뜻.

거지는 함께 다니지 않는다.
거지가 떼지어 다니면 동냥을 줄 사람이 부담이 커져서 안 주게 된다는 뜻.

거지는 화덕불에 살찐다.
거지는 겨울이면 주로 화덕불로 추위를 피한다는 뜻.

거지도 거지 나름이다.
돈 없는 사람이라고 다 멸시해서는 안 된다는 뜻.

거지도 꿈에는 임금 노릇 한다.
속으로는 무슨 생각을 하더라도 벌을 받지 않는다는 뜻.

거지도 돈복보다 자식복을 더 바란다.
아무리 가난한 사람이라 하더라도 돈보다는 자식복을 더 바란다는 말.

거지도 떼지어 다니면 얻어먹지 못한다.
한 사람도 얻기 어려운 것을 한꺼번에 여러 사람이 얻으려고 들면 하나도 얻지 못하게 된다는 말.

거지도 바가지 장단 멋으로 산다.
아무리 고생스러울지라도 즐거운 일은 있다는 뜻.

거지도 바쁘다.
놀고 얻어먹는 거지도 바쁘듯이, 모두가 다 바쁜 생활을 한다는 뜻.

거지도 발로 차며 주는 것은 받지 않는다.
아무리 좋은 물건이라도 박대하면서 주는 것은 고맙게 여기지 않는다는 뜻.

거지도 배 채울 날이 있다.
(1) 못 사는 사람도 잘 살 날이 있다는 말.
(2) 괴로운 사람도 즐거울 때가 온다는 말.

거지도 부지런해야 더운밥을 얻어먹는다.
부지런히 일하면 잘 살 수 있다는 말.

거지도 부지런해야 배부르게 얻어먹는다.
사람은 부지런해야 잘 살 수 있다는 뜻.

거지도 부지런해야 얻어먹는다.
무슨 일이나 부지런해야 성과를 거둘 수 있다는 뜻.

거지도 사흘만 하면 못 끊는다.
한 번 버릇이 든 것은 끊기가 매우 어렵다는 뜻.

거지도 손 볼 날이 있다.
아무리 가난한 집에도 손님이 올 때가 있다는 뜻.

거지도 술 얻어먹을 날이 있다.
아무리 가난한 경우에도 어쩌다 잘 먹을 때가 있듯이, 없는 사람에게도 재수 좋은 때가 있다는 말.

거지도 쌀밥 먹을 날이 있다.
거지도 얻어먹다 보면 쌀밥을 얻어먹을 때가 있듯이, 고생하던 사람도 잘 살게 될 때가 있다는 뜻.

거지도 열흘만 하면 거지 노릇을 못 버린다.
(1) 무슨 일이나 한 번 취미를 붙이면 떼기가 어렵다는 뜻.
(2) 버릇이 되면 고치기가 힘들다는 뜻.

거지도 입어야 빌어먹는다.
대인관계에 있어서는 옷이 중요한 역할을 한다는 뜻.

거지도 잘 방앗간은 있다.
어디를 가나 사람 사는 곳이라면 자고 갈 데는 있다는 뜻.

거지도 잘 집은 있다.
자기 집이든 남의 집이든 잘 집은 있다는 뜻.

거지도 친구 대접할 날이 있다.
(1) 아무리 가난해도 친구는 자기 처지대로 대접한다는 뜻.
(2) 가난한 사람도 남을 접대할 때가 있다는 뜻.

거지도 흉년이 들까 두려워한다.
흉년이 들면 누구나 다 곤란을 받게 되므로 거지 또한 이를 두려워한다는 뜻.

거지 동냥바가지 자랑하듯 한다.
누구나 자기 나름대로 자랑할 것은 있다는 뜻.

거지 동냥질해서라도 보태 줄 처지다.
자신이 아무리 곤란하더라도 동정해야 할 처지라는 말.

거지 떡 사준 셈 친다.
약간 손해 본 돈은 거지에게 떡이라도 사준 폭 치고 자위한다는 뜻.

거지 먹을 것이라고는 하늬바람밖에 없다.
가난하여 찾아오는 거지에게 줄 것이 아무것도 없다는 뜻.
* 하늬바람: 서쪽에서 부는 바람.

거지 발싸개 같다.
보기가 대단히 더럽고 흉하다는 뜻.

거지 발싸개만치도 안 여긴다.
사람 접대를 발싸개만큼도 안 여기고 천대한다는 뜻.

거지 밥주머니 같다.
(1) 이것저것 여러 가지를 한군데에다 지저분하게 넣어두었다는 뜻.
(2) 깨끗해야 할 것이 더럽다는 뜻.

거지 밥주머니에 붙은 밥풀을 떼어먹는다.
몹시 다랍고 인색한 짓만 한다는 뜻.

거지 방앗간 다투듯 한다.
사정이 같은 사람끼리 서로 타협하지 못하고 다툰다는 뜻.

거지 베두루마기 해입힌 폭 친다.
손해 본 것을 거지 옷 한 벌 해준 폭 치고 생각 않겠다는 뜻.

거지보고 요기시키란다.
상대방의 실력도 모르고 무슨 일을 부탁한다는 뜻.

거지 보면 자루찢기. (흥부전)
공연히 남의 일에 심술을 부린다는 뜻.

거지 볼에 붙은 밥풀을 떼어먹는다.
몹시 다랍고 인색한 짓을 한다는 뜻.

거지 삼대 없고, 부자 삼대 없다.
거지라고 대대로 가난할 것도 아니고, 부자라고 대대로 부자로만 있을 것도 아니라는 뜻.

거지 숟가락 주운 폭이나 된다.
남이 보기에는 하찮은 일 같지만 매우 긴요한 것이라는 뜻.

거지 술 사준 폭 친다.
손해 본 만큼 어려운 사람 도와 준 폭 치고 상한 마음을 달랜다는 뜻.

거지 술안주 같다.
거지에게 내주는 술안주처럼 시시하고 먹을 것이 없는 음식이라는 뜻.

거지 씨가 따로 없고, 부자 씨가 따로 없다.
가난한 사람이라고 대대손손 가난한 것도 아니고, 부자라고 대대손손 부자인 것도 아니라 빈부는 돌고돈다는 뜻.

거지 씨가 따로 없다.
거지 자손도 부자가 될 수 있고, 부자 자손도 거지가 될 수 있다는 뜻.

거지 오라는 데는 없어도 갈 데는 많다.
대수롭지 않은 일이지만 다닐 곳은 많다는 뜻.

거지 옷 해입힌 셈 친다.
손해 본 만큼 거지에게 자선한 폭 치고 체념한다는 뜻.

거지 자루 기울 새 없다.
사람은 누구나 다 바쁜 생활을 한다는 뜻.

거지 자루는 밑바닥이 없다.
거지 동냥은 아무리 많이 주어도 한이 없다는 뜻.

거지 자루다투기다.
불쌍한 처지에 있는 사람들끼리 화합하지 못하고 사소한 이해관계로 다툰다는 뜻.

거지 자루 찢는다.
서로 도와 주어야 할 처지임에도 불구하고 서로 더 차지하려고 싸운다는 말.

거지 자루 크다고 자루대로 동냥 줄까?
(1) 은혜는 베푸는 사람의 뜻대로 되는 것이지 받을 사람 마음대로 되지 않는다는 말.
(2) 생산 도구만 좋다고 능률이 오르는 것은 아니라는 뜻.

거지 자식은 거지 된다.
자식은 그 부모의 행동을 본받는다는 말.

거지 제 자루뜯기다.
자기 자신이 손해가 되는 짓을 한다는 뜻.

거지 제 쪽박깨기다.
도리어 자기 자신의 손해를 자초하는 짓을 이르는 말.

거지 조상 안 가진 부자 없고, 부자 조상 안 가진 거지 없다.
어느 집안이나 대대손손 잘 사는 것이 아니라 잘 살 때도 있고 못 살 때도 있다는 뜻.

거지 첩도 제 멋에 산다.
남들이 조소하는 일이라도 제가 하고 싶으면 한다는 뜻.

거지 턱을 처먹어라.
남의 것만 얻어먹으려고 하는 인색한 사람을 두고 하는 말.

거지 티가 난다.
외양에 가난한 티가 역력히 나타난다는 뜻.

걸신乞神이 들었다.
걸신들린 사람처럼 밥을 많이 먹는 사람을 조롱하는 말.
* 걸신: 빌어먹는 귀신.

관 쓴 거지는 못 얻어먹는다.
거지가 거만하면 얻어먹지를 못하듯이, 남의 동정을 받으려면 친절해야 한다는 뜻.

광이(괭이) 든 거지는 없어도 책 든 거지는 있다.
농사짓는 사람 가운데는 얻어먹는 이가 없어도, 공부한 사람 가운데는 얻어먹는 이가 있다는 뜻.

구걸도 같이 다녀서는 안 된다.
남에게 무엇을 부탁할 때는 혼자 조용히 찾아가서 해야 한다는 말.

귀 좋은 거지는 있어도 코 좋은 거지는 없다.
관상학적으로 재복은 귀를 보는 것이 아니라 코를 보고 판단한다는 뜻.

김칫국 마신 거지 떨듯 한다.
추운 겨울에 거지가 밖에서 찬 김칫국을 마시고 떨 듯이, 추위를 못 참는 사람을 비유하는 말.

깡통 신세다.
깡통을 차고 다니며 얻어먹는 거지 신세라는 뜻.

깡통을 찰 놈이다.
하는 일 없이 빈들빈들 놀기만 하는 사람을 두고 하는 말.

난거지다.
실속은 부자인데 겉으로는 가난해 보인다는 말.

난거지 든부자다.
겉으로는 몹시 가난해 보이지만 실속은 넉넉하고 오붓한 형편이라는 말.

난부자 든거지다.
겉으로 보기에는 부자 같으나 실속 살림은 몹시 어려운 형편이라는 뜻.

너울 쓴 거지다.
비록 너울을 썼을지언정 배가 고프면 거지 노릇을 해야 한다는 말.
* 너울: 검은 비단으로 만든 여자용 출입 의장.

눈 온 이튿날 거지 빨래한다.
눈 온 다음날은 저기압의 영향을 받아 날씨가 따뜻하다는 뜻.

다리 병신이 비렁뱅이 된다.
예전에는 다리 불구자가 되면 비렁뱅이 노릇밖에 할 것이 없었다는 뜻.

동냥도 가을이 한철이다.
동냥도 곡식이 흔한 가을이 한철이듯이, 무슨 일이나 시기가 있다는 뜻.

동냥도 각각이요, 염주念珠도 몫몫이다.
아무리 친한 사이라도 그 몫은 서로 분명하게 해야 한다는 뜻.

동냥도 사흘만 하면 못 잊는다.
아무리 천한 일이라도 버릇하면 재미가 난다는 뜻.

동냥도 안 주고 자루만 찢는다.
남을 도와 주지는 않고 손해만 끼치는 사람을 비유하는 말.

동냥도 안 주고 쪽박만 깬다.
남의 요구 조건은 들어 주지도 않고 도리어 손해만 준다는 뜻.

동냥도 혼자 다녀야 한다.
동냥은 혼자 다녀야 주는 사람도 부담이 적어서 준다는 뜻.

동냥아치가 동냥아치를 꺼린다.
같은 동류同類끼리 친하게 지내야 할 처지에 서로 꺼린다는 뜻.

동냥아치끼리 자루 찢는다.
친한 사이에 사소한 이해관계로 다툰다는 뜻.

동냥아치도 떼지어 다니면 얻지 못한다.
얻을 사람이 많으면 줄 사람도 부담스러워 동냥을 주지 않게 된다는 말.

동냥아치 쪽박 깨진 셈 친다.
노동 도구가 못 쓰게 된 것을 동냥아치 쪽박 깬 폭 치고 자위한다는 뜻.

동냥아치 쪽박만 깬다.
요구하는 것은 아니 주고 도리어 손해만 끼친다는 말.

동냥아치 첩도 제멋에 산다.
(1) 자신이 하고 싶은 것은 남의 이목이나 충고가 있어도 한다는 뜻.
(2) 정이 들면 어떤 고난이라도 극복한다는 뜻.

동냥은 못 즐지언정 쪽박은 깨지 말랬다.
남의 요구는 들어 주지 않고 도리어 손해만 끼쳐서는 안 된다는 뜻.

동냥은 안 주고 자루만 찢는다.
요구하는 것은 아니 주고 도리어 방해만 놓는다는 말.

동냥은 혼자 다녀야 한다.
남에게 얻으러 다닐 때는 혼자서 다녀야 한다는 말.

동냥자루가 커야 동냥도 많이 한다.
노동 도구가 좋아야 노동 능률도 재고시킬 수 있다는 뜻.

동냥자루가 크다고 자루 채워 줄까?
동냥을 많이 주고 적게 주는 것은 동냥아치의 요망에서 결정되는 것이 아니라 주는 사람의 의사에 달렸다는 뜻.

동냥자루도 마주 벌려야 들어간다.
무슨 일이나 서로 협조하면 잘 이루어진다는 뜻.

동냥자루도 제멋에 찬다.
남들이 천시하는 짓도 제가 하고 싶으면 한다는 뜻.

동냥자루를 찬다.
어찌할 도리가 없어서 하는 수 없이 동냥을 하게 되었다는 말.

동냥자루를 찼느냐?
(1) 음식을 먹고도 또 먹으려고 하는 사람을 두고 하는 말.
(2) 밥을 많이 먹는 사람을 비유하는 말.

동냥자루만 크다고 동냥 많이 주나?
겉치레만 잘한다고 해서 일이 잘되는 것이 아니라 행동을 잘해야 한다는 뜻.

동냥자루 찢듯 한다.
같은 동냥아치끼리 사소한 이해관계로 동냥자루를 찢듯이, 변변치 않은 것을 가지고 다툰다는 뜻.

동냥 주고 바가지 깬다.
남을 도와 주기도 하고 손해도 보게 하였다는 뜻.

동냥 주니 안방 빌려 달란다.
사정을 보아 주면 점점 염치없는 짓만 한다는 뜻.

동냥주머니를 메고 다닌다.
거지가 동냥하러 다니기에 바쁘다는 뜻.

동냥 핑계로 안방 앞까지 간다.
야심을 가진 사람은 자기의 야심을 감추게 된다는 뜻.

동냥하려다가 추수 못한다.
사소한 이득을 얻으려다가 큰 손해를 보게 된다는 뜻.

든거지 난부자다.
집안 살림은 보잘것 없으면서도 남이 볼 때에는 부자처럼 보인다는 뜻.

든거지다.
실속은 보잘것 없는데 겉으로는 부자같이 보인다는 뜻.

떠돌아다니며 얻어먹는다.
의지할 데가 없어 정처없이 떠돌아다니며 얻어먹는다는 뜻.

말 탄 거지다.
하는 행동이 자기의 처지와 부합되지 않을 때는 실패를 하게 된다는 뜻.

먹고 죽은 대장부나 굶고 죽은 거지나 죽기는 마찬가지다.
호화로운 생활을 하다가 죽으나 고생을 하다가 죽으나 죽은 뒤에는 같은 신세라는 뜻.

먹는 집이 내 집이요, 자는 집이 내 집이다.
정처없이 떠돌아다니며 얻어먹는 거지 신세라는 뜻.

모화관慕華館 동냥아치 떼쓰듯 한다.
거지가 떼쓰듯이, 경우도 없이 떼를 쓴다는 뜻.
* 모화관: 조선조 때 중국 사신을 영접하던 곳.

묵은 거지보다 햇거지가 더 어렵다.
늙은 거지는 갖은 고생을 다했기 때문에 이해심이 있지만, 젊은 거지는 감정적으로 일을 한다는 뜻.

문전 나그네 얻어먹듯 한다.
무엇을 남에게 사정하여 얻는다는 뜻.

문전 나그네 흔연 대접하랬다.
집에 찾아오는 나그네는 잘 대접해야 한다는 말.

바가지도 없이 거지 노릇 한다.
사전에 준비하지 않은 일은 잘 될 수가 없다는 말.

바가지 들고 다니는 신세다.
바가지 들고 동냥하는 거지 신세가 되었다는 뜻.

바가지를 찬다.
바가지를 차고 얻어먹는 신세가 되었다는 뜻.

바가지 없는 거지다.
(1) 연장도 없이 일을 하려고 하는 사람을 두고 하는 말.
(2) 일할 준비도 없이 일을 한다는 말.

바가지 찬 신세가 되었다.
바가지 들고 동냥하는 거지가 되었다는 뜻.

밥그릇도 없이 거지 노릇 한다.
무슨 일이나 사전에 준비가 없으면 성과가 없다는 뜻.

밥도 부지런해야 얻어먹는다.
얻어먹는 사람일수록 식사 시간에 부지런하게 여러 집을 돌아다녀야 밥도 많이 얻는다는 뜻.

뱃속에 거지가 들었다더냐?
음식을 많이 먹는 사람을 보고 하는 말.

벌거벗은 거지는 못 얻어먹는다.
(1) 얻어먹어도 준비할 것은 준비해야 한다는 뜻.
(2) 옷은 음식과 함께 생활에서 아주 중요하다는 뜻.

부자 저승보다 거지 이승이 낫다.
죽은 부자보다는 고생스러워도 산 거지가 낫다는 뜻.

비럭질은 함께 다니지 않는다.
동냥을 떼지어 다니면 주는 사람의 부담이 커서 주지 않으므로 개별적으로 다녀야 한다는 뜻.

비렁뱅이가 비단옷 얻은 격이다.
거지가 비단옷을 얻어 좋기는 하지만, 비단옷을 입으면 얻어먹지를 못하게 되므로 이럴 수도 없고 저럴 수도 없어 난처하게 되었다는 뜻.

비렁뱅이가 하늘을 불쌍하다고 한다.
거지가 하늘을 걱정하듯이, 당치도 않은 일에 쓸데없이 걱정을 한다는 뜻.

비렁뱅이끼리 자루 찢는다.
동정을 해야 할 처지에 사소한 이해관계로 서로 싸운다는 뜻.

비렁뱅이는 모닥불에 살찐다.
거지는 모닥불로 추위를 피한다는 뜻.

비렁뱅이 주인도 하인 아홉은 부린다.
가난한 사람도 우두머리가 되면 여러 사람을 부릴 수 있다는 뜻.

비렁뱅이 턱찌끼만하다.
거지 턱에 붙은 밥풀만하다는 뜻으로서, 무슨 물건이 매우 적은 것을 비유하는 말.

비렁뱅이 화덕불에 살찐다.
거지가 겨울에도 따뜻한 방에서 못 자고 화덕불 곁에서 자는 것만도 다행이라는 뜻.

비렁이 김칫국 흘리듯 한다.
음식을 먹을 때 흘리면서 먹는 사람에게 이르는 말.

빌어는 먹어도 다리 아랫소리 하기는 싫다.
비록 궁하여 빌어먹기는 하지만 비굴하게 아첨하기는 싫다는 뜻.

빌어는 먹어도 달라는 소리는 하기 싫다.
얻어먹어도 지나치게 굽실거리기는 싫다는 뜻.

빌어는 먹어도 이승이 낫다.
아무리 고생스러워도 죽는 것보다 사는 것이 낫다는 뜻.

빌어는 먹어도 절하고 싶지는 않다.
비록 가난하게 살아도 남에게 굽실거리며 아첨하고 살지는 않는다는 뜻.

빌어먹는 놈이 이밥 조밥을 가릴까?
얻어먹는 사람이 맛있는 음식만 가려서 먹을 수 있겠느냐는 말.

빌어먹는 놈이 좋고 나쁜 것을 가리랴?
없는 사람은 좋고 나쁜 것을 가려서 쓰지 않는다는 뜻.

빌어먹는 놈이 콩밥 마다다 할까?
얻어먹는 사람은 아무 음식이나 다 잘 먹는다는 뜻.

빌어먹던 놈은 천지 돈지를 해도 남의 집 울타리 밑만 엿본다.
한 번 든 버릇은 쉽게 없어지지 않는다는 뜻.

빌어먹어도 고향에서는 빌어먹지 말랬다.
조상 대대로 오래 누려 살던 고향에서는 그 조상의 명예를 위해서라도 거지 노릇을 하지 말라는 뜻.

빌어먹어도 타향에 가 빌어먹으랬다.
빌어서 먹더라도 체면은 지켜야 한다는 뜻.

빌어먹을래야 쪽박이 없어서 못 얻어먹는다.
빌어를 먹어도 빌어먹는 데 필요한 도구는 있어야 한다는 뜻.

빌어온 놈한테 얻어먹는다.
구차한 사람에게 염치없는 짓을 한다는 뜻.

사방에 솥 걸어 놓고 사는 신세다.
정처없이 떠돌아다니며 얻어먹는 거지 신세라는 뜻.

삼대 거지 없고, 삼대 부자 없다.
어느 집안이나 대대로 흥망성쇠가 되풀이되어 왔고, 또한 계속될 것이라는 뜻.

삼대 거지 없고, 삼대 정승 없다.
어느 집안이나 대대로 내려오면서 못 살 때도 있었고 잘 살 때도 있었다는 뜻.

새끼 많은 거지다.
자식이 많으면 가난해진다는 뜻.

새끼 많은 거지요, 말 많은 부자다.
자식 많은 거지는 더욱 고생스럽고, 말이 많은 부자는 더욱 부유해진다는 뜻.

석 달만 동냥하면 일할 생각 안 난다.
(1) 석 달 동안 동냥을 하면, 그 타성이 몸에 배어서 일을 하지 않게 된다는 뜻.
(2) 버릇은 한 번 들면 고치기가 매우 어렵다는 뜻.

석 달 빌어먹으면 그 짓을 못 버린다.
좋거나 나쁘거나 한 번 버릇이 들면 고치기가 매우 어렵다는 뜻.

속에 거지가 들어앉았다.
밥을 많이 먹는 사람을 조롱하는 말.

아비가 고생하여 모으면 아들은 배부르게 먹고, 손자는 거지 된다.
할아버지가 고생스럽게 돈을 벌어 놓으면 아들은 흥청망청 써서 패가하고, 손자는 거지처럼 된다는 뜻.

앉아 있는 영웅보다 떠다니는 거지가 낫다.
일 없이 놀고먹는 잘난 사람보다는 일하는 못난 사람이 낫다는 뜻.

알거지가 되었다.
집안이 망해서 돈 한 푼 없는 거지 신세가 되었다는 뜻.

얻어먹는 놈은 부엌 먼저 쳐다본다.
누구나 자기와 이해관계가 있는 것에 관심을 가지게 된다는 뜻.

얻어먹는 놈이 이밥 조밥 찾는다.
남에게 신세를 진 사람이 고맙다는 인사는 않고 뒷소리만 한다는 뜻.

얻어먹는 놈이 큰 떡 먼저 든다.
남에게 신세를 지는 사람이 염치없는 짓만 한다는 뜻.

얻어먹는 데서 빌어먹는다.
곤궁한 중에서도 더욱 곤궁한 처지에 있다는 뜻.

얻어먹는 사람에게도 밥을 떠주는 사람 있고, 상 차려 주는 사람 있다.
세상에는 박한 사람도 있고 후한 사람도 있다는 뜻.

얻어먹어도 더덕 고추장이다.
남에게 신세를 질 바에야 시시한 것으로는 안 진다는 뜻.

얻어먹어도 서울이 좋다.
거지 노릇을 해도 부자가 많은 서울이 낫다는 뜻.

얻어먹어도 절하지는 않겠다.
아무리 가난하여도 남에게 굽실거리기는 싫다는 뜻.

얻어먹을 것도 이웃집 노랑 강아지 때문에 못 얻어먹는다.
무슨 일을 하고 싶어도 방해 놓는 사람이 있어서 못한다는 뜻.

얻어먹을망정 절하기는 싫다.
굶어죽을지언정 비위를 맞춰가며 굽실거리기는 싫다는 뜻.

오라는 데는 없어도 갈 데는 많다.
거지는 어느 누가 오라는 데는 없지만 갈 곳은 많다는 말.

오죽해야 거지보고 사정할까.
사정이 몹시 답답하면 안 될 짓도 해본다는 뜻.

오지랖이 넓은 거지다.
비위가 좋고 뻔뻔스러운 공것 좋아하는 사람을 비유하는 말.

외주둥이가 빌어먹는다.
사지도 멀쩡하고 식구도 저 혼자인 사람이 벌어서 먹고 살지 않고 거지생활을 한다는 뜻.

이 마을 저 마을 다니며 얻어먹는다.
굶주린 사람이 마을을 찾아다니면서 밥을 얻어먹는다는 말.

일곱 번 거지 된다.
인생살이에는 파란곡절이 많다는 뜻.

입만 가지고 다닌다.
(1) 남에게 얻어먹기를 좋아하는 사람을 조롱하는 말.
(2) 공것을 좋아하는 사람이라는 뜻.

입 벌리고 돈 달라고는 못하겠다.
아무리 굶어죽게 되었어도 차마 돈 좀 달라는 말은 못하겠다는 말.

입은 거지는 얻어먹어도 벗은 거지는 못 얻어먹는다.
(1) 한두 끼 굶고는 살아도 잠시나마 벗고는 못 산다는 뜻.
(2) 옷차림을 깨끗이 해야 남에게 대우를 받는다는 뜻.

자는 곳이 내 집이고, 먹는 곳이 내 집이다.
정처없이 떠돌아다니며 얻어먹는 거지를 비유하는 말.

자식 많은 거지다.
가난할수록 자식이 많다는 뜻.

자식 있는 거지는 웃고, 자식 없는 부자는 울고 산다.
가난해도 자식만 있으면 웃고 살지만, 돈이 많아도 자식이 없으면 비관하며 산다는 뜻.

작년에 왔던 각설이 죽지도 않고 또 왔네.
각설이가 찾아가서 첫인사조로 하는 장타령의 첫구절.

젊은 거지는 막보지 말랬다.
젊은 사람의 앞날은 양양하기 때문에 현재 못 산다고 해서 홀시하지 말라는 뜻.

정처없이 돌아다니며 얻어먹는다.
정처없이 떠돌아다니면서 얻어먹고 산다는 뜻.

질기窒氣난 정거지라.
형편없이 가난한 살림을 한다는 뜻.

쪽박 들고 나선다.
할 수 없어서 바가지를 들고 거지 노릇을 하게 되었다는 뜻.

쪽박 빌려 주니까 쌀 꾸어 달란다.
돌보아 주면 점점 더 돌보아 달라고 떼를 쓴다는 뜻.

쪽박 신세가 되었다.
살 수가 없어서 바가지를 들고 거지 노릇을 한다는 뜻.

쪽박을 찬다.
잘 살던 사람이 패가하여 거지가 되었다는 뜻.

코 잘생긴 거지는 없다.
관상학적으로 코가 잘생긴 사람은 부자로 잘 산다는 뜻.

코 잘생긴 거지는 없어도 귀 잘생긴 거지는 있다.
관상학적으로 코는 재복을 보는 것이지만, 귀는 재복과는 관계 없이 수명을 본다는 뜻.

풍년 거지가 더 서럽다.
풍년이 들어 세상 사람들은 다 배부르게 먹는데 홀로 굶주리고 있기 때문에 더욱 서럽다는 뜻.

풍년 거지다.
남들은 다 잘 사는데 혼자만 못 산다는 뜻.

풍년 거지 쪽박 깬다.
남들은 다 유복하게 사는데 자기만 곤궁한 처지에 있다는 뜻.

풍년 거지 팔자다.
(1) 남들은 잘 사는데 혼자만 못 사는 것이 섧다는 뜻.
(2) 조건이 좋아졌다는 뜻.

25
굶주림

간에 기별도 않는다.
밥을 먹는 둥 만 둥 한 나머지 뱃속에 들어간 것이 없어 기갈을 면치 못하였다는 뜻.

간에도 안 찬다.
밥을 먹는 시늉밖에 하지 않았기 때문에 뱃속에 들어간 것이 별로 없어서 여전히 시장하다는 뜻.

간장국에 마른다.
끼니도 제대로 못 에울 뿐만 아니라, 반찬 또한 간장 한 가지로만 먹기 때문에 영양이 모자라 마르게 되었다는 뜻.

간장국에 소금밥이다.
간장국과 소금반찬으로 잡곡밥을 먹으며 근근히 살아간다는 뜻.

개도 사흘 굶으면 몽둥이를 무서워하지 않는다.
굶주린 사람은 먹을 것을 보면 죽을 줄도 모르고 덤빈다는 뜻.

개도 하루 겨 세 홉의 녹祿은 있다.
사람은 누구나 태어날 때 자기가 먹을 것은 타고난다는 뜻.

개도 하루 똥 세 자루는 타고났다.
태어날 때 먹고 살 식량은 타고나기 때문에 굶어죽지는 않는다는 뜻.

개떡먹기다.
맛없는 보리개떡이지만 굶어죽을 수가 없어서 억지로 먹는다는 뜻.

개 마른 뼈 핥듯 한다.
굶주린 개가 먹지도 못하는 마른 뼈를 먹으려고 하듯이, 굶주린 사람은 아무것이나 보면 먹으려고 한다는 뜻.

개복에도 먹고 산다.
복 없는 사람은 개복이라도 있어야 살 듯이, 사람은 복을 타고나야 한다는 뜻.

거지도 쌀밥 먹을 날이 있다.
거지도 얻어먹다 보면 쌀밥을 얻어먹을 때가 있듯이, 없는 사람도 형편이 좋아질 날이 있다는 뜻.

걸신乞神들린 놈 먹듯 한다.
(1) 음식에 환장한 사람처럼 많이 먹는다는 뜻.
(2) 음식을 빨리 먹는 사람을 비유하는 말.

걸신이 들렸나?
빌어먹는 귀신이라도 들린 사람처럼 음식을 많이, 그리고 빨리 먹는다는 뜻.

게걸들린 놈 밥 먹듯 한다.
굶주린 사람이 밥을 먹을 때처럼 음식을 몹시 빨리 먹는다는 뜻.

겨도 배부르게 먹지 못한다.
곡식은 고사하고 겨도 못 구해서 배를 채우지 못한다는 뜻.

겨우 목구멍에 때나 벗긴다.
밥을 배부르게 먹지 못하고 겨우 맛만 보았다는 뜻.

겨우 목구멍에 풀칠한다.
밥을 배불리 먹지 못하고 겨우 먹는 시늉밖에 못하였다는 뜻.

고개는 보릿고개가 제일 높고, 새는 먹새가 제일 크다.
이 고개가 높으니 저 고개가 높으니 해도 보릿고개가 제일 높고, 무슨 새가 크니 무슨 새가 크니 해도 먹새가 제일 크다는 말.
* 보릿고개: 묵은 곡식은 떨어지고 햇보리는 여물기 직전인 음력 3,4월의 절량기絶糧期를 일컫는 말.

고개 중에는 보릿고개가 제일 높다.
산마루는 높다 해도 쉬어가며 오르면 되지만, 보릿고개는 굶주림과 싸우기 때문에 넘어가기가 가장 어렵다는 뜻.

고개 중에는 붉은 고개가 제일 크다.
붉은 고개, 즉 목구멍은 먹지 않으면 죽기 때문에 가장 큰 고개라는 뜻.

고개 중에서 넘기 어려운 고개가 보릿고개다.
예전에는 음력 3,4월이 되면 양식은 떨어지고 햇보리는 여물지 않은 절량기絶糧期인 보릿고개를 넘기가 매우 어려웠다는 뜻.

고개 중에서는 보릿고개가 제일 높다.
어느 고개가 높으니 어느 고개가 높으니 해도 보릿고개를 넘기보다 힘이 드는 고개는 없다는 뜻.

고기는 먹어 본 놈이 많이 먹고, 밥은 굶주린 놈이 많이 먹는다.
고기는 먹어 본 사람이 많이 먹게 되고, 밥은 기갈든 사람이 많이 먹는다는 뜻.

고생해 본 사람이라야 세상 물정도 안다.
굶주리고 고생해 본 사람이라야 없는 사람 사정도 안다는 뜻.

곰이 아니라 발바닥 핥아먹고는 못 산다.
곰은 발바닥도 핥아먹지만 사람은 음식을 먹어야 산다는 뜻.

곳간이 차야 예절도 안다.
굶주리면 먹고 살기에 급급하여 예절을 차리지 못하게 된다는 뜻.

구레나룻이 대大자라도 먹어야 양반이다.
아무리 풍채가 좋은 양반이라도 굶주리면 양반 행세를 못한다는 뜻.

구복口腹이 원수라.
입으로 먹어 배를 채우는 일이 원수라는 뜻으로 몹시 가난하다는 말.

굶기를 밥 먹듯 한다.
하루 세 끼 먹는 밥을 한 끼도 못 먹고 굶는다는 뜻.

굶기를 부자집 밥 먹듯 한다.
끼니를 제대로 잇지 못하는 구차한 생활을 한다는 뜻.

굶네굶네 하면서 떡만 해먹는다.
(1) 겉으로는 가난한 척하면서도 속으로는 잘 먹고 지낸다는 뜻.
(2) 표리가 다른 사람을 두고 하는 말.

굶느니 죽이라도 먹어야 산다.
없는 사람은 음식을 가려가면서 먹을 수 없다는 뜻.

굶는 것은 남이 몰라도 벗은 것은 남이 먼저 안다.
헐벗은 것은 남이 바로 알 수 있으나, 한두 끼니 굶은 것은 이웃도 모른다는 뜻.

굶는 놈이 이밥 조밥 가리랴.
굶주린 사람이 맛있는 음식만 가려서 먹을 수는 없다는 뜻.

굶어도 벗지는 말아야 한다.
입은 거지는 얻어먹어도 벗은 거지는 못 얻어먹는다는 뜻.

굶어도 양반 멋에 산다.
실속은 없어도 빼기는 멋에 산다는 뜻.

굶어도 엉덩방아 맛으로 산다.
굶어도 부부간에 정만 좋으면 참고 견딘다는 뜻.

굶어도 옷은 벗지 말아야 한다.
벗고는 못 얻어먹으므로 옷은 입어야 한다는 뜻.

굶어도 이승이 낫다.
아무리 고생이 되더라도 죽는 것보다는 사는 것이 낫다는 뜻.

굶어도 정만 있으면 산다.
비록 가난할지라도 부부간에 정만 있으면 참고 이겨 나갈 수 있다는 뜻.

굶어 본 놈이라야 남의 사정도 안다.
고생을 해본 사람이라야 남의 고생스러운 사정도 안다는 뜻.

굶어 봐야 세상 물정도 안다.
굶고 고생을 해본 사람이라야 세상 인심이나 물정도 옳게 알 수 있다는 뜻.

굶어 봐야 세상 인심도 안다.
고생을 해보아야 세상의 구석구석까지도 알게 된다는 말.

굶어 봐야 없는 놈 사정도 안다.
고생해 본 사람이라야 없는 사람들 사정도 알게 된다는 뜻.

굶어죽기가 정승하기보다 어렵다.
정승하기가 어렵기는 하지만 굶어죽는 것보다는 어렵지 않다는 말.

굶어죽어도 씨오쟁이는 베고 죽으랬다.
농부는 씨앗을 소중히 간수한다는 뜻.

굶어죽어도 종의 문안問安은 하지 말랬다.
아무리 궁색해도 체면은 지켜야 한다는 뜻.

굶어죽으나 맞아죽으나 제 명에 못 죽기는 일반이다.
이래 죽으나 저래 죽으나 제 명대로 못 죽을 바에야 하고 싶은 일이나 하고 죽겠다는 뜻.

굶어죽으나 배 터져죽으나 죽기는 마찬가지다.
이래 죽으나 저래 죽으나 죽기는 매일반이라는 뜻.

굶어죽으라는 법 없다.
누구나 일을 하면 먹고 살 수가 있다는 말.

굶어죽은 귀신은 있어도 서러워 죽은 귀신은 없다.
아무리 서러운 일이라도 이겨낼 수 있다는 말.

굶어죽은 귀신이 붙었나?
굶주림에서 해방되려고 온갖 노력을 다해도 벗어나지 못한다는 뜻.

굶어죽은 놈보다는 먹고 죽은 놈이 낫다.
고생만 하다가 죽은 사람보다는 그래도 호강하다가 죽은 사람이 낫다는 말.

굶어죽은 놈이나 배 터져죽은 놈이나 죽기는 일반이다.
못 살던 사람이나 잘 살던 사람이나 죽는 마당에서는 동일하다는 뜻.

굶어죽을 지경이다.
더 이상 굶주림을 참을 수 없을 정도에 이르렀다는 말.

굶으면 아낄 것도 없이 통비단도 한 끼다.
굶주린 사람에게는 비단보다도 우선 먹는 것이 더 소중하다는 뜻.

굶은 개가 부엌 들여다보듯 한다.
굶주린 사람은 어디를 가나 먹을 것만 찾는다는 뜻.

굶은 개가 언 똥을 마다다 할까.
굶주린 사람은 아무 음식이나 가리지 않고 다 잘 먹는다는 뜻.

굶은 놈이 흰밥 조밥 가릴까.
굶주린 사람은 맛이 있거나 없거나 가리지 않고 아무 음식이나 다 잘 먹는다는 뜻.

굶주려서 기동起動을 못한다.
굶주려서 몸을 움직이지 못하고 누워만 있다는 뜻.

굶주려서 문 밖 출입조차 못한다.
너무 굶주려서 기동조차 할 수 없게 되었다는 말.

굶주려서 양식을 구한다.
무슨 일을 미리 예견성 있게 하지 못하고 임박해서 한다는 뜻.

굶주렸을 때 착한 마음이 난다.
굶주렸을 때는 자기가 부유해지면 가난한 사람을 구제해 주겠다는 착한 마음이 생기게 된다는 말.

굶주리게 되면 먹고 싶어진다.
굶주리면 허기를 면하기 위하여 먹고 싶은 생각밖에 없다는 뜻.

굶주리면 나물밥도 진미가 된다.
굶주리면 평소에 안 먹던 나물밥도 맛있게 먹는다는 뜻.

굶주리면 돌도 씹지를 못해 못 먹는다.
굶주리면 아무거나 닥치는 대로 먹고 싶어도 먹을 도리가 없어서 못 먹는다는 뜻.

굶주리면 먹는 것을 가리지 않는다.
굶주리면 맛이 있고 없는 것이 문제가 아니라, 아무 음식이나 빨리만 먹으려고 한다는 뜻.

굶주리면 먹을 생각밖에 안 난다.
굶주린 사람은 빨리 기갈을 면할 생각밖에 없다는 뜻.

굶주리면 배 채울 것만 찾는다.
굶주린 사람은 먹을 것 이외에는 아무것도 생각지 않는다는 뜻.

굶주리면 법法도 무서운 줄 모른다.
굶주린 사람은 예의와 법도 아랑곳하지 않고 어떤 방법으로든지 먹을 궁리만 한다는 뜻.

굶주리면 복종하고, 배부르면 배반한다.
굶주렸을 때는 우선 아쉽기 때문에 잘 복종하지만, 일단 기반이 잡혀서 잘 살게 되면 지금까지 도와 준 은인도 배반하게 된다는 말.

굶주리면 본정신도 나간다.
굶주리면 예절과 도덕도 지키지 못하게 된다는 뜻.

굶주리면 아낄 것도 없이 통비단도 한 끼다.
굶주리면 세간도 헐값으로 마구 팔아먹게 된다는 뜻.

굶주리면 아무 음식이나 맛있게 먹는다.
굶주린 사람은 맛이 있고 없는 것을 가릴 여가도 없이 닥치는 대로 먹는다는 뜻.

굶주리면 음식을 가리지 않는다.
기갈이 든 사람은 먹을 것만 보면 닥치는 대로 먹는다는 뜻.

굶주리면 잠도 아니 온다.
춥고 배고프면 먹고 싶은 생각만 나고 잠도 오지 않는다는 뜻.

굶주리면 지게미나 겨도 감식한다.
굶주린 사람은 술 지게미나 겨도 없어서 못 먹는다는 뜻.

굶주린 개는 뒷간만 봐도 좋아한다.
허기진 사람은 먹을 것만 봐도 기뻐한다는 뜻.

굶주린 개 부엌 들여다보듯 한다.
기갈이 든 사람은 음식 있는 곳에만 관심을 가진다는 뜻.

굶주린 군중은 폭동을 일으킨다.
국민들이 굶주리게 되면 식량을 약탈하는 폭동을 일으킨다는 뜻.

굶주린 끝에 먹는 고기맛이다.
음식맛이 매우 좋다는 말.

굶주린 나귀가 매를 무서워할까.
생활이 안정되지 못한 사람은 악만 남았기 때문에 무서워하는 것이 없다는 뜻.

굶주린 놈 눈에는 먹을 것밖에 안 보인다.
굶주린 사람은 먹을 것 이외에는 아무것도 생각지 않는다는 뜻.

굶주린 놈보고 도시락 부탁한다.
사정도 모르고 되지도 않을 일을 부탁한다는 뜻.

굶주린 놈에게 화초花草다.
굶주린 사람에게는 아무리 좋은 구경도 소용이 없다는 뜻.

굶주린 놈은 날벼도 먹는다.
기갈이 들린 사람은 먹을 수 있는 것이라면 무엇이든지 먹는다는 말.

굶주린 놈이 이밥 조밥을 가릴까?
굶주린 사람은 당장 급하기 때문에 아무 음식이나 닥치는 대로 먹는다는 뜻.

굶주린 놈이 찬밥 더운밥 가릴까?
허기진 사람은 음식을 가리지 않고 먹는다는 뜻.

굶주린 말이 채질을 두려워할까.
굶주린 사람은 악만 남아서 무서워하는 것이 없다는 뜻.

굶주린 매가 꿩을 만난 격이다.
굶주렸던 차에 포식할 수 있는 음식이 생겼다는 뜻.

굶주린 매가 사납게 덮친다.
굶주리게 되면 성미가 사나워진다는 뜻.

굶주린 범에게 고기를 맡기는 격이다.
믿음성이 없는 사람에게 돈을 맡기는 것은 손해 볼 장본이라는 뜻.

굶주린 범에게 돼지우리를 지키게 한다.
번연히 손해를 끼칠 사람에게 재물을 맡긴다는 말.

굶주린 범은 가재도 먹는다.
굶주린 사람은 먹을 것만 보이면 맛이 있건 없건 가리지 않고 먹는다는 말.

굶주린 범이다.
굶주린 범은 닥치는 대로 잡아먹듯이, 몹시 사납다는 뜻.

굶주린 범이 멧돼지를 얻은 격이다.
굶주린 끝에 가장 좋은 먹이를 얻게 되었다는 말.

굶주린 범이 사납다.
평소에도 사나운 범이 굶주리면 더욱 사나워지듯이, 사람도 굶주리면 사나워진다는 뜻.

굶주린 범 지나가듯 한다.
굶주린 범이 먹이라고 눈에 뜨이는 것은 모조리 잡아먹듯이, 눈에 뜨이는 대로 모조리 먹어치운다는 말.

굶주린 사람들에게는 먹을 것을 주어야 한다.
굶주린 사람들에게는 국가적으로 대책을 세워 해결해 주어야 한다는 말.

굶주린 사람들이 풍년을 만난다.
굶주린 사람들이 풍년을 만나듯이, 큰 경사를 만나 모두가 즐거워한다는 뜻.

굶주린 사람은 맛없는 것이 없다.
배고픈 사람은 아무 음식이나 다 맛있게 잘 먹는다는 뜻.

굶주린 사람은 먹을 것을 가리지 않는다.
굶주린 사람은 맛이 있고 없고를 가리지 않고 닥치는 대로 먹는다는 말.

굶주린 사람은 밥 짓는 것을 보면 다 익도록 기다리지 못한다.
굶주린 사람은 먹을 것을 보기만 하면 참지를 못한다는 뜻.

굶주린 사람은 아무 음식이나 맛있게 먹는다.
굶주린 사람은 우선 배부터 채워야 하기 때문에 아무 음식이나 잘 먹는다는 뜻.

굶주린 사람은 음식을 가리지 않는다.
굶주린 사람은 아무 음식이나 다 잘 먹는다는 말.

굶주린 사람은 임금도 생각지 않는다.
굶주린 사람들은 당장 자신의 식생활 때문에 국가를 생각할 여지가 없다는 뜻.

굶주린 사람은 지게미와 겨도 감식한다.
굶주린 사람은 맛없는 것이라도 아무 불평 없이 잘 먹는다는 뜻.

굶주린 사람은 털도 먹는다.
굶주려서 죽게 되었을 때는 먹지 못할 것도 먹게 된다는 뜻.

굶주린 새벽 호랑이 싸대듯 한다.
굶주린 호랑이가 새벽에 먹이를 찾으려고 싸다니듯이, 성이 나서 왔다갔다 돌아다니는 사람을 두고 하는 말.

굶주린 양반 겨떡 하나 더 먹으려고 한다.
평소에는 점잔을 피우던 양반도 굶주리면 염치를 모르게 되듯이, 굶주리게 되면 체면이나 점잔도 없어진다는 말.

굶주린 이리 같다.
몹시 굶주려서 먹을 것만 찾는다는 말.

굶주린 이리보고 푸줏간을 지키라는 격이다.
번연히 손해를 입을 알면서 맡긴다는 것은 어리석은 짓이라는 뜻.

굶주린 이리 아가리 같다.
굶주린 이리가 포효하듯이, 악을 쓰며 험상궂은 꼴을 하고 있다는 말.

굶주린 이리에게 부엌을 지키게 한다.
믿음성이 전혀 없는 사람에게 재물을 맡겨 놓는 것은 매우 위험한 일이라는 뜻.

굶주린 호랑이가 고자라고 마다다 할까?
굶주린 사람은 음식을 가려서 먹지 않는다는 말.

굶주린 호랑이가 원님을 안다더냐?
굶주린 사람은 체면도 차리지 않는다는 말.

굶주린 호랑이 날고기 먹듯 한다.
굶주린 참에 맛있는 음식을 정신 없이 먹듯 한다는 말.

굶주린 호랑이보고 돼지우리를 지키라고 한다.
손해를 보리라는 것을 번연히 알면서 일을 맡긴다는 것은 어리석은 짓이라는 뜻.

굶주림을 고치는 것은 밥이고, 병을 고치는 것은 약이다.
굶주린 사람은 밥을 먹어야 하고, 병든 사람은 약을 먹어야 회복된다는 뜻.

굶주림을 고치는 것은 밥이다.
허기진 사람에게는 밥을 주어 굶주림을 없애도록 해야 한다는 뜻.

굶주림을 참으며 추위에 잘 견딘다.
고생을 많이 한 사람은 굶주림과 추위도 잘 참고 견딘다는 말.

귀풍년에 입가난이다.
먹는 이야기는 많이 들어도 입에 들어오는 것은 없다는 뜻.

그림떡으로는 굶주림을 못 면한다.
굶주림은 음식으로 배를 채워야지 눈요기로는 해결할 수 없다는 뜻.

금강산도 식후 구경이다.
금강산 경치가 아무리 좋아도 배가 불러야 구경도 간다는 뜻.

기갈든 놈 밥 먹듯 한다.
정신 없이 밥만 먹는 사람을 비유하는 말.

기갈든 놈에게서 염치 찾는다.
굶주린 사람은 염치나 체면을 차리지 않는다는 뜻.

기갈든 놈은 돌담장도 부순다.
(1) 몹시 굶주리게 되면 자포자기하여 난폭한 짓도 할 수 있다는 뜻.
(2) 몹시 하고 싶어하는 일이 있을 때는 별짓을 다한다는 뜻.

기갈든 사람은 밥을 가리지 않고, 추운 사람은 옷을 가리지 않는다.
굶주린 사람은 아무 음식이나 있는 대로 먹게 되고, 추위에 떠는 사람은 아무 옷이나 가리지 않고 입는다는 뜻.

기갈든 사람은 밥을 가리지 않는다.
배고픈 사람은 당장 먹을 수 있는 음식이면 아무것이나 가리지 않고 먹는다는 뜻.

기갈이 감식이다.
굶주렸을 때 먹으면 무슨 음식이나 다 맛이 있다는 말.

기갈이 반찬이다.
굶주렸을 때는 반찬이 좋지 않아도 밥을 맛있게 먹는다는 말.

기갈이 팥죽이다.
굶주린 사람은 아무 음식이나 맛있게 먹는다는 뜻.

꼬락서니가 밥 빌어먹을 짓만 한다.
하는 짓마다 일이 안 될 짓만 하는 사람을 비유하는 말.

꽁보리밥도 제때에 못 먹는다.
가난하여 꽁보리밥도 제대로 못 먹고 산다는 뜻.

꽃구경도 식후에 한다.
아무리 아름다운 꽃이 많아도 굶주린 사람에게는 무관하다는 뜻.

끼니거리가 간 곳 없다.
몹시 가난하여 끼니거리가 없다는 말.

끼니도 못 잇는다.
식사를 제대로 못하고 굶을 때가 많다는 뜻.

끼니도 없는 놈에게 요기를 시키란다.
남의 사정도 모르고 무리한 요구를 한다는 뜻.

끼니 없는 놈에게 점심 의논한다.
(1) 돈 한 푼 없는 사람에게 도와 달라고 사정을 한다는 뜻.
(2) 큰 걱정이 있는 사람에게 작은 걱정을 가지고 가서 도와 달란다는 말.

나락 이삭 끝을 보고는 죽어도, 보리 이삭 끝을 보고는 죽지 않는다.
나락 이삭은 팬 지 40일이 되어야 먹으므로 굶어죽는 사람이 있지만, 보리 이삭은 팬 지 20일이면 풋보리로 먹을 수 있으므로 굶어죽지 않는다는 뜻.

나룻(수염)이 대자라도 먹어야 샌님이다.
외모가 아무리 잘생겼어도 돈이 없으면 대접을 못 받는다는 뜻.

나룻이 석 자라도 먹어야 산다.
아무리 잘난 사람이라도 먹지 않으면 죽게 되므로 먹는 것이 제일이라는 뜻.

나한羅漢에도 모래 먹는 나한이 있다.
높은 지위에 있는 사람이라도 청백한 사람은 고생을 하면서 산다는 뜻.
* 나한: 부처의 제자들.

낟알 구경을 못한다.
끼니를 못 에워 굶고 산다는 뜻.

날아다니는 까막까치도 제 밥은 있다.
하찮은 날짐승들도 먹을 것 걱정은 않는데, 소위 인간이 먹지를 못하고 있다는 말.

남의 집을 찾아다니며 얻어먹는다.
집집을 찾아다니며 얻어먹는 거지라는 뜻.

냉수로 배 채운다.
굶주린 사람이 먹을 것이 없어서 물로 배를 채운다는 뜻.

냉수 먹고 갈비 트림한다.
(1) 없는 사람이 있는 척 허세를 부린다는 뜻.
(2) 못난 사람이 잘난 척한다는 뜻.

냉수 먹고 이 쑤신다.
밥도 못 먹은 주제에 고기를 먹은 것처럼 허세를 부린다는 뜻.

높다높다 해도 보릿고개만치 높은 고개는 없다.
산마루는 아무리 높아도 넘어갈 수가 있지만, 보릿고개는 넘지 못하고 굶어죽는 사람이 많다는 뜻.

눈에 딱정벌레가 왔다갔다한다.
(1) 현기증이 나면서 눈앞이 어른어른하여 정신을 차리지 못하겠다는 뜻.
(2) 굶주려서 현기증이 난다는 뜻.

눈은 풍년이고, 입은 흉년이다.
눈에 보이는 것은 많으나 입에 들어오는 것은 없다는 뜻.

늙은 아이 어미 석 자 가시도 목구멍에 안 걸린다.
마흔이 지난 아이 어머니는 아무 음식이나 닥치는 대로 먹는다는 뜻.

달력 봐가며 밥 먹는다.
정상적으로 식사를 하는 것이 아니라, 식량이 없어서 며칠에 한 끼씩 먹는다는 뜻.

닷새 굶어 도둑질 않는 놈 없다.
사람이 극도로 굶주리면 어쩔 수 없이 도둑질도 하게 된다는 뜻.

닷새를 굶어도 양반이라 막일은 못한다.
옛날 양반은 굶어죽더라도 막노동을 해서는 안 되었다는 말.

닷새를 굶어도 풍잠風簪 멋으로 굶는다.
체면을 지키기 위하여 온갖 곤란을 다 참고 견딘다는 뜻.
* 풍잠: 망건 앞이마에 대는 장식품.

닷새를 굶으니까 쌀자루 든 놈이 온다.
굶다가 보면 식량이 생기는 수도 있듯이, 곤경을 이겨내면 일도 잘 풀리게 된다는 뜻.

돼지가 겨 먹고 우리 안에 사는 폭도 안 된다.
돼지가 먹는 겨조차도 못 먹고 살 만큼 사람 구실을 못한다는 뜻.

뒤주 밑이 긁히면 밥맛은 더 난다.
양식이 떨어지면 밥맛이 더 나서 굶주림을 참기가 더 어렵다는 뜻.

등으로 먹고 배로 먹는다.
(1) 여기저기서 먹을 기회만 생기면 먹어둔다는 뜻.
(2) 이리저리 이득만 챙긴다는 뜻.

때거리가 없으면 양반 노릇도 못한다.
돈이 있어야 고자세로 양반 노릇도 하는데 굶주리면 저자세가 되기 때문에 양반 노릇도 변변히 못하게 된다는 뜻.

때늦게 먹는 음식은 고기맛 같다.
배고플 때 먹는 음식은 무슨 음식이나 다 고기맛과 같이 맛이 있다는 뜻.

맨손가락만 빨고는 못 산다.
사람은 먹지 않고서는 살지 못한다는 뜻.

먹고 굶어죽는다.
(1) 음식을 먹은 둥 만 둥 하다는 뜻.
(2) 먹는 데 욕심이 많은 사람을 비유하는 말.

먹고만 산다면 개도 산다.
사람은 먹고 사는 동시에 자기에게 부여된 임무를 수행하여야 한다는 뜻.

먹고 죽자 해도 없어 못 먹는다.
이왕 죽을 바에야 한 번 배 터지게 먹고 죽으려 해도 먹을 것이 없다는 뜻.

먹다가 굶어죽겠다.
먹기는 먹어도 먹은 둥 만 둥 하여 시장하기는 매일반이라는 뜻.

메밀가루 한 끼도 못 얻어먹는다. (제주도)
제주도에서는 산후 첫 식사로 메밀가루를 물에 타먹어야 하는데, 이것도 못 얻어먹을 정도로 빈곤하다는 뜻.

메밀가루 한 숟갈도 못 먹는다.
값이 헐한 메밀가루조차도 구하지 못하여 굶기만 한다는 뜻.

메밀죽도 목에 걸린다.
(1) 음식복이 없는 사람은 죽을 먹어도 목에 걸려 체한다는 뜻.
(2) 모두들 굶고 있는데, 죽이라도 혼자만 먹자니 목에 걸려 잘 안 넘어간다는 뜻.

메밀죽에 목메인다. (제주도)
없는 사람은 하는 일마다 잘 되는 것이 없다는 뜻.

메밀 풀떼기로 끼 에운다.
식량이 떨어져서 메밀가루로 쑨 풀떼기로 겨우 끼니를 잇는다는 뜻.

목구멍고개가 자물통고개다.
목구멍에 음식을 넣으면 자물통이 열려서 살게 되고, 음식을 안 넣으면 자물통이 잠겨서 죽게 된다는 뜻.

목구멍만 넘어가면 뜨거움을 잊는다.
(1) 괴로웠을 때 입은 은혜도 편안해지면 잊게 된다는 뜻.
(2) 후회스럽던 일도 그만 잊어버리고 잘못을 되풀이한다는 뜻.

목구멍에 거미줄 치겠다.
갖은 노력을 다하였음에도 먹을 것을 구하지 못해 굶어죽게 되었다는 뜻.

목구멍에 겨우 풀칠만 한다.
죽도 제대로 못 먹을 정도로서 차마 죽지 못해 살아간다는 뜻.

목구멍에 때도 못 벗겼다.
배불리 먹지 못하고 겨우 맛만 보았다는 뜻.

목구멍에 때를 벗긴다.
(1) 오랫동안 굶주린 끝에 음식을 먹는다는 뜻.
(2) 한 번 잘 먹게 되었다는 말.

목구멍에 약 한다.
굶던 끝에 식량이 조금 생겼다는 뜻.

목구멍에 풀칠도 못한다.
목구멍에 풀칠도 못할 정도로 궁핍하여 그저 굶고 견딘다는 뜻.

목구멍에 풀칠하기도 바쁘다.
제대로 죽만 먹고 살기도 어렵다는 말.

목구멍의 때만 겨우 벗긴다.
굶주린 창자를 제대로 채워 보지도 못하였다는 뜻.

목구멍의 때 좀 벗겼다.
굶주렸던 차에 음식을 조금 먹었다는 뜻.

목구멍이 옥獄이다.
가난하면 어쩔 수 없이 불법 행위라도 하게 된다는 뜻.

목구멍이 원수다.
먹고 사는 것만 아니라면 아무 걱정이 없다는 뜻.

목구멍이 포도청捕盜廳이니 주는 것 안 먹을 수도 없다.
수치스러운 줄은 알지만 먹지 않으면 죽을 처지라 하는 수 없이 받아먹는다는 뜻.

목구멍이 포도청이다.
굶어죽게 되면 하는 수 없이 범죄도 저지르게 된다는 뜻.

목구멍이 화륜선火輪船 같다.
먹성이 좋아 음식을 많이 먹는 사람을 보고 하는 말.
* 화륜선: 기선.

목구멍 청소를 한다.
음식을 배불리 먹은 것이 아니라 겨우 맛볼 정도로 먹었다는 뜻.

목젖이 떨어지겠다.
음식을 목젖이 떨어지도록 기다려도 못 먹고 있듯이, 무슨 일을 몹시 기다린다는 뜻.

목젖이 방아를 찧는다.
굶주린 사람이 음식을 보고 몹시 먹고 싶어한다는 뜻.

목젖이 빠지겠다.
굶주린 사람이 음식이 다 되기를 기다려도 안 나와서 애를 태우듯이, 무슨 일을 몹시 기다리고 있다는 뜻.

몸은 개천에 있어도 입은 관청에 있다.
자신의 처지도 돌보지 않고 가난한 사람이 잘 먹으려고만 하는 것을 비유하는 말.

몸이 되면 입도 되다.
열심히 노력하여 벌면 먹는 것도 더 잘 먹게 된다는 뜻.

못 먹는 잔치에 갓만 부순다.
먹으러 갔다가 먹지도 못하고 손해만 보았다는 뜻.

못 먹는 제사에 절만 한다.
(1) 먹으러 갔다가 먹지도 못하고 수고만 하였다는 뜻.
(2) 목적을 달성하지 못하고 헛수고만 하였다는 뜻.

물배만 채운다.
먹을 것이 없어서 물로 배를 채운다는 뜻.

물배만 튀긴다.
물로 배를 채우고도 잘 먹은 체하고 허세를 부린다는 뜻.

뭐니뭐니해도 배고픈 설움이 제일 크다.
사람이 살아가는 데 가장 큰 설움은 배고픈 설움이라는 뜻.

미꾸라지 볼가심할 것도 없다.
미꾸라지가 입맛을 다실 정도의 음식도 없다는 뜻.
* 볼가심: 볼 안쪽을 겨우 가실 정도라는 뜻.

미나리꽃 필 때 친정아버지 오신다.
옛날 미나리꽃이 필 무렵이면 보릿고개라 식량이 떨어져 풀뿌리를 먹고 사는 형편이라서, 귀한 손님이 와도 대접할 것이 없어 민망하고 애닯다는 뜻.

미나리꽃 필 무렵에는 딸네 집에도 안 간다.
미나리꽃이 필 때는 보릿고개 무렵이라 식량이 없어 굶주리는 시기이므로 딸네 집에도 가지 말라는 뜻.

밤에 패랭이 쓴 놈이 보이겠다.
(1) 저녁밥을 일찍 먹어 밤중에 허기가 져서 헛것이 보이겠다는 뜻.
(2) 저녁을 굶었다는 뜻.
* 패랭이: 상제나 신분이 낮은 사람이 쓰는 갓.

밤에 패랭이 쓴 놈이 왔다갔다한다.
(1) 늦저녁에 배가 고파서 눈에 헛것이 보일 만큼 저녁밥을 너무 일찍 먹었다는 뜻.
(2) 저녁을 굶었다는 뜻.

밤 흉년 드는 해 굶어죽는 사람 없다.
많은 경우에 밤이 흉작인 해는 곡식 풍년이 든다는 데서 나온 말.

밥 구경도 못한다.
먹을 것이 아무것도 없어서 굶주린다는 뜻.

밥그릇 앞에서 굶어죽는다.
자기 앞에 놓인 밥도 당겨다 먹지 않고 굶어죽듯이, 몹시 게으른 사람을 비유하는 말.

밥 먹는 것을 돌다리 뛰어넘듯 한다.
식사를 정상적으로 하지 못하고 굶는 날이 많다는 뜻.

밥 먹으며 이야기하면 가난하다.
식사할 때는 잡담을 하지 말고 조용히 먹어야 한다는 뜻.

밥 먹은 놈하고 입맞춘 폭도 안 된다.
음식을 먹기는 먹었어도 맛보듯이 먹어서 시장하기는 매일반이라는 뜻.

밥솥에 개 드러눕겠다.
솥에 개가 누워 지낼 정도로 오랫동안 밥을 못하고 굶고 산다는 뜻.

밥솥에 고기가 놀겠다.
솥에 밥을 못하고 굶고 산 지가 오래 되었다는 뜻.

밥솥에 청동 녹이 끼겠다.
오랫동안 밥을 못해 먹고 굶고 살았다는 말.

밥은 굶어도 속이 편해야 산다.
굶주려도 근심 걱정이 없으면 참고 살 수가 있다는 뜻.

밥은 굶주린 놈이 많이 먹고, 고기는 먹어 본 놈이 많이 먹는다.
밥은 배고픈 사람이 많이 먹고, 고기는 늘 먹어 본 사람이 많이 먹게 마련이라는 말.

밥을 굶어도 조밥을 굶지 않고 흰쌀밥을 굶는다.
호의호식하던 사람은 굶주려도 식생활을 고치기가 어렵다는 뜻.

밥을 금강산 바라보듯 한다.
굶주린 사람은 밥을 몹시 그리워한다는 뜻.

밥을 빌어먹는 데는 장타령이 제일이다.
체면치레도 버리고 아무 일이나 하자면 못할 일이 없이 다 할 수 있다는 뜻.

밥을 빌어먹어도 고향에서는 빌어먹지 말랬다.
조상의 명예를 지켜 나가려면 거지 노릇을 해도 고향에서 하지 말고 타향에 가서 하라는 뜻.

밥함지 옆에서 굶어죽는다.
활동력과 주변이 조금도 없는 사람을 비유하는 말.

배가 고파야 양식을 구한다.
일을 예견성 있게 미리미리하지 않고 임박해서 하는 사람을 비유하는 말.

배가 고프면 만사가 귀찮다.
배가 고프면 세상일이 다 귀찮아져서 일할 의욕이 없어진다는 뜻.

배가 고프면 밥맛이 꿀맛이다.
배부른 사람보다 배고픈 사람이 밥맛은 더 나게 된다는 뜻.

배가 고프면 아무 음식이나 잘 먹는다.
굶주린 사람은 아무 음식이나 보기만 하면 가리지 않고 잘 먹는다는 뜻.

배가 고프면 역정逆情만 난다.
굶주리면 신경이 날카로워져 짜증을 잘 내게 된다는 뜻.

배가 고프면 음식을 가리지 않는다.
굶주린 사람은 맛이 문제가 아니라 기갈을 해소시키는 것이 급하기 때문에 닥치는 대로 먹게 된다는 뜻.

배가 고프면 잠도 안 온다.
굶주리면 고통스러워서 잠도 자지 못하고 먹을 생각만 하게 된다는 뜻.

배가 고프면 제 몸도 못 가눈다.
굶주려 탈진하였을 때는 몸도 잘 움직이지 못한다는 뜻.

배가 고프면 춥기도 더 춥다.
가난하면 헐벗고 굶주려 이중 삼중으로 추위를 타게 된다는 뜻.

배가 고프면 하품만 난다.
배가 고프면 생리적으로 하품을 자주 하게 된다는 뜻.

배가 등에 붙는다.
배가 꺼져서 등에 붙도록 굶주렸다는 뜻.

배고파 훔쳐먹은 죄는 죄값도 봐준다.
굶주렸을 때 남의 것을 훔쳐먹었을 경우, 그 정상을 참작하게 된다는 뜻.

배고프고 춥다.
못 먹어 배고프고 못 입어 춥다는 말로서, 즉 매우 가난한 생활을 한다는 뜻.
↔ 배부르고 등 따시다.

배고프면 죄도 모른다.
굶주려 음식을 보면 거침없이 훔쳐먹게 된다는 뜻.

배고프면 죄도 무섭지 않다.
배고픈 사람은 나중에 벌을 받게 될지라도 음식을 보면 훔쳐먹게 된다는 뜻.

배고프면 하품이 나고, 추우면 오줌이 나온다.
배가 고플 때는 하품이 나고, 추울 때는 오줌이 자주 마렵다는 말.

배고프면 화도 난다.
사람이 굶주리면 저절로 화가 나게 된다는 뜻.

배고픈 것보다 더 큰 설움은 없다.
이러저러한 설움 중에서도 배고픈 설움이 가장 크다는 뜻.

배고픈 것은 못 속인다.
배고픈 것은 얼굴에 나타나기 때문에 속여도 탄로가 난다는 뜻.

배고픈 것을 이기는 장사 없다.
아무리 용감한 사람이라도 배고픔을 극복하기는 어렵다는 뜻.

배고픈 놈더러 요기시키란다.
자신의 굶주림도 해결 못하는 사람에게 요기를 시켜 달라듯이, 상대방의 형편도 모르고 무턱대고 사정한다는 뜻.

배고픈 놈 역정내듯 한다.
굶주린 사람은 세상사가 귀찮아져서 신경질을 잘 낸다는 뜻.

배고픈 놈은 염치도 없다.
굶주린 사람은 예절이나 체면을 차릴 수가 없다는 뜻.

배고픈 놈이 모는 잘 심는다.
모를 심을 때는 허리를 구부리게 되므로 배가 부르면 거북하다는 뜻.

배고픈 데는 밥이 약이다.
굶주림은 밥을 먹으면 바로 해결될 수 있다는 뜻.

배고픈 사람은 먹는 꿈만 꾼다.
굶주린 사람은 먹을 생각 이외에는 하지 않는다는 뜻.

배고픈 사람은 먹을 궁리만 한다.
배고픈 사람은 어떻게 해야 먹을 수 있을까 하는 생각밖에 하지 않는다는 뜻.

배고픈 사람은 삼사월 긴긴 날이 더 길다.
고생스러울 때는 시간을 보내기가 더 지루하다는 말.

배고픈 사람은 찬밥도 달게 먹는다.
굶주린 사람은 아무 음식이나 맛있게 먹는다는 뜻.

배고픈 설움은 임금도 못 참는다.
위세가 당당한 임금이라도 굶주림을 극복하기는 어렵다는 뜻.

배고픈 양반이 장맛 보자는 격이다.
하고 싶은 말을 솔직하게 하지 않는다는 뜻.

배고픈 호랑이가 원님을 안다더냐.
굶주리면 예의와 도덕도 지키지 못하게 된다는 뜻.

배고플 때는 찬물로 배 채운다.
심한 시장기를 느낄 때는 찬물이라도 마시면 그래도 낫다는 뜻.

배고플 때는 찬물이 양식이다.
굶주렸을 때는 물만 먹어도 도움이 된다는 뜻.

배고플 때는 침만 삼켜도 낫다.
굶주렸을 때에는 조금만 먹어도 허기를 달랠 수 있듯이, 궁할 때는 조금만 도와 주어도 큰 힘이 된다는 뜻.

배고플 때는 허리끈을 졸라맨다.
배고플 때는 허리띠라도 졸라매면 다소 도움이 된다는 뜻.

배고플 때는 허리띠가 양식이다.
허기가 져서 기운이 없을 때는 허리띠라도 졸라매면 다소 도움이 된다는 뜻.

배곯아 본 사람이라야 그 배고픈 사정을 안다.
고생해 본 사람이라야 그 허기진 사정을 안다는 뜻.

배곯아 본 사람이라야 세상 물정도 안다.
굶주리고 고생해 본 사람이라야 세상 인심을 잘 알 수 있다는 뜻.

배는 밥으로 채우지 말로는 못 채운다.
(1) 배고픈 것은 밥이 아니고서는 해결할 수 없다는 뜻.
(2) 무슨 일이나 말만 할 것이 아니라 실천을 해야 한다는 뜻.

배도 고파 본 사람이 알고, 고생도 해본 사람이 안다.
무슨 일이나 실지로 겪어본 사람이라야 그 사정을 잘 안다는 뜻.

배때기가 원수다.
가난으로 인하여 잘못을 저지르게 되었다는 뜻.

배를 곯아 봐야 돈 귀한 줄을 안다.
고생해 본 사람이라야 돈이 얼마나 귀한지를 안다는 뜻.

배부르고도 배고픈 것이 아낙네라고.
(1) 배부른 임신부라도 먹지 않으면 배가 고프다는 뜻.
(2) 남의 배고픈 사정을 몰라 준다는 뜻.

배부르고 시장한 건 아낙네 배다.
임신한 여자는 배가 고파도 겉보기에는 배가 불러 보인다는 뜻.

배부른 놈하고 입맞춘 폭도 안 된다.
식사를 하기는 하였으나 먹은 것 같지 않아서 시장하기는 매일반이라는 뜻.

배 터져죽는 놈 있고, 배 곯아죽는 놈 있다.
과식해서 병이 난 사람이 있는가 하면 못 먹어서 병이 난 사람이 있듯이, 세상은 불공평하다는 뜻.

뱃가죽이 등에 붙었다.
뱃가죽과 등이 맞붙을 정도로 굶주려서 죽게 되었다는 뜻.

뱃속 벌레가 놀라겠다.
뱃속의 벌레가 놀랄 정도로 모처럼 맛있는 음식을 많이 먹었다는 뜻.

뱃속에 거지가 들었나.
굶주린 사람이 밥을 많이 먹는 것을 비유하는 말.

뱃속에 기별도 않는다.

굶주린 끝에 먹은 음식이 너무 적어 먹은 둥 만 둥 하다는 뜻.

뱃속에서 쪼르륵 소리가 난다.

뱃속에서 쪼르륵 소리가 나도록 굶주렸다는 뜻.

뱃속에서 회가 요동을 친다.

굶주리면 뱃속에 든 회충이 요동을 치듯이, 몹시 굶주린 상태를 이르는 말.

뱃속은 밥으로 채우지 말로는 못 채운다.

기갈이 들면 밥으로 해결해야지 말로는 해결할 수 없다는 뜻.

뱃속의 벌레가 놀라겠다.

배고픈 사람이 어쩌다 요기를 하게 되었다는 뜻.

벼 이삭 보고는 죽어도, 보리 이삭 보고는 안 죽는다.

벼 이삭은 팬 지 40일이 되어야 먹지만, 보리 이삭은 팬 지 20일이면 먹을 수가 있으므로 굶어죽지 않는다는 뜻.

병은 약으로 고치고, 기갈은 밥으로 고친다.

병든 사람은 약을 먹어야 낫고, 배고픈 사람은 밥을 먹어야 기갈이 없어진다는 뜻.

병자년丙子年 까마귀 빈 뒷간 들여다보듯 한다.

1876년 병자년에 큰 흉년이 들어서 사람이 많이 죽었는데, 이 해에는 까마귀의 먹새까지도 귀할 정도였다는 뜻.

보름 굶어 안 죽는 사람 없다.

사람은 15일 정도만 굶으면 거의가 죽게 된다는 뜻.

보름에 죽 한 끼도 못 먹은 사람 같다.

(1) 굶어서 다 죽어가는 사람을 비유하는 말.
(2) 병으로 쇠약한 사람을 비유하는 말.

보리 이삭 보고는 굶어죽지 않는다.

보리 이삭은 팬 지 20일만 되면 보리죽이라도 끓여먹을 수 있으므로, 보릿고개에서도 보리 이삭 팰 때까지 견딘 사람은 굶어죽지 않는다는 뜻.

보리 이삭이 나면 굶어죽는 사람 잡아가는 염라대왕도 되돌아간다.

보리 이삭은 팬 지 20일이면 아쉬운 대로 풋보리라도 먹을 수 있으므로, 이때까지 견딘 사람은 굶어죽지는 않는다는 뜻.

보리죽도 못 먹는다.
가난한 사람은 봄이 되면 양식이 떨어져 보리죽도 제대로 먹기가 어렵다는 뜻.

보리죽도 샘낸다.
봄이 되면 양식들이 떨어져서, 그나마 보리죽이라도 먹고 사는 사람을 부러워하게 된다는 뜻.

보릿고개가 북망산北邙山이다.
예전에는 봄이 되면 햇보리가 나기 전인 보릿고개를 넘지 못하고 굶주림 끝에 죽어간 사람들이 있었다는 뜻.

보릿고개가 저승고개다.
예전에는 봄이 되면 식량들이 떨어져서 햇보리가 날 때까지 못 참고 굶어죽는 사람들이 있었다는 뜻.

보릿고개가 태산보다 높다.
음력 3,4월 보리 수확을 하기 이전의 춘궁기를 참고 견디기란 매우 간고스러웠다는 뜻.
* 춘궁기: 봄 양식이 떨어져 굶는 시기.

보릿고개넘기가 태산넘기보다 어렵다.
봄이 되면 가난한 사람들은 식량이 떨어져서 햇보리가 날 때까지 견디기가 매우 어려웠다는 뜻.

보릿고개 때에는 딸네 집에도 가지 말랬다.
보릿고개 때에는 부자집을 제외하고는 모두가 굶고 사는 터라 딸네 집에도 식량이 떨어졌을 것이 뻔하니 가지 말라는 뜻.

보릿고개를 못 넘기고 죽는다.
봄이 되면 정기적으로 닥치는 춘궁기를 넘기지 못하고 굶어죽는 사람이 있다는 뜻.

보릿고개 못 넘긴다.
햇보리가 나기 전에 굶어죽게 된다는 뜻.

보릿고개에 늙은이 죽는다.
보릿고개 무렵에는 늙은이가 먼저 굶어죽게 된다는 뜻.

보릿고개에 사람 죽는다.
옛날 음력 3,4월이 되면 가난한 사람들은 식량이 떨어져 풀뿌리와 나무껍질까지 먹었는데, 그러다가 영양실조로 굶어죽는 사람까지 생겨났다는 뜻.

보릿고개에 안 죽은 놈이 벼고개에 죽는다.
옛날 농촌에는 보릿고개인 춘궁(음력 3,4월)과 벼고개인 칠궁(음력 7월)이 있었는데, 보릿고개넘기보다 때로는 벼고개넘기가 더 어려울 적이 있었다는 뜻.

복숭아꽃 필 무렵에 나들이 말랬다.
복숭아꽃이 피는 4월 중순경부터는 농번기가 시작된데다 또한 춘궁기이므로 무분별한 나들이는 삼가라는 뜻.

봄사돈은 꿈에 볼까 무섭다.
춘궁기에는 반가운 사돈이라 하더라도 찾아올까 싶어 겁이 난다는 뜻.

봄손님은 범보다도 무섭다.
(1) 봄에는 식량이 떨어질 때라 친한 손님이라 하더라도 올까봐 겁이 난다는 뜻.
(2) 봄이 되면 가난한 집에는 찾아가지 말라는 뜻.

부모 은덕도 춥고 배고프면 생각할 겨를이 없다.
굶주린 사람은 먹는 것 이외에는 다른 생각을 할 여유가 없다는 뜻.

부처님도 먹어야 좋아한다.
부처님에게도 음식을 차려 놓고 불공을 해야 한다는 뜻.

부처 입에는 거미줄을 쳐도 산 사람 입에는 못 친다.
부처 입에는 거미줄을 쳐도 산 사람 입에는 거미줄을 치지 않고 먹고 산다는 뜻.

부황浮黃난 놈보고 요기시키란다.
상대방의 사정도 모르면서 부탁을 한다는 뜻.

부황난 놈은 보리 이삭만 봐도 낫다.
춘궁春窮에 굶주린 사람은 보리 이삭만 보아도 용기가 난다는 뜻.

부황난 집에 가 구걸한다.
자기보다 더 어려운 사람에게 도와 달란다는 뜻.

부황난 집에 쌀바리 든다.
부황이 나서 죽게 된 집에는 이웃에서 양식을 갖다 주게 된다는 뜻.

불렀던 배가 고픈 것이 더 답답하다. (제주도)
가난한 사람이 고생하는 것보다 부자가 패가해서 고생하는 것이 더 고생스럽다는 뜻.

비단옷도 한 끼다.
굶주린 사람은 아무리 좋은 물건이라도 헐값으로 팔아서 양식을 사야 한다는 뜻.

비지도 배부르게 먹지 못한다.
비지도 마냥 먹지 못할 정도로 군색한 생활을 한다는 뜻.

비지도 없어서 못 먹는다.
비지도 마냥 먹지 못할 정도로 굶주리고 산다는 뜻.

비지로 채운 배는 고량진미膏粱珍味도 마다다 한다.
맛없는 음식으로라도 배를 채운 뒤에는 맛있는 음식이 있어도 못 먹듯이, 음식은 어떤 것이나 배부르게 먹으면 된다는 뜻.

비지로 채운 배는 연약과도 마다다 한다.
아무리 맛있는 음식이라도 배가 부르면 못 먹는다는 뜻.

비지를 때 에워먹는다.
가난하여서 남들과 같이 밥을 못 먹고 겨우 비지로 연명한다는 뜻.

비지 먹은 배는 연약과도 마다다 한다.
굶주린 배도 한 번 포식하면 아무리 맛있는 음식이 있어도 못 먹게 된다는 뜻.

비지에 부른 배는 연약과도 싫다 한다.
배부른 사람은 좋은 음식이 있어도 못 먹게 된다는 뜻.

비지죽 먹고 수염 쓴다.
비록 비지죽을 먹었을지라도 좋은 음식을 먹은 것처럼 허세를 부린다는 뜻.

비지죽 먹고 용트림한다.
비지죽을 먹고도 맛있는 음식을 먹은 것처럼 거드름을 피운다는 뜻.

빈 숟가락질엔 배부르지 않다.
배고플 때는 음식이 뱃속에 들어가야 시장기를 면할 수 있다는 뜻.

빌어먹는 놈이 이밥 조밥 가릴까?
얻어먹는 사람은 타박하지 않고 아무 음식이나 다 잘 먹는다는 뜻.

빌어먹는 놈이 콩밥이라고 마다다 할까?
얻어먹는 사람은 아무 음식이나 가리지 않고 다 잘 먹는다는 뜻.

빌어먹어도 굽실거리지는 않는다.
비록 얻어먹을망정 남에게 비굴한 행동은 하지 않는다는 뜻.

빌어먹어도 다리 아랫소리는 하기 싫다.
아무리 가난해도 남에게 아첨하거나 굽실거리기는 싫다는 뜻.

빌어먹어도 손발이 맞아야 한다.
얻어먹어도 주인의 기분을 좋게 해주면서 얻어먹어야 한다는 뜻.

빌어먹어도 절하기는 싫다.
비록 얻어먹기는 하지만 남에게 비굴한 행동은 하지 않는다는 뜻.

빌어먹으려면 타향에서 빌어먹으랬다.
고향에서 빌어먹게 되면 조상까지 욕을 먹게 되므로 차라리 그 조상을 모르는 타향에 가서 얻어먹으라는 뜻.

빳빳이 굶었다.
먹을 것이 없거나, 또는 입맛이 없어서 전혀 먹지 못했다는 뜻.

뼈가 빠지게 일을 해도 입에 풀칠도 못한다.
빈곤한 사람은 빚까지 있어서 아무리 벌어도 먹고 살기가 어렵다는 뜻.

사람 먹을 건 없어도 쥐 먹을 건 있다.
아무리 가난한 집이라도 쥐가 먹을 음식은 있다는 뜻.

사람은 먹고 살게 마련이다.
(1) 사람은 노력하면 살아갈 수 있다는 뜻.
(2) 예전에도 굶어죽는 사람이 더러 있기는 했으나 대부분이 살아남았다는 뜻.

사람이 굶어죽으라는 법은 없다.
사람이 노력하고 살림을 알뜰히 하면 굶어죽는 일은 없다는 뜻.

사람 입에 거미줄 치라는 법 없다.
부지런히 일하고 규모 있게 살림을 하면 굶주림을 면할 수 있다는 뜻.

사람 입에 거미줄 치지 않는다.
꾸준히 노력하고 씀씀이를 아끼면 굶지는 않는다는 뜻.

사월이 없는 곳에 가서 살면 배는 안 곯는다.
춘궁이 없는 세상에 가서 굶주리지 않고 사는 것이 소원이라는 뜻.

사흘 굶어서 담 아니 넘는 놈 없다.
아무리 착한 사람이라도 굶어죽을 성싶으면 나쁜 짓을 하게 된다는 뜻.

사흘 굶어 아니 나는 꾀 없다.
굶어죽을 성싶으면 나쁜 생각도 떠오르게 된다는 뜻.

사흘 굶어 아니 나는 생각 없다.
굶어죽을 성싶으면 갖은 못된 생각도 나게 된다는 뜻.

사흘 굶으면 쌀자루 든 놈이 들어온다.
사람이 굶어죽는 일은 없다는 뜻.

사흘 굶으면 양식을 지고 오는 놈이 있다.
사람은 아무리 가난하여도 굶어죽는 일은 없다는 뜻.

사흘 굶은 개는 몽둥이도 무서워하지 않는다.
굶주린 사람은 무서운 것이 없다는 뜻.

사흘 굶은 것은 생전 못 잊는다.
가난에 시달린 고생은 일생을 두고 못 잊는다는 뜻.

사흘 굶은 범이 원님을 안다더냐?
굶주린 사람은 아무 체면이 없다는 뜻.

사흘에 미음 한 그릇도 못 먹었나?
굶주린 사람처럼 힘이 없어 보이는 사람을 두고 하는 말.

사흘에 비지죽 한 끼도 못 먹었나?
굶주린 사람처럼 제 몸도 잘 가누지 못하는 사람을 두고 하는 말.

사흘에 죽 한 끼다.
죽도 끼니로 못 에우고 사흘에 한 끼밖에 못 먹고 산다는 뜻.

사흘에 죽 한 끼도 못 먹은 놈 같다.
여러 날 굶은 것처럼 힘이 하나도 없는 사람을 보고 하는 말.

사흘에 피죽 한 그릇도 못 먹었나?
굶주린 것처럼 힘을 못 쓰는 사람에게 하는 말.

사흘에 한 끼도 못 먹었나?
굶주린 것처럼 힘이 없어 보이는 사람에게 하는 말.

사흘에 한 끼 입에 풀칠도 못한다.
사흘에 한 끼 묽은 죽도 못 먹을 정도로 굶주리며 근근히 생명을 유지한다는 뜻.

사흘을 굶고 누웠으면 쌀 지고 오는 놈이 있다.
사람은 아무리 가난해도 굶어죽는 일은 없다는 뜻.

사흘을 굶으면 못할 짓 없다.
사흘을 굶주리면 착한 사람도 도둑질을 하게 된다는 뜻.

사흘을 굶으면 쌀독이 굴러 들어온다.
여러 날을 굶주리면 이웃 사람들이 도와 주게 된다는 뜻.

사흘을 굶으면 쌀자루 진 놈이 온다.
여러 날을 굶주리면 소문이 나서 도와 주는 사람들이 생긴다는 뜻.

사흘을 굶으면 포도청 담도 뛰어넘는다.
굶주리면 악이 나서 어떠한 모험이라도 감행한다는 뜻.

산 사람 목구멍에 거미줄 칠까?
아무리 가난하여도 굶어죽지는 않는다는 뜻.

산 사람의 얼굴 같지 않다.
안색이 죽은 사람 같다는 뜻.

산 사람 입에 거미줄 칠까?
아무리 가난하더라도 굶어죽지는 않는다는 뜻.

산 입에 거미줄 치겠다.
굶주려서 죽을 지경에 이르렀다는 뜻.

산 입에는 먹을 것이 들어가게 마련이다.
기갈든 사람도 노력하면 먹고 살 길을 찾을 수 있다는 뜻.

살가죽과 뼈가 맞붙었다.
사람이 몹시 말라서 가죽과 뼈만 남았다는 뜻.

삼남三南이 풍년이면 굶어죽는 놈 없다.
충청도 · 전라도 · 경상도에 풍년이 들면, 우리 나라에서는 식량난을 겪지 않을 것이라는 뜻.

삼남이 풍년이면 천하가 굶어죽지 않는다.
우리 나라의 곡창인 전라도 · 경상도 · 충청도만 풍년이 들면 전국적으로 굶어죽는 사람은 없다는 뜻.

삼대 주린 걸신乞神 같다.
오랫동안 굶주린 사람처럼 음식을 지나치게 탐식한다는 뜻.

삼사월 손님엔 반가운 손님 없다.
춘궁기인 음력 3,4월에는 아무리 친한 사람이 오더라도 대접할 것이 없어서 겁부터 나기 때문에 반가운 마음이 사라진다는 뜻.

삼사월 손님은 꿈에 볼까 무섭다.
춘궁기에는 식량이 떨어져 굶고 살기 때문에 손님이 올까봐 걱정이 된다는 뜻.

삼순三旬에 아홉 끼다.
식량이 없어서 한 달에 아홉 끼만 먹으며 목숨을 연명한다는 뜻.

상원上元 개 같다.
정월 보름날 개 굶듯이, 아무것도 못 먹었다는 뜻.
* 상원: 음력 정월 대보름날. 이 날 개에게 먹이를 주면 파리가 꾈 뿐 아니라, 개가 파리해진다는 속설로 인하여 개를 굶기는 풍속이 있다.

상전이 배가 부르면 종 배고픈 줄 모른다.
윗사람이 배가 부르면 아랫사람의 배고픈 사정을 모른다는 뜻.

상판대기 보니 볼에 밥풀 하나 안 붙었다.
관상觀相을 보니 가난하게 살 팔자라는 뜻.

새남터를 나가도 먹어야 한다.
큰일을 당하더라도 우선 든든히 먹고 기운을 차려야 한다는 뜻.
* 새남터: 옛날 용산 한강변의 사형장.

새벽 호랑이는 중이나 개를 헤아리지 않는다.
시장했을 때는 음식을 가리지 않고 먹는다는 뜻.

새벽 호랑이는 쥐나 개나 먹는다.
기갈이 들었을 때에는 음식을 가리지 않고 마구 먹게 된다는 뜻.

새 중에는 먹새가 크고, 고개 중에는 보릿고개가 높다.
사람은 먹는 것이 가장 귀중하고, 굶주림은 보릿고개 때가 가장 견디기 어렵다는 뜻.

생일날 잘 먹으려고 열흘 전부터 굶는다.
무슨 일을 성급히 서두르면 손해를 보게 된다는 뜻.

서른 날에 아홉 끼만 먹는다.
한 달 동안 사흘밖에 못 먹을 정도로 가난하다는 뜻.

서 발 가시가 목에 걸리지도 않는다.
(1) 산모産母의 먹성이 좋다는 뜻.
(2) 굶주린 사람이 음식을 마구 먹는다는 뜻.

설마하니 산 입에 거미줄 칠까?
어떤 일이 있어도 산 사람은 굶어죽지 않는다는 뜻.

설움 중에도 배고픈 설움이 크다.
열두 가지 설움 중에서 가장 큰 설움이 배고픈 설움이라는 뜻.

섧다섧다 해도 배고픈 설움이 제일이다.
여러 가지 설움 중에서도 배고픈 설움이 가장 크다는 뜻.

세 끼 굶어 누운 자식 흥부 오기 기다리듯 한다. (흥부전)
굶주린 아이들이 양식 구하러 간 아비 기다리듯이, 목이 빠지게 무엇을 기다린다는 뜻.

세 끼 굶은 시어머니 상이다.
사나운 시어머니가 굶주려 더욱 사나워졌다는 뜻.

세 끼를 굶으면 쌀자루 가지고 오는 놈이 있다.
(1) 극도로 빈궁하면 이웃에서 도와 주는 경우가 있다는 뜻.
(2) 사람은 좀처럼 굶어죽지 않는다는 뜻.

세상에서 뭐니뭐니해도 배고픈 설움만한 것이 없다.
여러 가지 설움 중에서도 배고픈 것만큼 큰 설움은 없다는 뜻.

소금국에 조밥이다.
몹시 가난하여 겨우 허기만 면할 정도로 먹고 산다는 뜻.

속 빈 자루는 곧게 설 수 없다.
굶주린 사람은 체면을 차리고 정직하게 살 수 없다는 뜻.

속에 거지만 들어앉았다.
(1) 굶주린 사람이 많이 먹는 것을 비유하는 말.
(2) 대식가를 조롱하는 말.

속에서 쪼록 소리만 난다.
굶주려 물만 먹은 뱃속에서는 쪼록 소리만 난다는 뜻.

손꼽아 가면서 밥 먹는다.
식사를 정상적으로 못하고 굶는 날이 많다는 뜻.

솥 안에 먼지가 쌓였다.
솥 안에 먼지가 쌓일 정도로 오랫동안 식사를 못하고 굶주리고 살았다는 뜻.

솥 안에 물고기가 생긴다.
식량이 떨어져서 밥을 못한 지가 오래 되었다는 뜻.

솥에 개 누웠다.
식량이 떨어져서 오랫동안 밥을 짓지 못하였다는 뜻.

쇠똥이 지짐떡으로 보인다.
(1) 굶주린 사람의 눈에는 먹을 것밖에 보이지 않는다는 뜻.
(2) 가망도 없는 일을 바란다는 뜻.

수달마냥 발바닥 핥아먹고 사는 줄 안다더냐?
수달은 발바닥만 핥고도 살 수 있지만, 사람은 굶고는 못 산다는 뜻.

수달이 아니라 발바닥도 못 핥는다.
수달은 발바닥만 핥아먹어도 살지만, 사람은 안 먹고는 못 산다는 뜻.

수염이 대자라도 먹어야 샌님이다.
아무리 풍채가 좋은 사람이라도 굶주리게 되면 위신을 세우지 못한다는 뜻.

수줍은 사람은 입에 들어가는 것이 없다.
(1) 굶주릴 때는 활동을 해야 해결이 된다는 뜻.
(2) 말을 하지 않으면 남들이 모른다는 뜻.

술지게미와 쌀겨도 배부르게 못 먹는다.
술지게미나 쌀겨조차도 제대로 먹지 못하고 굶주리고 산다는 뜻.

시골 놈이 굶으면 보리밥을 굶고, 서울 놈이 굶으면 이밥을 굶는다.
(1) 서울 사람이 시골 사람보다 생활수준이 높다는 뜻.
(2) 서울 사람은 시골 사람을 천시한다는 뜻.

시래기로 끼니 에운다.
양식이 떨어져서 시래기로 연명한다는 뜻.

시루에 먼지가 쌓이고, 솥에 물고기가 생긴다.
식량이 떨어져서 오랫동안 밥을 짓지 못하고 있다는 말.

시장이 감식이다.
시장했을 때는 무슨 음식이나 가리지 않고 다 맛있게 먹는다는 말.

시장이 고기보다 낫다.
시장할 때 먹는 음식은 맛이 있다는 말.

시장이 반찬이다.
배가 고프면 반찬이 없어도 밥맛이 좋다는 뜻.

시장이 팥죽이다.
시장할 때 먹는 음식은 팥죽맛같이 좋다는 뜻.

시장한 놈이 이밥 조밥 찾으랴.
시장한 사람은 음식을 가리지 않고 아무것이나 닥치는 대로 먹는다는 뜻.

시장한 사람더러 요기시키란다.
자신의 굶주림도 해결 못하는 사람에게 요기를 시켜 달라듯이, 되지도 않을 일을 부탁한다는 뜻.

시장할 때는 찬물도 요기된다.
굶주려서 배가 고플 때는 찬물만 먹어도 도움이 된다는 뜻.

시장할 때는 침만 삼켜도 낫다.
굶주렸을 때는 무엇을 먹는 척만 해도 조금 낫다는 뜻.

시장할 적에는 맛없는 것이 없다.
굶주렸을 때는 무슨 음식이든지 다 맛있다는 뜻.

시장했을 때 밥 생각하듯 한다.
배고팠을 때 밥이 생각나듯이, 무슨 일이 몹시 생각난다는 말.

신축년辛丑年에 남편 찾듯 한다.
신축년 흉년에 사방으로 뿔뿔이 헤어져 얻어먹으러 다니다가 부부간에 서로 찾으러 다니듯이, 헤어진 사람들이 서로를 찾는다는 뜻.

싸전집 강아지가 굶어죽는다.
넉넉히 두고도 주변이 없어서 쓰지 못하고 고생한다는 뜻.

쌀겨도 배부르게 먹지 못한다.
양식은 고사하고, 방아 찧고 남은 쌀겨조차도 구하기가 어려워 굶고 산다는 뜻.

쌀독에 거미줄 치겠다.
식량이 떨어져 먹지 못하고 굶주린다는 뜻.

쌀독이 바닥나면 밥맛은 더 난다.
굶주리면 밥을 더 많이 먹게 된다는 뜻.

쌀이 지팡이다.
굶주린 사람은 음식을 먹어야 힘을 낼 수 있다는 뜻.

쌀 한 톨 보고 뜨물 한 동이 다 마신다.
한 알의 쌀도 농민의 피땀으로 이루어진 것이므로 소중히 여겨야 한다는 뜻.

쌍태雙胎 낳은 호랑이가 하루살이 하나를 먹은 셈이다.
양은 큰데 먹을 것이 적어서 흡족하지 못하다는 뜻.

씨나락까지 먹을 판이다.
춘궁春窮으로 굶주린 나머지 농사를 못 짓는 한이 있더라도 씨나락을 먹지 않을 수 없게 되었다는 뜻.

씨나락 오쟁이는 베고 죽는다.
춘궁으로 양식이 떨어져 굶어죽게 되어도 씨나락은 먹지 않고 소중히 간수한다는 뜻.

아궁이에 풀이 나서 범이 새끼치겠다.
오랫동안 솥에 불을 못 때서 아궁이에 풀이 무성할 정도로 밥을 짓지 못한 채 굶주리며 산다는 뜻.

아무려면 솥에 개 드러누울까.
사람이 설마 굶어죽을 리야 있겠느냐는 뜻.

아이가 셋이면 석 자 가시도 걸리지 않는다.
아이 많고 가난한 어머니는 자기가 먹을 것도 자식을 주게 되므로 굶주려서 식사를 많이 하게 된다는 뜻.

아이 어미 삼사월에는 돌도 이가 안 들어가 못 먹는다.
아이를 낳은 여자는 3,4월 긴긴 해에 양식이 없으면 무엇이나 닥치는 대로 먹는다는 뜻.

아침도 못 먹고, 저녁도 못 먹는다.
아침 저녁을 못 먹을 정도로 매우 가난하다는 뜻.

아침밥과 저녁밥을 잇지 못한다.
아침 저녁 끼니를 제대로 이을 수 없을 만큼 가난하다는 뜻.

악양루岳陽樓도 식후에 구경한다.
배고픈 사람에게는 경치가 아무리 좋은 곳이라도 구경할 여유가 없다는 뜻.
* 악양루: 중국 호남성 악양현에 있는 성루. 당나라 때에 세워졌으며, 동정호의 뛰어난 조망으로 유명하다.

애 어미는 돌을 먹어도 삭인다.
아이 가진 어머니는 밥을 많이 먹게 된다는 뜻.

애 어미는 삼사월에 돌이라도 없어서 못 먹는다.
아이 낳은 여자는 평소에도 많이 먹지만 해가 긴 3,4월에는 닥치는 대로 다 먹는다는 뜻.

애 어미는 삼사월에 돌이라도 이빨이 안 들어가서 못 먹는다.
아이 가진 어머니는 봄이 되어 굶주리면 아무것이나 다 먹으려고 한다는 뜻.

양반도 사흘 굶으면 도둑질한다.
예의범절을 지키는 양반도 굶주리게 되면 마음이 변한다는 뜻.

양반도 사흘만 굶으면 된장맛 좀 보자며 덤빈다.
점잖은 양반도 굶주리게 되면 체면을 가리지 않고 상놈 밥상머리에 와서, 차마 밥을 먹자고는 못하고 간접적으로 된장맛 좀 보자며 밥을 얻어먹는다는 뜻.

양반은 배가 고파도 말을 않는다.
양반은 굶주려 배가 고파도 체면상 차마 밥 좀 달라 소리는 못하고 눈치만 본다는 뜻.

양반은 사흘을 굶어도 트림만 한다.
양반은 배가 고파도 아무렇지 않은 듯 참고 견딘다는 뜻.

양식 떨어지자 입맛 난다.
무엇을 좋아하게 되자 낭패를 당한다는 뜻.

양처兩妻 가진 놈 때를 굶는다.
재산도 넉넉하지 못한 사람이 두 집 살림을 하게 되면 생활이 곤란해지므로 첩을 얻지 말라는 뜻.

어미는 좁쌀만큼 벌어 오면 자식은 말똥만큼 먹는다.
돈벌이는 적은 처지에 잘 먹게 되면 살림이 안 된다는 뜻.

얻어먹는 놈이 이밥 조밥 가릴까.
얻어먹는 사람은 굶주린 탓에 주는 대로 아무 음식이나 맛있게 먹는다는 뜻.

얼굴에 노랑꽃이 핀다.
굶주린 나머지 부황이 나서 얼굴색이 누렇게 변했다는 뜻.

없는 놈이 찬밥 더운밥을 가릴까.
가난한 사람은 이런저런 타박하지 않고 아무 음식이나 잘 먹는다는 뜻.

없는 집 밥 굶듯 한다.
봄이 되면 가난한 집에서는 밥을 굶는 것이 예사라는 뜻.

없어서 못 먹고, 안 주어 못 먹고, 못 봐 못 뺏어먹는다.
아무리 먹고 싶어도 먹을 도리가 없다는 뜻.

여드레에 피죽 한 그릇도 못 먹은 놈 같다.
일하는 동작이 너무도 힘이 없어 보이는 사람을 보고 하는 말.

여름 떡은 꿈에만 봐도 살찐다.
가난한 사람이 여름철에 보리 양식도 제대로 없는 판에 꿈속일지언정 떡이라도 한 번 먹어 보았으면 좋겠다는 뜻.

여름 이밥은 보기만 해도 살찐다.
옛날 빈농은 추수하는 타작마당에서 소작료와 빚을 갚고 나면 먹을 것이 없어서 보리와 잡곡으로 연명하였던 터라 쌀밥이 몹시 먹고 싶었다는 뜻.

여름 이밥은 인삼이다.

예전에는 농민들이 벼농사를 지어도 비싼 벼는 다 팔고 보리밥과 잡곡밥으로만 살았기 때문에, 쌀밥은 가을 추수 때나 조금 먹게 되므로 몹시 먹고 싶었다는 뜻.

여윈 개 겻독 생각하면 더 여윈다.

굶주린 사람이 먹을 생각만 하면 점점 참고 견디기가 어렵다는 뜻.

열 놈이 죽 한 그릇이다.

먹을 것은 적고 먹을 사람은 많으면 맛만 보다가 말게 된다는 뜻.

열두 가지 설움 중에서도 배고픈 설움이 제일 크다.

없는 사람은 설움도 많지만, 그 중에서도 가장 서러운 것은 배고픈 설움이라는 뜻.

열두 가지 재주 있는 놈이 끼니를 굶는다.

여러 가지 재주가 있는 사람은 일을 이렇게 했다 저렇게 했다 하기 때문에 성공하는 경우가 없어서 생활이 곤란하다는 뜻.

열흘 굶어 군자君子 없다.

굶주리면 점잔을 부릴 수도 착한 일을 할 수도 없게 된다는 뜻.

열흘 굶어 도둑질 않는 사람 없다.

사람이 굶주림을 해결하지 못하면 부득이 도둑질이라도 하게 된다는 뜻.

열흘 굶어 안 죽는 놈 없다.

아무리 잘난 사람이라도 굶으면 별수없이 죽게 된다는 뜻.

오뉴월 닭이 오죽해야 지붕을 오를까?

답답한 사람은 잘 되고 못 되는 것을 가리지 않고 무작정 일을 한다는 뜻.

오뉴월 손님은 범보다 무섭다.

옛날 농촌에서는 초여름이면 식량이 없거나 있어도 풋보리밖에 없기 때문에 손님을 대접하기가 매우 곤란하였다는 뜻.

오월에 햇곡식 선돈 쓴다.

5월에 겨우 모심기를 해놓고 벼값 선돈을 받아 쓰듯이, 몹시 가난하여 빚으로 생활을 한다는 뜻.

오죽해야 송충이가 갈잎을 먹을까.

몹시 굶주린 사람은 아무것이나 먹으려고 한다는 뜻.

오직 먹을 때는 근심도 잊혀진다.
굶주림 끝에 음식을 먹게 될 때는 온갖 근심 걱정도 잊어버리게 된다는 뜻.

오후 한량閑良 쓴것이 없다.
시장했을 때는 무슨 음식이나 다 맛있게 먹는다는 뜻.

외주둥이가 굶는다.
독신생활을 하게 되면 양식은 있어도 흔히 귀찮아서 밥을 해먹지 않고 굶는다는 뜻.

육칠월 손님은 범보다도 무섭다.
음력 6,7월이 되면 묵은 곡식은 다 떨어지고 햇곡식은 아직 익지 않은 칠궁七窮으로, 벼 수확기까지 고생을 면할 수 없기 때문에 손님 오는 것이 무섭다는 뜻.

음식 구경도 못한다.
보릿고개 때가 되면, 음식을 먹기는 고사하고 구경할 것조차 없을 정도로 굶주리고 산다는 뜻.

이 고개가 높으니 저 고개가 높으니 해도 보릿고개가 제일 높다.
어느 재가 높으니 해도 다 넘을 수 있지만, 보릿고개만은 반 저승고개라서 넘기가 어렵다는 뜻.

이삭밥에 가난든다.
양식이 없어서 추수기 전에 벼 이삭이나 수수 이삭을 베어다 먹을 때부터, 이미 오는 해도 식량으로 고생할 징조가 보인다는 뜻.

이 설움 저 설움 해도 배고픈 설움이 제일 크다.
여러 가지 설움 중에서도 배고픈 설움이 가장 크다는 뜻.

입가심밖에 못했다.
배불리 먹지 못하고 겨우 입맛만 다시다 말았다는 뜻.

입과 배가 원수다.
(1) 아무리 노력을 해도 식생활을 보장하지 못한다는 뜻.
(2) 먹는 것만 아니면 걱정할 일이 없다는 뜻.

입만 가지고 다닌다.
입 하나만 가지고 얻어먹으며 떠돌아다닌다는 뜻.

입만 버렸다.
굶주린 사람이 배불리 먹지도 못하고 맛만 보다 말았다는 뜻.

입만 알고 목구멍은 모른다.
기갈든 사람이 입맛만 다시다 말아 더욱 시장하다는 뜻.

입에 거미줄 치겠다.
너무나 오랫동안 먹지를 못하였다는 뜻.

입에 겨우 풀칠만 한다.
겨우 굶어죽지 않을 정도로 먹고 산다는 뜻.

입에 곰팡이가 피겠다.
오랫동안 먹지 못해 굶어죽게 되었다는 뜻.

입에는 들어가도 목에는 들어가는 것이 없다.
굶주린 사람이 밥 한 순가락도 못 먹고 겨우 맛만 보다가 말아 애만 더 탄다는 뜻.

입에 들어가는 밥술도 제가 떠넣어야 들어간다.
아무리 쉬운 일이라도 제 힘으로 노력하지 않으면 제 것이 되지 않는다는 뜻.

입에 들어가야 먹은 것이다.
음식은 말로 먹는 것이 아니라 직접 입으로 들어가야 한다는 뜻.

입에 붙은 밥풀이다.
(1) 먹고 안 먹는 것을 임의로 할 수 있는 음식이라는 뜻.
(2) 어느 때고 떨어져 없어질 물건이라는 뜻.

입에 종 노릇 하기가 바쁘다.
가난한 사람은 먹고 살기도 어렵다는 뜻.

입에 풀칠만 한다.
죽으로 겨우 연명한다는 뜻.

입에 풀칠하기도 힘들다.
굶지 않고 근근히 살아가기도 어렵다는 뜻.

입에 효자 노릇 하기도 바쁘다.
가난한 사람은 배불리 먹고 살기도 힘들다는 뜻.

입요기만 한다.
입가심이나 겨우 할 정도로 간단히 요기를 하였다는 뜻.

입으로는 배를 채워도 눈으로는 배를 못 채운다.
배를 채우려면 입으로 음식을 먹어야지 눈으로 아무리 많이 봐도 소용이 없다는 뜻.

입은 거지는 얻어먹어도 벗은 거지는 못 얻어먹는다.
밥을 얻어먹어도 벗고 다니면서는 못 얻어먹기 때문에 생활에서는 옷도 중요하다는 뜻.

입은 봤다 하고, 목구멍은 못 봤다 한다.
(1) 음식을 입에 넣었어도 목에 넘어갈 것이 없을 정도로 적었다는 뜻.
(2) 손발이 서로 맞지 않아 목적을 달성하지 못하였다는 뜻.

입은 스스로 먹을 것을 구한다.
굶주리게 되면 입은 먹을 것을 찾는다는 뜻.

입은 알고, 목구멍은 모른다.
굶주린 사람이 밥 한 숟가락도 못 먹고 겨우 맛만 보아 더 애가 탄다는 뜻.

입은 풍년이라도 내 입에 들어가는 건 없다.
세상 사람들은 다 배불리 사는데 자기 혼자만 굶주려서 비통하다는 뜻.

입이 서울이다.
사람에게 먹는 것보다 더 소중한 것은 없다는 뜻.

입이 양반이다.
잘 입고 잘 먹으면 남들이 대접을 하게 된다는 뜻.

입이 원수다.
입만 없으면 고생할 일이 없다는 뜻.

입이 포도청捕盜廳이다.
먹고 살기 위해서 때로는 범죄행위도 하게 된다는 뜻.
* 포도청: 도둑 및 일반 범죄자를 잡거나 다스리기 위하여 설치한 관청.

입이 풍년 만났다.
오랫동안 굶주림에 시달리다가 드디어 양식 문제가 해결되었다는 뜻.

입처럼 간사한 건 없다.
입은 조금만 배가 고파도 밥 달라 조르고, 조금만 배가 불러도 배부르다고 하듯이 참을성이 없다는 뜻.

입치다꺼리에 눈코뜰사이없다.
가난한 사람은 굶주림과의 싸움이 가장 힘들다는 뜻.

잉어국 먹고 용트림한다.
맛 좋은 음식을 먹고서 먹은 자랑을 한다는 뜻.

자물통고개가 황천고개다.
(1) 목구멍에 음식이 안 들어가면 죽는다는 뜻.
(2) 황천이 먼 데 있는 것이 아니라 가까이 있다는 뜻.
* 자물통고개: 목구멍.

자식 많은 어미 석 자 가시도 목구멍에 안 걸린다.
가난하고 딸린 아이들이 많은 어머니는, 큰 가시를 먹어도 목구멍이 크고 속이 비어서 걸리지 않는다는 뜻.

작게 먹고 가는 똥 누랬다.
먹고 쓰는 것을 아끼고 속 편히 살아야 한다는 뜻.

잔칫날 기다리다가 굶어죽는다.
가난한 사람이 분에 넘치게 잘 먹으면 살림이 망한다는 뜻.

잘 먹은 놈은 껄껄 하고, 못 먹은 놈은 툴툴 한다.
돈 있는 사람은 호의호식하며 호화롭게 살지만, 없는 사람은 굶주리며 고생만 한다는 뜻.

장설간帳設間이 비었다.
뱃속이 텅 비어 배가 고프다는 말.
* 장설간: 잔치 때 음식을 차리는 곳.

재주는 굶주림을 구하지 못한다.
아무리 재주 있고 똑똑한 사람이라도 돈은 마음대로 벌지 못한다는 뜻.

재주 많은 놈이 굶어죽는다.
재주가 많은 사람은 직업을 자주 바꾸므로 가난을 면하기가 어렵다는 뜻.

저녁 굶은 시어머니 상이다.
굶주리면 근심스럽기도 하지만 부아도 함께 나므로 인상이 나빠진다는 뜻.

저녁 먹을 건 없어도 쥐 먹을 건 있다.
가난하여 양식이 떨어졌어도 쥐가 먹을 것은 있듯이, 굶어죽는 일은 없다는 뜻.

적선積善한 집 자손은 굶어죽지 않는다.
가난한 사람들을 도와 준 적선가의 자손은 훗날 패가를 해도 도움을 받게 된다는 뜻.

점심은 못 먹어도 이는 쑤신다.
없는 사람이 있는 척하고, 못난 사람이 잘난 척하는 것을 조롱하는 말.

조록싸리 피거든 남의 집에 가지 말랬다.
조록싸리가 필 때는 춘궁기이므로 남의 집에 가지 말라는 뜻.

조록싸리 피거든 딸네 집에도 가지 말랬다.
보릿고개 무렵에는 식량이 떨어져서 굶주리고 있으므로 친한 사람 집에도 찾아가지 말라는 뜻.

조록싸리 필 때는 친정도 가지 않는다.
춘궁기에는 부자집이 아니면 모두가 굶주리므로 친정에 가는 것조차도 삼가라는 뜻.

주린 놈이 체한다.
(1) 배고플 때 급히 먹다가는 체한다는 뜻.
(2) 없는 사람이 탈도 잦다는 뜻.

주린 사람이 밥은 치운다.
배고픈 사람이 밥은 많이 먹는다는 뜻.

주인 많은 나그네가 저녁 굶는다.
주인이 많으면 서로 미루는 바람에 손님이 굶게 되는 경우가 있듯이, 책임지고 하는 사람이 없으면 일이 잘 안 된다는 뜻.

주인 많은 나그네 조석이 간데없다.
사람은 많아도 책임진 사람이 없으면 일이 잘 안 된다는 뜻.

줴기떡 반쪽 보고 종달리 간다. (제주도)
굶주린 사람은 하찮은 음식이라도 먹을 것이 있으면 거리를 따지지 않고 간다는 뜻.
* 줴기떡: 보릿겨와 지게미를 버무려서 만든 떡.
* 종달리: 제주도의 지명.

쥐가 입맛 다실 것도 없다.
식량이 떨어져서 밥을 짓지 못하고 굶고 산다는 뜻.

쥐 먹을 건 없어도 도둑맞을 건 있다.
집 안에 살림이 없다 해도 도둑이 훔쳐 갈 것은 있다는 뜻.

쥐 볼가심할 것도 없다.
쥐가 입맛 다실 것도 없을 정도로 가난과 굶주림 속에서 산다는 뜻.

지게미와 겨도 배불리 못 먹는다.
남이 먹지 않는 지게미와 겨조차도 없어서 못 먹는다는 뜻.

지나가는 소갈비 한 대 뜯고 싶은 심정이다.
굶주린 사람은 눈에 먹을 것만 보이면 몹시 먹고 싶어한다는 뜻.

진잎죽도 배 채워먹지 못한다.
평소 같으면 먹지도 않던 진잎죽조차 구하지 못해 굶주리고 있다는 뜻.

진잎죽 먹고 잣죽 트림한다.
(1) 잘 먹지도 못하고서 잘 먹은 척 허세를 부린다는 뜻.
(2) 못난 주제에 잘난 척한다는 뜻.

집안에 항상 일만 있으면 굶어죽지는 않는다.
집안에 일정한 가업家業만 있으면, 비록 구차할지라도 굶어죽지는 않는다는 뜻.

짚신짝도 기름 발라 구워먹을 판이다.
굶주리면 먹을 수 없는 것도 먹어 볼까 궁리를 하게 된다는 뜻.

찬물로 배 채운다.
배고픈 사람은 먹을 것이 없으면 찬물로 배를 채우게 된다는 뜻.

찬물 먹고 배 튀긴다.
굶주린 사람이 찬물로 배를 채우고 누워서 그 배를 만지며 참고 견딘다는 뜻.

찬물 한 모금도 못 얻어먹는다.
병들어 기동도 못하고 누워 있어도 물 떠다 주는 사람 하나 없이 외롭게 지낸다는 뜻.

찬밥 더운밥 가리지 않는다.
굶주린 사람은 음식을 가리지 않고 먹는다는 뜻.

창자를 적시다 말았다.
굶주린 사람이 그 맛만 보고 음식을 못 먹어 애가 탄다는 뜻.

창자 속에서 쪼록 소리가 난다.
오랫동안 물배만 채웠기 때문에 뱃속에서 물 소리밖에 안 난다는 뜻.

창자에 기별도 않는다.
배고픈 사람이 그 음식을 먹은 것이 아니라 맛만 보았기 때문에 더욱 먹고 싶다는 뜻.

창자에 소식도 없다.
배고픈 사람이 먹기는 하였으나 뱃속까지 넘어갈 정도로 못 먹고 맛만 보아 먹은 둥 만 둥 하다는 뜻.

책력 봐가면서 밥 먹는다.
양식이 부족하여 날짜를 정해 놓고 밥을 먹을 정도로 굶고 산다는 뜻.

초근목피草根木皮로 연명한다.
흉년이 들어 양식이 떨어지면 풀뿌리와 나무껍질을 먹으며 견딘다는 말.

촌놈은 똥배만 부르면 된다.
시골 사람들은 배불리 먹는 것을 가장 큰 낙으로 삼는다는 뜻.

촌놈은 배부르고 등 따순 게 제일이다.
시골 사람들은 배불리 먹고 겨울에는 춥지 않게 입으면 다행스럽게 여긴다는 뜻.

최생원 집 신주神主 굶듯 한다.
옛날 어떤 최생원이 몹시 인색한 탓에 제사조차 지내지 않아 신주도 얻어먹지 못하듯이, 도무지 얻어먹지를 못한다는 뜻.

춘궁기아春窮饑餓가 뒷덜미를 치고 대든다.
예전에는 봄만 되면 반갑지 않은 춘궁이 찾아와 굶주리지 않을 수 없었다는 뜻.

춥고 배고프다.
겨울이 되면 헐벗어 춥게 지내고, 봄이 되면 춘궁으로 굶주리게 된다는 뜻.

춥고 배고프면 도적질할 마음이 생긴다.
추위와 굶주림으로 살 길이 막막하면 어쩔 수 없이 남의 것이라도 훔쳐먹게 된다는 뜻.

칠궁기아七窮饑餓가 뒷덜미를 치고 덤빈다.
보릿고개가 지나고 음력 7월이 되면 빈농들은 식량이 떨어져 다시 굶주리게 된다는 뜻.

칠궁七窮이 춘궁春窮보다 더 무섭다.
예전에는 3,4월 춘궁과 7월 칠궁이 정기적으로 있었는데, 춘궁에는 봄나물도 많고 보리 이삭은 패인 지 20일만 되어도 풋보리로 먹을 수 있지만, 칠궁에는 나물들이 쇠어서 먹지 못할 뿐 아니라 벼 이삭은 패인 지 40일이 되어야 먹을 수 있기 때문에 칠궁이 더 무섭다는 뜻.

칠년 대흉大凶에도 무당은 안 굶어죽었다.
옛날 7년간의 큰 흉년에도 무당은 굶어죽지 않았듯이, 사람은 궁해질수록 미신을 더 믿게 되므로 무당은 흉년을 타지 않는다는 뜻.

칠월 사돈은 꿈에 볼까 무섭다.
보리 양식이 떨어지고 아직 햇벼가 여물지 않아 굶주리고 있는 음력 7월에는 반가운 손님이 오는 것마저도 겁이 난다는 뜻.

코 아래 진상이다.
입에 정상적으로 밥을 공급하기도 바쁘다는 뜻.

코 아래 진상이 제일이다.
음식을 정상적으로 먹는 것이 가장 다행스러운 일이라는 뜻.

태산보다 높은 것이 보릿고개다.
햇보리가 나기 직전인 4,5월은 대부분의 농가들에서 식량이 떨어지는 보릿고개로서, 이 기간을 굶어죽지 않고 넘기기가 매우 힘들었다는 뜻.

태산이 높다 해도 보릿고개만치 못 높다.
햇보리가 나기 직전인 보릿고개를 굶어죽지 않고 무사히 넘기기가 매우 어렵다는 뜻.

평생 소원이 눌은밥 팔자다.
(1) 항상 굶주리고 산다는 뜻.
(2) 늘 궁상스러운 소리를 하는 사람을 조롱하는 말.

평생 소원이 보리개떡이다.
예전에 빈농들은 쌀밥은 고사하고 보리개떡조차도 배불리 먹지 못하였다는 뜻.

풀뿌리를 먹고 산다.
너무도 가난하여 겨우 풀뿌리만으로 연명한다는 뜻.

풍년 거지가 더 서럽다.
풍년이 들어 그 많던 거지도 다 없어지고 홀로 거지 노릇을 하자니까 몹시 서럽다는 뜻.

풍년 굶주림이 더 무섭다.
풍년에도 굶주리면 남들이 천대하여 얻어먹기가 더 어렵다는 뜻.

풍년에 굶주린다.
풍년에도 굶주림에서 해방되지 못하고 고생만 한다는 뜻.

하루 굶는 것은 몰라도 헐벗은 것은 안다.
하루쯤 굶는 것은 남들이 모르지만 해진 누더기를 걸치고 있는 것은 바로 알 듯이, 먹는 것보다 입는 것이 더 중요하다는 뜻.

한 끼 잘 먹는 것도 재수다.
어쩌다가 한 끼 잘 얻어먹는 것도 식복이라는 뜻.

한 대문만 빠져도 계집 자식 굶을 판이다.
단 하루라도 일을 하지 않으면 굶게 될 정도로 가난하다는 뜻.

해가 지나(연말) 달이 뜨나(추석) 개 보름 쇠듯 한다.
설이나 추석 명절 때 모두들 잘 먹고 지내는데 혼자서만 굶주리니 매우 서럽다는 뜻.

허기져서 입을 벌리고 있다.
굶주린 사람이 몹시 먹고 싶어한다는 뜻.

허기진 놈보고 요기시키란다.
(1) 되지도 않을 처지에 있는 사람에게 사정한다는 뜻.
(2) 상대방의 처지도 모르고 상대한다는 뜻.

허기진 놈 앞에서 전라도 곡식 이야기하기다.
기갈든 사람 앞에서 먹는 이야기만 하니까 더욱 배가 고프다는 뜻.

허기진 사람은 아무 음식이나 맛있게 먹는다.
굶주린 사람은 음식을 가리지 않고 먹는다는 뜻.

허기진 사람은 음식을 가려먹지 않는다.
굶주린 사람은 아무 음식이나 잘 먹는다는 뜻.

허기진 사람 짜증내듯 한다.
신경질적으로 짜증을 내는 사람을 가리키는 말.

허깨비만 보인다.
(1) 굶주림 끝에 현기증이 생겨 눈에 헛것만 보인다는 뜻.
(2) 마음이 허한 나머지 어떤 물건이 다른 것으로 보여 착각을 한다는 뜻.

허리띠가 양식이다.
배고플 때는 허리띠를 졸라매는 것도 도움이 된다는 뜻.

허리띠를 졸라매며 참는다.
몹시 굶주려서 참고 견디기가 어렵다는 말.

허리띠만 졸라맨다.
(1) 마음을 굳게 다진다는 뜻.
(2) 배고픈 것을 참는다는 뜻.

호랑이가 굶으면 모기나 하루살이도 잡아먹는다.
굶주리면 아무 음식이나 닥치는 대로 먹는다는 뜻.

호랑이가 굶으면 환관도 먹는다.
배고픈 사람은 맛이 있고 없는 것을 가리지 않는다는 뜻.

흥부 자식 밥 먹듯 한다.
굶주렸던 흥부의 자식들이 밥을 정신 없이 먹어치우듯이, 빨리 먹는 사람을 비유하는 말.

III

부유편

26
부자

가진 놈이 더 가지려고 한다.
돈은 가지게 되면 물욕이 생겨서 점점 더 가지려고 한다는 뜻.

가진 놈이 더 무섭다.
돈 많은 사람이 돈에는 더 인색하다는 말.

갓 이사 가서는 팥죽을 쑤어먹어야 부자 된다.
이사 가는 첫날 팥죽을 쑤어먹어야 재난은 물러가고 복이 들어온다는 뜻.

개도 돈만 있으면 멍첨지라고 한다.
아무리 못난 사람이라도 돈만 있으면 존대를 받게 된다는 뜻.
* 멍첨지: 멍은 개 짖는 소리를 뜻하는 것이고, 첨지는 조선조 중추부中樞府의 당상 정삼품 무관 벼슬임.

개잠자는 사람은 부자 된다.
개처럼 몸으로 입을 가리고 자면 복잠이라는 뜻.

거지 조상 안 가진 부자 없고, 부자 조상 안 가진 거지 없다.
어느 집안이나 흥망성쇠에 의하여 한때는 잘 살기도 하고 한때는 못 살기도 하였다는 뜻.

겉가난 속부자다.
겉으로 보기에는 가난한 것 같지만 속으로는 부자라는 말.

겉부자 속가난이다.
겉으로 보기에는 부유한 것 같지만 실속은 빚이 많아서 패가 직전에 있다는 뜻.

겉으로는 빈 것 같지만 속은 알차다.
겉으로는 가난한 듯해 보이지만 속으로는 충실하다는 뜻.

게으른 부자 없고, 부지런한 가난뱅이 없다.
게으른 사람은 부자가 될 수 없고, 또한 부지런하면 가난은 면할 수 있다는 뜻.

고사 지낸 다음에 방을 쓸면 복이 나간다.
고사를 지내 신령이 복을 내려 주었는데, 바로 방을 쓸면 복도 따라서 쓸려 나갈 수 있으므로 하루 지난 다음부터 쓸라는 말.

곤자소니에 기름 끼겠다.
가난하던 사람이 넉넉해졌다고 뽐내는 것을 조롱하는 말.
* 곤자소니: 소의 창자 끝에 달린 기름기가 많은 부분.

교천敎川 부자가 눈 아래로 보인다.
가난하던 사람이 돈을 조금 벌면 교만해져서 남을 업신여기게 된다는 뜻.
* 교천: 경주에 있는 지명.

구렁이 허물을 쌀독에 넣어두면 부자 된다.
부자집에는 구렁이 업이 많으므로 그 구렁이 허물을 쌀독에 넣어두면 업 구실을 하게 된다는 뜻.
* 업: 한 집안에 있어서 살림이, 그 덕이나 복으로 잘 보호되고 늘어간다는 동물이나 사람.

귀천궁달貴賤窮達은 수레바퀴다.
귀하게 되고 천하게 되고 잘 살게 되고 못 살게 되는 것은 고정불변한 것이 아니라 순환된다는 뜻.

귓문이 좁으면 부자 된다.
귓문이 넓으면 복이 새어나가므로 좁아야 재물이 모인다는 뜻.

길이길이 잘 입고 잘 먹고 산다.
재산이 넉넉하여 자손 만대에 이르도록 잘 살 수 있다는 뜻.

껄끄런 벼 몇 섬만 하면 촌부자다.
(1) 농촌에서는 벼 몇 섬만 도조를 받아도 부자라고 부른다는 뜻.
(2) 농촌에서는 부농에 속하는 사람도 부자라고 한다는 뜻.

나무가 묵어야 쌀도 묵는다.
땔나무를 넉넉히 저장한 집에는 으레 곡식도 넉넉히 저장하게 된다는 뜻.

난거지 든부자다.
겉으로는 거지처럼 보이지만 실속 있는 부자라는 뜻.

난부자다.
실속은 가난하지만 겉으로는 부자처럼 보인다는 말.

난부자 든가난이다.
겉으로는 부자처럼 보이나 실상은 몹시 가난하다는 말.

난부자 든거지다.
겉으로 보기에는 부자 같으나 실속 살림은 몹시 어려운 형편이라는 뜻.

내 배가 부르니 평양감사가 조카같이 보인다.
가난하게 살던 사람이 부자가 되면 교만해져서 사람들을 홀시하게 된다는 뜻.

내 배가 부르면 종 배고픈 줄 모른다.
사람은 흔히 자기 본위로 생각하게 되므로 부자는 가난한 사람의 사정을 잘 모를 수밖에 없다는 뜻.

내 배가 부르면 종의 밥 짓지 말란다.
배부른 사람은 흔히 배고픈 사람의 사정을 잘 모르고 처사한다는 뜻.

논밭이 아무리 많아도 하루 먹는 양식은 두 되다.
부자라고 해서 가난한 사람보다 더 많이 먹고 사는 것은 아니라는 뜻.

놀고먹으면 부자도 망한다.
수익성은 없고 소비성만 있는 생활을 하면 부자라도 견디기 어렵다는 뜻.

누구나 부자는 다 되고 싶다.
사람은 누구나 잘 살기 위하여 노력하지만 뜻대로 되지 않는다는 뜻.

누렁이도 돈만 있으면 황첨지라고 한다.
누런 개도 돈만 있으면 황첨지라고 존대를 받듯이, 돈만 있으면 존대를 받게 된다는 뜻.

다라운 부자가 가난한 활수滑手보다 낫다.
아니꼬울 만큼 인색한 부자라도 가난한 활수보다는 돈이 많기 때문에 낫다는 뜻.
* 활수: 돈을 아끼지 않고 잘 쓰는 사람.
↔ 다라운 부자가 가난한 활수만 못하다. 인색한 부자가 인정 있는 가난뱅이만 못하다.

다라운 부자가 가난한 활수만 못하다.
인색한 부자는 차라리 가난한 활수만도 못하다는 말.
↔ 다라운 부자가 가난한 활수보다 낫다.

대대로 내려오는 부자다.
자손 대대로 이어져 내려온 오래 된 부자라는 말.

돈만 있으면 걱정이 없다.
돈만 있으면 이 세상에서 거의 걱정 없이 살 수 있다는 뜻.

돈만 있으면 과거科擧에도 급제及第한다.
돈만 있으면 과거에 급제하여 출세할 수 있다는 뜻.

돈만 있으면 귀신도 망을 갈린다.
(1) 돈만 있으면 저승에 가서도 귀신을 불러 망을 갈게 할 수 있듯이, 그만큼 돈의 위력이 크다는 뜻.
(2) 돈만 있으면 어떤 사람이라도 부릴 수 있다는 뜻.

돈만 있으면 귀신도 부린다.
돈만 있으면 귀신도 부릴 수 있을 정도의 권력을 가질 수 있다는 뜻.

돈만 있으면 귀신도 사귈 수 있다.
돈만 있으면 아무리 지위가 높은 사람이라도 가까이 지낼 수 있다는 뜻.

돈만 있으면 귀신도 연자매를 돌리게 한다.
돈만 있으면 무서워하는 귀신까지도 일을 시킬 수 있다는 뜻.

돈만 있으면 도깨비도 부린다.
돈만 있으면 무슨 짓이나 다 할 수 있다는 뜻.

돈만 있으면 두역신痘疫神도 부린다.
돈만 있으면 마마귀신도 마음대로 부릴 수 있다는 뜻.

돈만 있으면 등신도 똑똑이가 된다.
돈만 있으면 똑똑하지 못한 사람도 저절로 똑똑해진다는 말.

돈만 있으면 만사가 해결된다.
인간사회에서 돈만 있으면 안 되는 일이 없다는 뜻.

돈만 있으면 못난 놈도 없다.
못난 사람이라도 돈만 있으면 하고 싶은 일을 다 할 수 있기 때문에 못났다는 말을 듣지 않게 된다는 뜻.

돈만 있으면 무식도 감춰진다.
돈만 있으면 무식할지라도 남들이 무식하게 보지 않는다는 뜻.

돈만 있으면 바보도 똑똑해진다.
바보도 돈만 있으면 사람들이 존대하게 된다는 뜻.

돈만 있으면 염라대왕 문서도 고친다.
돈만 있으면 염라대왕의 문서도 고쳐서 죽을 것을 모면할 수 있듯이, 돈으로 안 되는 일이 없다는 뜻.

돈만 있으면 염라대왕 문서에서도 뺀다.
돈만 있으면 죽을 사람도 구해 낼 수 있다는 뜻.

돈만 있으면 저승길도 바꾼다.
돈만 있으면 죽을 병도 고쳐서 생명을 더 연장할 수 있다는 뜻.

돈만 있으면 종도 상전 노릇 한다.
돈만 있으면 신분이 천해도 높은 지위에 오를 수 있다는 말.

돈만 있으면 죽을 사람도 살린다.
(1) 돈만 있으면 죽을 병도 고친다는 뜻.
(2) 돈만 있으면 사형받을 사람도 구할 수 있다는 뜻.

돈만 있으면 죽음도 면한다.
돈만 있으면 다 죽게 된 중병환자도 살릴 수 있다는 뜻.

돈만 있으면 중원천자中原天子도 걸음시킨다.
돈만 많으면 아무리 높은 지위에 있는 사람이라도 움직일 수 있다는 말.
* 중원천자: 중국의 임금.

돈만 있으면 지옥문도 여닫는다.
돈만 있으면 징역을 살 일도 면할 수 있듯이, 돈만 있으면 안 되는 일이 없다는 뜻.

돈만 있으면 처녀 불알도 산다.
돈만 있으면 세상에서 못 사는 물건도 없고 못하는 일도 없다는 뜻.

돈만 있으면 천도天桃 복숭아도 먹는다.
돈만 많으면 세상에서 못 구하는 것이 없다는 뜻.

돈만 있으면 천치도 똑똑해진다.
돈만 있으면 못나고 무식한 사람도 똑똑해진다는 말.

돈만 있으면 힘도 절로 난다.
돈이 많으면 일을 하고 싶은 의욕 또한 왕성해지므로 용기가 절로 난다는 뜻.

돈 많은 부자는 잠을 못 잔다.
돈이 많은 사람은 밤에도 돈을 어떻게 증식할 것인가 궁리하기도 하고, 또한 도둑맞을까 걱정이 되어 잠을 못 잔다는 뜻.

돈이 많아야 장사도 잘한다.
밑천이 두둑해야 크게 장사를 하여 돈을 많이 벌 수 있다는 뜻.

돈이 많아야 친구도 많다.
돈이 많으면 교제를 널리 하게 되므로 친구가 많다는 뜻.

돈이 많으면 거만해진다.
돈이 많으면 사람들이 존대하게 되므로 거만해지기가 쉽다는 뜻.

돈이 많으면 겁도 많다.
돈이 많으면 자기의 신분과 재산을 보호하기 위하여 항상 근심을 하게 되므로 겁도 많아진다는 뜻.

돈이 많으면 교만해진다.
돈이 많으면 사람들로부터 존대를 받게 되므로 부지중에 교만해진다는 뜻.

돈이 많으면 도둑이 엿보게 된다.
돈이 많으면 도둑이 노리게 되므로 잘 간직해야 한다는 뜻.

돈이 많으면 두역신痘疫神도 부린다.
돈만 많으면 무서운 마마귀신도 부릴 수 있을 정도로 모든 일을 마음대로 할 수 있다는 뜻.

돈이 많으면 원망도 많다.
돈을 벌자면 남에게서 원망을 많이 듣게 된다는 뜻.

돈이 많으면 일도 많다.
돈이 많으면 그것을 관리하는 것 때문에 일이 많아지게 된다는 뜻.

돈이 많으면 장사를 잘하고, 소매가 길면 춤추기가 좋다.
자본금이 많으면 장사를 크게 잘할 수 있고, 소매가 긴 옷을 입으면 멋있는 춤을 출 수 있다는 뜻.

돈이 많으면 친척도 많아진다.
돈이 많으면 일가친척들이 많이 찾아오게 된다는 뜻.

돈피獤皮 옷에 잣죽으로 자랐다.
잘 입고 잘 먹고 호사스럽게 생활하는 사람을 비유하는 말.

되는 집에는 가지나무에서도 수박이 열린다.
잘 되는 집에는 모든 일이 다 예상외로 좋은 성과를 얻게 된다는 뜻.

뒷간 다른 데 없고, 부자 다른 데 없다.
부자치고 돈에 욕심 없는 사람 없다는 말.

뒷간 다른 데 없고, 지주 다른 데 없다.
지주는 큰 지주나 작은 지주나 다 소작인에게서 도조 더 받을 궁리만 한다는 뜻.

든부자 난거지다.
집안 살림은 아주 넉넉하면서도 남 보기에는 가난해 보인다는 뜻.

든부자다.
속으로는 부자이면서도 겉으로는 가난해 보인다는 뜻.
↔ 든거지다.

등 따습고 배부르다.
겨울이 되어도 춥지 않을 정도로 따뜻이 옷을 입고, 봄이 되어도 굶지 않을 정도로 배부르게 잘 산다는 뜻.

따뜻하게 입고 배부르게 먹는다.
잘 입고 잘 먹을 수 있는 부유한 생활을 한다는 뜻.

똥과 부자는 건드릴수록 구리다.
없는 사람이 부자와 다투게 되면 손해만 본다는 뜻.

똥과 지주는 건드릴수록 구리기만 하다.
옛날 소작인이 지주에게 억울한 사정을 해봐야 기껏 욕밖에 얻어먹을 것이 없다는 말.

만석꾼네 고방쌀보다 내 쌀 한 되가 낫다.
만 석을 추수한 지주의 곡식보다도 내가 가진 쌀 한 되가 더 실속 있다는 뜻.

만석꾼도 삼대 못 간다.
아무리 돈이 많은 사람이라도 삼대를 유지하기는 어렵다는 뜻.

만족을 느끼면 부자와 같다.
가난한 사람도 자신의 처지에 만족하면 부자를 부러워할 것이 없다는 뜻.

목 가는 부자 없다.
부자는 거의가 살이 쪄서 목도 굵다는 뜻.

밥숟가락을 크게 떠먹으면 부자가 된다.
밥숟가락을 크게 떠서 맛있게 먹으면 식복이 있다는 뜻.

밥술이나 겨우 먹게 되었다.
가난하게 살던 사람이 노력하여 겨우 안정된 식생활을 하게 되었다는 뜻.

밥이 얼굴에 더덕더덕 붙었다.
얼굴이 복스럽게 잘생긴 사람을 비유하는 말.

배가 부르니까 제 세상인 줄 안다.
가난하게 살던 사람이 그 생활이 넉넉해지면 교만하게 된다는 뜻.

배가 불러지면 사람도 눈에 보이지 않는다.
가난하던 사람이 돈을 벌게 되면 교만해진다는 뜻.

배가 산같이 높다.
(1) 부자가 되어 교만하다는 뜻.
(2) 여자가 임신하여 배가 부르다는 뜻.

배꼽눈이 위로 향하면 부자 된다.
배가 나오면 부자가 된다는 말과 같이, 아랫배가 나오면 배꼽눈이 위로 향하게 된 데서 유래한 말.

배때가 벗었다.
없던 사람이 조금 잘 살자 행동이 반지빠르게 되었을 때 이르는 말.

배때기에 기름이 꼈다.
없던 사람이 부유해지자 행동이 거만해진 것을 보고 하는 말.

배때기에 기름이 끼면 눈에 보이는 것이 없다.
겸손했던 사람도 부유해지면 거만한 마음이 들게 된다는 말.

배부른 사람은 배고픈 사람 사정을 몰라 준다.
같은 처지에 있는 사람이 아니고서는 그 사정을 잘 모른다는 뜻.

배부른 상전이 배고픈 하인 사정 모른다.
고생해 본 사람이 아니고서는 가난한 사람의 사정을 잘 모른다는 뜻.

배부른 상전이 하인 밥 못하게 한다.
고생해 본 사람이 아니면 가난한 사람의 어려운 사정을 잘 모른다는 뜻.

배에 기름끼가 끼었다.
가난하던 사람이 잘 살게 되면 교만해진다는 뜻.

배 터져죽는 놈 있고, 배 곯아죽는 놈 있다.
세상에는 큰부자도 있고, 가난한 사람도 있다는 뜻.

백 년 가는 부자 없고, 십 년 가는 권세 없다.
아무리 큰부자라도 백 년을 유지하기는 어렵고, 권세 또한 십 년 가기 어렵다는 뜻.

백석지기는 천석지기가 못 돼도 천석지기는 만석지기가 된다.
작은부자는 큰부자가 되기 어렵지만, 큰부자는 더 큰부자가 될 수 있다는 뜻.

뱃속에서 부귀를 가지고 나온 것은 아니다.
부귀는 선천적으로 이루어지는 것이 아니라 후천적으로 노력하여 얻는 것이라는 말.

뱃속에서 은숟가락 물고 나온 사람 없다.
돈을 뱃속에서부터 지니고 나오는 사람은 없다는 뜻.

벼락부귀는 상서롭지 못하다.
벼락부자가 되거나 벼락감투를 쓰는 것은 도리어 좋지 못한 결과를 초래한다는 뜻.

벼락부자가 되었다.
갑자기 횡재를 하여 없는 사람이 부자가 되었다는 뜻.

벼락부자는 오래 가지 못한다.
부정축재로 갑자기 번 돈은 오래 가지 못하고 패망한다는 뜻.

벼락부자는 욕부자다.
없던 사람이 갑자기 돈을 벌 경우는 대개 부정하게 번 것이므로 욕을 먹게 된다는 뜻.

벼락부자다.
갑자기 돈을 벌어 부자가 되었다는 뜻.

벼락부자 사흘 못 간다.
부정한 방법으로 축적한 재산은 오래 가지 못한다는 뜻.

벼락부자 잘 사는 것 못 봤다.
부정한 방법으로 번 돈은 오래 가지 못한다는 뜻.

부富는 부腐다.
재산을 모으려면 예의·도덕과는 담을 쌓고 수단과 방법을 가리지 않고 벌어야 하기 때문에 떳떳치 못하다는 뜻.

부富는 이웃을 살리고, 덕德은 만인을 살린다.
부자는 굶주린 이웃을 살리고, 덕은 여러 사람에게 베풀게 된다는 뜻.

부엉이 살림이다.
없는 것 없이 모두 풍족하다는 뜻.

부엌바닥이 울퉁불퉁하면 부자로 산다.
부엌바닥이 진흙이 묻어 울퉁불퉁해지는 것은, 그만큼 부엌에 출입하는 사람이 많음을 상징하는 것으로 곧 부자라는 뜻.

부유하게 되면 교만해지고, 교만하게 되면 게을러진다.
많은 경우에 잘 살게 되면 교만해지고, 교만하게 되면 게을러지므로 부유해도 교만해지지 않도록 해야 한다는 뜻.

부유하게 되면 교만해지지 않기가 어렵다.
돈을 벌게 되면 누구나 교만해진다는 뜻.

부유하게 되면 어질지 않다.
부유하게 되면 교만하고 탐욕스러워져서 어질지 않다는 뜻.

부유하게 되면 예의가 생긴다.
생활이 넉넉해지면 저절로 예의를 지키게 된다는 뜻.

부유하게 되면 일이 많다.
돈이 많으면 그 재산을 관리해야 하기 때문에 자연히 일이 많아진다는 뜻.

부유하게 되면 집이 윤택해지고, 덕이 있으면 몸이 윤택해진다.
돈이 있으면 집안 살림이 윤택해지고, 덕망이 있으면 그 신분이 윤택해진다는 뜻.

부유하고도 교만하지 않은 사람은 드물다.
돈 많은 사람으로서 교만하지 않고 겸손하기란 참으로 어렵다는 뜻.
↔ 부유하면서도 교만하지 않기는 쉽다.

부유하다가 패가한 집 딸은 세상 사정을 모른다.
부자집 딸은 남의 사정을 모르고 자랐기 때문에 패가한 뒤에도 여전하다는 뜻.

부유하더라도 사양하기를 좋아하라.
부유하더라도 거만스럽게 행동하지 말고 사양하기를 잘하여야 한다는 뜻.

부유하면 나누어 쓰는 것이 있어야 한다.
돈을 많이 모으게 되면 가난한 사람들을 도와 주어야 한다는 뜻.

부유하면서도 교만하지 않기는 쉽다.
돈이 많아도 수양을 쌓은 사람은 교만하지 않을 수 있다는 뜻.
↔ 부유하고도 교만하지 않은 사람은 드물다.

부유하면 어질지 못하고, 어질면 부유하지 못하다.
부자는 대개 도덕과 의리가 없으며, 도덕과 의리를 지키는 사람은 또한 부자가 될 수 없다는 뜻.

부유한 것에만 의존하지 말라.
부유한 사람에게만 의지하지 말라는 뜻.

부유한 사람과 친하게 지내지 말고, 가난한 사람과 소원하게 지내지 말라.
부자에게 아부하지 말고 없는 사람이라고 해서 업신여기지 말며, 모든 사람들과 공평하게 사귀도록 하라는 뜻.

부유한 사람은 가난한 사람을 삼키지 말라.
돈 있는 사람은 돈 없는 사람을 착취하지 말라는 뜻.

부유할 때 아끼지 않으면 가난할 때 뉘우치게 된다.
돈이 많았을 때 절약하지 않으면 패가하여 뉘우치게 된다는 뜻.

부유해도 교만하지 않다.
부유하지만 교만한 행동은 하지 않는다는 뜻.
↔ 부귀를 누리면 교만병에 걸린다. 부귀하면 교만과 사치를 낳게 된다.

부자가 더 무섭다.
돈에 대해서는 부자가 더 인색하다는 말.

부자가 더 짜다.
돈을 모으는 사람은 자연히 인색해진다는 뜻.

부자가 돈은 더 안 쓴다.
있는 사람이 돈은 더 아껴 쓴다는 말.

부자가 되면 눈물은 마른다.
돈을 모으는 사람은 그 돈이 아까워서 불쌍한 사람조차 도와 주지 않는다는 뜻.

부자가 되면 아는 친척보다 모르는 친척이 더 많다.
부자가 되면 평소에 모르고 지내던 친척들이 많이 찾아온다는 뜻.

부자가 되면 일가도 많아진다.
부자가 되면 그 덕을 보려고 찾아오는 친척들이 많다는 뜻.

부자가 되면 일도 많다.
재산이 많으면 그것을 관리하는 일도 많다는 뜻.

부자가 되면 친구도 많아진다.
돈을 벌게 되면 찾아오는 친구도 많다는 뜻.

부자가 되자면 사람 노릇을 못한다.
돈은 어질어서는 못 모은다는 뜻.

부자가 되자면 어질 수가 없다.
부자가 되려면 모질게 하지 않고서는 안 된다는 뜻.

부자가 될수록 물욕은 커진다.
돈은 벌면 벌수록 더 많이 벌고 싶어진다는 뜻.

부자가 될수록 욕심은 늘어간다.
돈을 모으는 사람은 그 모으는 재미에 욕심이 더 생긴다는 뜻.

부자가 돼도 지난 가난은 못 잊는다.
가난의 쓰라림은 그 환경이 바뀌어도 잊혀지지 않는다는 뜻.

부자가 많이 먹으면 식복이 있어 잘 산다고 하고, 없는 놈이 많이 먹으면 먹어서 못 산다고 한다.
사람들은 그 환경에 적당한 말을 잘도 지어서 한다는 뜻.

부자가 망해도 삼 년 간다.
부자는 패가를 해도 숨은 재산이 있기 때문에 몇 해 동안은 잘 지낼 수 있다는 뜻.

부자가 망해도 삼 년 먹을 것은 남는다.
부자는 망해도 숨은 재산이 있기 때문에 몇 년은 걱정 없이 먹고 살 수가 있다는 뜻.

부자가 망해도 청동화로靑銅火爐 하나는 남는다.
부자가 패가를 하면 땅은 없어지지만 쓰던 살림 가운데 값진 것이 더러 남아 있다는 뜻.

부자가 몸조심은 더한다.
부자가 되면 도둑에게 습격당할 위험이 있으므로 신변에 관심이 더 많다는 뜻.

부자가 삼대를 못 가고, 빈자가 삼대를 안 간다.
부자라고 대대로 부자로 지내지는 못하며, 가난하다고 대대로 가난한 것은 아니라는 뜻.

부자가 없는 놈보고 왜 고기 안 먹느냐고 한다.
돈 있는 사람은 가난한 사람의 사정을 잘 모른다는 뜻.

부자가 패가하면 등신이 되고, 없는 사람이 돈을 벌면 안하무인眼下無人이 된다.
부자가 패가를 하게 되면 기가 죽어 어리숙해지고, 없던 사람이 부자가 되면 교만을 부리게 된다는 뜻.

부자가 패가하면 등신이 된다.
위세가 당당하던 부자도 패가하면 비굴해진다는 뜻.

부자가 하나 나면 세 동네가 망한다.
부자가 되자면 착취를 하게 되므로 지주가 하나 나면 인근 사람들의 피해가 크다는 뜻.

부자가 하나 나면 십 리 안 사람들이 망한다.
지주가 하나 나면 농민들이 착취를 당하여 피해가 많다는 뜻.

부자네 곡식은 정한 게 없다.
번영하는 부자의 곡식가리는 증가되고, 망하는 부자의 곡식가리는 줄어들게 된다는 뜻.

부자는 깊은 산골에 가 살아도 먼 친척까지 찾아온다.
부유한 사람은 어디를 가서 살아도 외롭지 않다는 뜻.

부자는 더욱 부자가 되고, 가난한 사람은 더욱 가난해진다.
사회적으로 빈부의 차이가 점점 격심해진다는 뜻.

부자는 돈으로 일하고, 가난한 놈은 힘으로 일한다.
(1) 부자는 돈으로 사람을 사서 일을 시키고, 가난한 사람은 자신이 직접 일을 하게 된다는 뜻.
(2) 부자는 편한 생활을 하고, 가난한 사람은 고된 생활을 한다는 뜻.

부자는 마을 사람 밥상이다.
한 마을에 부자가 있으면 마을 사람들은 그 덕으로 먹고 산다는 말.

부자는 망해도 삼 년 먹을 것은 있다.
부자가 망해서 부동산은 없어졌더라도 동산 중에는 남은 것이 있다는 뜻.

부자는 몸조심을 한다.
부자는 도적의 대상이기 때문에 항상 몸조심을 하게 된다는 뜻.

부자는 민중의 원한을 사게 된다.
부자는 인심을 얻기가 어려워 여러 사람들의 원한을 사게 된다는 뜻.

부자는 반드시 더 큰부자가 된다.
부자는 밑천이 두둑하기 때문에 점점 더 큰부자가 된다는 뜻.

부자는 백 년 못 가고, 권력은 십 년 못 간다.
부자가 망하지 않고 백 년을 가기 어렵고, 권세는 십 년을 누리기 어렵다는 뜻.

부자는 부자라도 가난뱅이 삼부자三父子다.
돈 있는 부자富者가 아니라 아버지와 아들로 이루어진 부자父子라는 뜻.

부자는 부자라도 돈부자는 아니다.
부자는 부자라도 아들 가진 부자父子이지 돈 가진 부자富者는 아니라는 뜻.

부자는 어질 수 없고, 어진 사람은 부자가 될 수 없다.
부자가 어질면 그 재산을 유지할 수 없으며, 또한 어진 사람은 물욕이 없기 때문에 부자가 될 수 없다는 뜻.

부자는 여러 사람의 밥상이다.
부자가 여러 사람을 먹여 살린다는 뜻.

부자는 음탕하게 된다.
돈 있는 사람은 음탕한 행동을 잘한다는 뜻.

부자는 존대를 받는다.
돈이 많으면 사람들이 존대하게 된다는 뜻.

부자 대물림 삼대 가기 어렵다.
부자가 삼대를 계속해서 유지하기는 어렵다는 뜻.
* 일대: 약 30년.

부자도 패가하면 등신이 된다.
잘 살던 사람이 패가를 하게 되면 기가 죽어서 등신처럼 된다는 뜻.

부자도 한이 있다.
부자가 되는 것도 그 한계가 있는 것이지 무제한으로 되는 것은 아니라는 뜻.

부자 되는 사람은 남의 입 안에 것도 뺏어먹는다.
부자의 탐욕은 인정사정이 없다는 뜻.

부자 되는 집 머슴은 배고프고, 망하는 집 머슴은 배부르다.
치부致富하는 집은 살림을 영악하게 하고, 망하는 집은 헤프게 한다는 뜻.

부자 되려고 애쓰지 말고 심사心思를 고치랬다.
무슨 일을 하려면 먼저 마음부터 바르게 가져야 한다는 말.

부자라고 뽐내 봤자 한 끼에 석 되 밥 못 먹는다.
부자라고 해서 남보다 밥을 더 많이 먹는 것도 아닌데 우쭐거린다는 뜻.

부자라고 한 끼에 석 되 밥 먹는 것은 아니다.
부자라고 해서 한 끼에 서너 배 더 먹는 것도 아니고, 다 같은 양을 먹게 되는 것이므로 너무 욕심내지 말라는 뜻.

부자라야 더 부자 된다.
밑천이 두둑해야 돈을 많이 벌 수 있다는 뜻.

부자 몸조심하듯 한다.
돈 있는 사람에게는 도둑이 따르므로 항상 몸조심을 하게 된다는 뜻.

부자 방망이도 없는 낮도깨비다.
아무런 실권도 없는 무능한 존재라는 뜻.

부자 삼대 가지 못한다.
아무리 부자라도 백 년을 유지하기는 어렵다는 뜻.

부자 삼대 못 가고, 가난 삼대 안 간다.
빈부는 돌고도는 것이기 때문에 부자도 오래 유지하지 못하며, 가난한 사람 또한 오래 안 가서 부자가 될 수 있다는 뜻.

부자 삼대 없고, 거지 삼대 없다.
(1) 어느 집안이든 부자로 삼대를 유지해 나가지 못하고, 거지도 삼대 연속 빌어먹는 일은 없다는 뜻.
(2) 재산은 수레바퀴처럼 돌고돈다는 뜻.

부자 씨가 따로 없고, 거지 씨가 따로 없다.
부자 되는 집안과 가난한 집안이 따로 있는 것이 아니라 서로 순환한다는 뜻.

부자와 재떨이는 모일수록 더러워진다.
돈에 맛을 들이면 사람이 점점 더 인색해진다는 뜻.

부자 외상보다 거지 맞돈이 낫다.
상업에서 외상은 잠자는 것이고 맞돈은 순환하는 것이므로 맞돈이라야 한다는 뜻.

부자 욕하는 것은 없는 놈이다.
이해관계가 상반되는 경우에는 사이가 나쁘다는 뜻.

부자의 땅은 온 들에 연달아 있지만, 가난한 사람은 송곳 꽂을 땅도 없다.
농민들의 토지가 지주에게 독점되어 빈부의 차이가 극심하다는 뜻.

부자이면서도 더욱더 검약한다.
부자로서 검소한 생활을 한다는 뜻.

부자일수록 근심은 더 많다.
부자가 되면 증식할 걱정과 도적을 방비해야 하는 염려 때문에 근심 걱정이 더욱 많아진다는 뜻.

부자 저승보다 거지 이승이 낫다.
아무리 못살아도 죽는 것보다 낫다는 뜻.

부자 조상 안 둔 가난뱅이 없고, 가난뱅이 조상 안 둔 부자 없다.
부귀富貴와 빈천貧賤은 어느 한 집에만 오래 머물러 있는 것이 아니라 돌아다닌다는 뜻.

부자집 가리말이다.
부자집에서 치레로 기르는 검정말처럼 대단한 존재가 아니라는 뜻.

부자집 가운뎃자식 같다.
부자집 가운뎃자식이 일도 않고 놀고먹듯이, 아무것도 하는 일 없이 빈둥거린다는 뜻.

부자집 그루터기가 삼 년 간다.
부자가 망해도 삼 년 먹을 것은 있다는 뜻.

부자집도 거지집에서 얻어 오는 것이 있다.
아무리 부자라도 모든 것을 다 구비할 수는 없다는 뜻.

부자집 둘째아들 같다.
부자집 둘째아들처럼 아무것도 하는 일 없이 잘 먹고 편히 지낸다는 뜻.

부자집 딸은 교만하고 사치스럽다.
부자집 딸은 호화스럽게 자랐기 때문에 거만하고 사치를 좋아한다는 뜻.

부자집 떡가래가 작다.
돈 있는 사람일수록 재물을 더 아끼고 절약한다는 뜻.

부자집 떡 돌리듯 한다.
물건을 성의껏 주는 것이 아니라 체면치레로 나누어 주는 것을 비유하는 말.

부자집 막내아들마냥 대답은 잘한다.
부자집 막내아들은 호강스럽게 자랐기 때문에 대답은 잘해도 실천은 않는다는 뜻.

부자집 맏며느리 감이다.
처녀가 인물도 좋고 마음씨도 얌전하다는 뜻.

부자집 맏며느리 같다.
얼굴이 복스럽게 생기고 마음씨가 너그러운 처녀라는 뜻.

부자집 문턱은 닳아 없어진다.
부자집에는 사람이 많이 드나든다는 뜻.

부자집 밥그릇이 작다.
부자집은 먹는 것까지도 절약하기 위하여 작은 밥그릇을 쓴다는 뜻.

부자집 밥벌레다.
부자집에 빌붙어 별로 일도 않고 얻어먹는 사람을 비유하는 말.

부자집 벼가 먼저 팬다.
(1) 부자집 벼는 좋은 땅에 일찍 심고 잘 가꾸기 때문에 먼저 자란다는 뜻.
(2) 복 있는 사람은 무슨 일이나 남보다 잘 된다는 뜻.

부자집 업 나가듯 과부 시집 가듯 한다.
아무도 모르게 슬그머니 자취를 감추었다는 뜻.

부자집 업 나가듯 한다.
부자집 업구렁이 나가듯이, 까닭 없이 슬그머니 나간다는 뜻.

부자집에 마른 개 없고, 가난한 집에 살찐 닭 없다.
부자집에는 짐승까지도 잘 먹어 살이 쪘지만, 가난한 집에는 짐승까지도 먹지 못하여 말랐다는 뜻.

부자집에 마른 개 없다.
가난한 사람이 부자집 개만큼도 못 먹는다는 뜻.

부자집 외상보다 거지 맞돈이 낫다.
장사에는 많이 팔아 주는 외상보다 조금 팔아 주어도 현금이 낫다는 뜻.

부자집 은단병은 둥글려도 웃음이 안 나고, 거지 아이새끼는 하나가 놀아도 웃음이다.
부자집 돈에서는 웃음이 안 나도 가난한 집 어린아이에게서는 웃음이 나듯이, 돈보다는 자식이 더 낫다는 뜻.

부자집이 망해도 삼 년 간다.
부자가 패가해서 땅은 다 없어졌다 해도 좋은 살림 중에는 남은 것이 많다는 뜻.

부자집 자식 공물방貢物房에 출입하듯 한다.
자기가 맡은 일을 침착하게 처리하지 못하고 부산하게 한다는 뜻.
* 공물방: 옛날 국가에 필요한 물건을 납품하던 곳.

부자집 잔치떡 나누어 먹듯 한다.
부자집 잔치에 떡을 나누어 먹듯이, 무슨 물건을 흔하게 나누어 쓴다는 뜻.

부자 천 냥보다 과부 두 푼의 정성이 크다.
부자가 희사한 많은 돈보다는 없는 사람이 내는 적은 돈에 더 정성이 담겼다는 말.

부자치고 모질지 않은 놈 없다.
부자가 되자면 모질지 않고는 돈을 모을 수가 없다는 뜻.

부자치고 욕심 없는 부자 없다.
(1) 돈을 모으게 되면 욕심은 더 많아진다는 뜻.
(2) 돈 욕심 없이는 부자가 될 수 없다는 뜻.

부자치고 인색하지 않은 사람 없다.
부자가 되면 돈을 더 모으려고 인색한 짓을 많이 하게 된다는 뜻.

부자치고 인정 있는 사람 없다.
돈에 맛을 들이면 냉정해진다는 뜻.

부자 칭찬은 돈 칭찬이다.
부자가 돈을 투자하여 사회사업을 하고 칭찬을 받는 것은, 결국 돈에 대한 칭찬이라는 뜻.

부자 하나 나면 세 동네가 망한다.
부자 하나가 생기자면 여러 동네 재산을 긁어모으지 않을 수 없으므로 동네가 망한다는 뜻.

부자 한 놈에 열 동네가 망한다.
부자 하나가 나면 그 피해가 열 동네에 미친다는 뜻.

부자 한 집이 생기면 삼십 리 안이 망한다.
부자 한 집이 생기면, 그 피해가 삼십 리 안에 사는 사람들에게까지 미친다는 뜻.

부자 한 집이 있으면 천 집이 이를 미워한다.
가난한 집만 모여 있는 곳에 홀로 부자가 살면 미움을 받게 된다는 뜻.

부정하게 모은 재산은 부정하게 나가게 된다.
부정한 수단으로 모은 재산은 역시 부정하게 쓰인다는 뜻.

부정한 재물은 삼대를 못 간다.
부정하게 축적한 재산은 오래 가지 못한다는 뜻.

부지런한 벌은 먹이 걱정을 않는다.
벌처럼 부지런히 일하는 사람은 먹을 것 걱정이 없다는 뜻.

부지런한 부자는 하늘도 못 막는다.
부지런한 사람은 점점 더 많은 돈을 벌게 되는데, 이것은 아무도 막지 못한다는 뜻.

부호집에는 곡식과 고기가 썩는데, 가난한 집에는 쌀겨 구할 걱정을 한다.
빈부의 차이가 격심한 사회라는 뜻.

불난 터에 집을 지으면 부자 된다.
불난 집터에 집을 지으면 재산이 불같이 일어난다는 뜻.

산골 부자가 해변 개만 못하다.
산골에 사는 부자는 물고기를 늘 먹지 못하지만, 바닷가 개는 상시로 먹는다는 뜻.

산 호랑이 눈썹을 구하는 격이다.
도저히 얻을 수가 없는 것을 구한다는 말.

산 호랑이 눈썹도 그리울 게 없다.
얻기 어려운 산 호랑이 눈썹도 있을 정도로 모든 물자가 풍부하다는 뜻.

삼대 가는 부자 없고, 삼대 가는 가난뱅이 없다.
부자라고 하여 언제까지나 잘 사는 것이 아니고, 가난하다고 하여 언제까지나 가난하게 사는 것이 아니라 빈부는 돌고돈다는 뜻.

삼대 가는 부자 없다.
부자라고 해서 대대손손이 부자 노릇을 하는 것이 아니고, 가난한 사람이라고 해서 대대손손이 가난한 것이 아니라 빈부는 돌고돈다는 뜻.

삼대 거지 없고, 삼대 부자 없다.
흥망성쇠에 따라 가난한 사람이 부자가 되기도 하고, 부자가 가난해지기도 한다는 뜻.

삼대 정승은 있어도 삼대 부자는 없다.
삼대를 두고 벼슬을 하여 삼대가 정승을 지낸 집안은 있어도, 삼대를 부자로 내려온 집안은 없다는 뜻.

상전이 배부르면 하인 배고픈 줄 모른다.
부자는 자기 배가 고프지 않기 때문에 가난한 사람의 사정을 모른다는 뜻.

새벽잠이 없으면 부자 된다.
부지런한 사람은 새벽부터 일을 하므로 잘 살게 된다는 뜻.

속부자 겉가난이다.
속은 알찬 부자이면서도 겉으로는 가난하게 차리고 있다는 뜻.

손바닥에 우물 정자〔井〕 금이 있으면 부자 상이다.
수상手相에서 손바닥에 우물 정자가 새겨져 있으면, 우물에 물이 고이듯이 재산을 모으게 된다는 뜻.

손으로 천금을 희롱한다.
돈이 많아서 한 번에 수천 냥씩 취급한다는 뜻.

수탉 알을 쌀독에 넣어두면 부자가 된다.
쌀독 안에 수탉 알을 넣어두면 복이 들어온다는 뜻.

수탉이 알을 낳으면 부자 되고, 암탉이 울면 집안이 망한다.
(1) 알을 낳지 못하는 수탉이 알을 낳는 것은 재복을 상징하는 것이고, 암탉이 밤에 우는 것은 흉조凶兆라는 뜻.
(2) 여자가 말이 많으면 집안이 망한다는 뜻.

쉰에 부자 소리 못 들으면 모자라는 사람이다.
남자가 50세 이내에 돈을 벌지 못하면 부자 되기가 어렵다는 뜻.

시집 가는 날 눈이 오면 부자 된다.
시집 가는 날 오는 눈은 하늘이 축복하여 주는 서설瑞雪이라서 복을 받게 된다는 뜻.

신답新畓풀이로 부자 된다.
새로 땅을 개간하여 만든 논에 농사를 지으면 부자가 된다는 뜻.

쌀독에 든 쥐다.
식량이 풍족한 생활을 한다는 뜻.

쌍가마 속에도 설움은 있다.
돈 많고 호강하는 신부도 남이 모르는 숨은 슬픔이 있다는 뜻.

아래를 보고 살면 마음이 부자 된다.
잘 사는 사람만 쳐다보고 살지 말고, 자기보다 못 사는 사람을 보고 살면 마음이 편안하다는 뜻.

아침에 일찍 일어나면 부자 된다.
아침 일찍 일어나서 남보다 일을 많이 하면 수입이 많아서 돈도 벌게 된다는 뜻.

악으로 모은 부富는 부富가 아니라 부腐다.
부정하게 번 돈은 깨끗한 돈이 아니라 썩은 돈이기 때문에 오래 가지 못한다는 뜻.

악으로 모은 살림은 악으로 망한다.
부정하게 번 돈은 부정하게 쓰이게 된다는 뜻.

어려서 고생은 부자 밑천이다.
젊어서 고생한 사람은 인내심이 강하기 때문에 목적한 바를 이루어 낸다는 뜻.

어질지 않아야 치부를 한다.
돈을 벌자면 모질지 않고서는 제대로 벌지 못한다는 뜻.

없는 놈이 있는 척하고, 못난 놈이 잘난 척한다.
없는 사람이 있는 척하고, 못난 주제에 잘난 척하는 사람은 바로 들통이 나게 된다는 뜻.

예황제 부럽지 않다.
생활이 넉넉하여 부러울 것 없이 산다는 뜻.
* 예황제: 정치에는 관심이 없이 호의호식만 일삼는 황제.

옛날은 거둬들이고, 지금은 받아들이기가 바쁘다.
과거에는 뇌물을 받으러 다녔지만, 지금은 앉아서 받기도 바쁠 만큼 뇌물이 많이 들어온다는 뜻.

옛말 하면서 살 날이 있다.
돈을 벌게 되면 고생하던 시절의 이야기를 해가면서 즐겁게 살겠다는 뜻.

옛 천자天子 부럽지 않다.
옛날 호화롭게 살던 천자가 부럽지 않을 정도로 호사스런 생활을 한다는 뜻.

오뉴월 뒷간 다른 데 없고, 부자 다른 데 없다.
부자는 누구나 다 욕심이 많고 남의 사정을 몰라 주는 공통성이 있다는 뜻.

유월 개띠는 잘 산다.
유월의 개는 그늘에서 편히 지내기 때문에 유월에 태어난 개띠는 팔자가 편하다는 뜻.
* 유월: 음력 6월.

음달에도 햇볕 들 날이 있다.
가난하고 못 사는 사람도 언젠가는 잘 살 날이 있다는 뜻.

인색한 부자라도 손 쓰는 가난뱅이보다 낫다.
부자는 아무리 인색해도 남을 도와 줄 수 있는 재력이 있지만, 가난한 사람은 도와 주고 싶어도 그럴 만한 능력이 없기 때문에 그래도 인색한 부자가 낫다는 뜻.

있는 놈은 구리반지를 껴도 금반지로 보이고, 없는 놈은 금반지를 껴도 구리반지로 보인다.
있는 사람은 나쁜 물건을 가져도 으레 좋은 물건이겠지 싶어 높이 평가하게 되고, 없는 사람이 좋은 물건을 가지게 되면 으레 나쁜 물건이겠지 하는 선입견으로 깔본다는 뜻.

있는 놈이 궁상은 더 떤다.
있는 사람이 없는 것같이 더 궁상을 부린다는 말.

있는 놈이 더 무섭다.
있는 사람이 돈에 대해서는 더 인색하고 욕심이 많다는 뜻.

있는 놈이 더 인색하다.
돈을 모으면 모을수록 인색해진다는 뜻.

있는 놈이 더 짜다.
돈 있는 사람이 더 짜고 인색하다는 말.

있는 놈이 많이 먹으면 식복食福이 있어 잘 산다고 하고, 없는 놈이 많이 먹으면 먹어서 못 산다고 한다.
세상 사람들은 그 겉만 보고 적당히 말을 하게 된다는 뜻.

있는 놈이 목숨은 더 아낀다.
돈 있는 사람이 돈 없는 사람보다 목숨을 더 소중히 여긴다는 뜻.

있는 놈이 욕심은 더 많다.
있는 사람이 없는 사람보다 욕심이 더 많다는 뜻.

있는 놈이 죽는 소리는 더한다.
돈이 많은 사람도 돈이 없어서 곤란을 받는다고 항상 죽어가는 소리를 한다는 뜻.

있는 사람은 겨울이 좋고, 없는 사람은 여름이 좋다.
없는 사람은 겨울이 되면 월동 준비를 해야 하기 때문에 여름이 낫다는 말.

있는 사람은 명년 일을 걱정하고, 없는 사람은 눈앞 일을 걱정한다.
넉넉한 사람은 여유가 있기 때문에 항상 장래 걱정을 하게 되지만, 없는 사람은 당장이 급하기 때문에 목전 걱정만 하게 된다는 말.

있는 사람은 없는 사람 사정 모른다.
돈 있는 사람은 자기 본위로 생활하기 때문에 없는 사람 사정을 모른다는 뜻.

있는 사람이 죽는 소리는 더한다.
있는 사람이 남보기에는 돈이 더 없는 것처럼 엄살을 부린다는 뜻.

작은부자는 노력이 만들고, 큰부자는 하늘이 만든다.
부지런히 노력하고 아껴 쓰면 작은부자는 될 수 있지만, 큰부자는 하늘이 돌보아 주지 않으면 될 수 없다는 뜻.

작은부자는 부지런하면 된다.
큰부자는 하늘이 내지만, 작은부자는 부지런히 일하면 될 수 있다는 말.

작은부자는 사람에 있고, 큰부자는 하늘에 있다.
작은부자는 부지런하면 될 수 있지만, 큰부자는 하늘이 도와 주어야지 사람의 힘만으로는 이루어지지 않는다는 뜻.

잘 먹고 잘 입어 못난 놈 없다.
잘 먹으면 신체발육이 좋아지고, 옷을 잘 입으면 돋보이게 되어 못난 사람도 잘나 보인다는 뜻.

잘 살면 찾아오는 사람도 많다.
돈 많고 높은 지위에 있는 사람에게는 찾아오는 사람이 많다는 뜻.

장안 갑부라도 삼대 가기 어렵다.
아무리 큰부자라도 대대손손이 오래 가지는 못한다는 말.

장자집에서도 거지집에서 얻어 가는 것이 있다.
아무리 큰부자라도 가난한 사람의 도움 없이 혼자서는 살지 못한다는 뜻.

장작 틈에서 먹던 쥐 노적露積에 가면 죽는다.
가난하던 사람이 갑자기 부자가 되면 죽는다는 뜻.

재떨이와 부자는 모일수록 더러워진다.
재물이 많아질수록 사람의 마음은 인색하고 교만해진다는 뜻.

재산 날린 부자다.
잘 살던 사람이 패가하여 초라하게 되었다는 뜻.

제 배가 부르면 남 배고픈 줄 모른다.
세상 사람들은 자기 본위로 생활하기 때문에 자기가 부유하면 가난한 사람의 사정을 모른다는 뜻.

제 배가 부르면 종의 밥 짓지 말라고 한다.
배부른 상전은 자기 생각만 하고 하인의 배고픈 사정을 모른다는 뜻.

제 배 부르니 평안감사가 조카같이 보인다.
없던 사람이 돈을 벌면 교만해져 사람들을 무시한다는 뜻.

족제비 욕심 다른 데 없고, 부자 욕심 다른 데 없다.
족제비 욕심처럼 부자도 돈에 대한 욕심은 한이 없이 크다는 뜻.

좋은 옷 입고 좋은 음식만 먹는다.
호의호식하며 부유한 생활을 하는 사람을 비유하는 말.

지주地主나 지주 아들이나.
그 사람이나 그 사람 아들이나 질적으로는 다 같다는 뜻.

지주 다른 데 없고, 뒷간 다른 데 없다.
지주가 소작인들에게 몹시 인색하고 다랍게 군다는 뜻.

지주 다른 데 없고, 병신 다른 데 없다.
지주는 누구나 다 소작인으로부터 도조를 더 받으려고 한다는 뜻.

천석꾼은 망해도 십 년 먹을 것은 있다.
워낙 큰부자는 설령 패가를 해도 먹고 사는 데는 걱정이 없다는 뜻.

천석꾼도 하루 밥 세 끼다.
잘 사나 못 사나 하루 세 끼 먹기는 매일반이므로 못 산다고 낙심 말고 용기를 내서 살라는 뜻.

천석꾼도 하루 세 끼요, 없이 살아도 하루 세 끼다.
잘 먹고 못 먹는 차이는 있지만 하루 세 끼니 이으며 살기는 매일반이므로 잘 사는 사람 부러워 말고 현실에 만족하며 살라는 뜻.

천석꾼은 천 가지 걱정이요, 만석꾼은 만 가지 걱정이다.
사람은 누구에게나 다 걱정이 있게 마련이므로 이를 잘 극복하여야 한다는 뜻.

천석꾼이 되면 만석꾼이 되고 싶다.
사람의 물욕은 한이 없다는 뜻.

천석꾼 하나가 나면 삼십 리 안이 망한다.
큰부자가 하나 나면 인근 사람들이 착취를 당하여 많은 피해를 입게 된다는 뜻.

천석꾼 하나 나면 삼십 리 안이 다 망한다.
지주들의 소작료가 너무 비싸다는 뜻.

첫부자 늦가난보다는 첫가난 늦부자가 낫다.
젊어서 잘 살다가 뒤늦게 고생하는 것보다는 젊어서 고생하다가 뒤늦게 잘 살게 되는 것이 낫다는 말.

첫부자 늦가난이다.
젊어서 잘 살다가 늙어서 고생한다는 말.
↔ 첫가난 늦부자다.

초저녁잠이 많으면 부자 된다.
부지런한 사람은 일찍 자고 일찍 일어나 새벽일을 많이 하는 데서 유래한 말.

촌부자는 밭부자다.
농촌에서 부자라고 하는 것은 논농사와 함께 밭농사까지 합쳐서 일컫는 것이라는 뜻.

콩나물죽 삼 년을 먹으면 부자가 된다.
콩나물죽을 쑤어먹으면 식량이 많이 절약된다는 말.

큰물에 먹을 물 없다.
큰부자라고 상대해 봐도 아무 실속이 없다는 뜻.

큰부자는 망해도 십 년은 간다.
부자는 겉으로는 망한 것 같지만 다소 남은 재산이 있다는 뜻.

큰부자는 천명天命으로 이루어지고, 작은부자는 근면으로 이루어진다.
큰부자는 하늘이 내고, 작은부자는 본인이 노력하면 이루어진다는 뜻.

큰부자는 하늘에서 내고, 작은부자는 부지런하면 된다.
큰부자는 재복財福을 타고난 사람이라야 될 수 있지만, 작은부자는 누구나 부지런히 노력하면 될 수 있다는 말.

큰부자는 하늘이 내고, 졸부는 부지런하면 된다.
큰부자는 하늘이 내기 때문에 아무나 되지 못하지만, 작은부자는 꾸준히 노력하고 아껴 쓰면 누구나 될 수 있다는 뜻.

큰집이 기울어져도 삼 년은 간다.
부자가 망하더라도 얼마 동안은 살아나갈 수 있다는 뜻.

큰집이 망해도 삼 년 먹을 것은 있다.
부자가 패가했다고 해도 얼마 동안은 먹고 산다는 뜻.

호왈 백만이다.
말로만 부자이지 사실은 부자가 아니라는 뜻.

홍두깨에 꽃이 핀다.
가난하여 고생스럽게 살던 사람이 잘 살게 되었다는 것을 비유하는 말.

27
부귀

귀천貴賤과 궁달窮達은 수레바퀴다.
신분이 귀하게 되고 천하게 되는 것이나 일이 잘 되고 못 되는 것은 모두 고정된 것이 아니라 순환되면서 이루어진다는 뜻.

봄 꽃도 한때요, 부귀영화도 한때다.
젊은 시절도 한때이고 세상만사도 다 변한다는 뜻.

부귀는 뜬구름과 같다.
부귀는 한 곳에만 머물러 있는 것이 아니라 떠돌아다닌다는 뜻.

부귀는 사람마다 다같이 원하는 바이다.
부귀는 누구나 다 원하는 것이라는 뜻.

부귀는 사람이 힘써 일하면 다가오게 된다.
사람이 전심전력을 다하면 부귀를 누리게 된다는 뜻.

부귀는 오실五實을 갖춰야 찾아든다.
부귀를 누리려면 집에 다섯 가지 실물이 구비되어야 한다. 즉 일실一實은 집이 작고 사람이 많이 살 때, 이실二實은 집이 크고 문이 작을 때, 삼실三實은 담벽이 두텁고 높을 때, 사실四實은 집이 작고 가축이 많을 때, 오실五實은 하수구가 동남쪽으로 흐를 때이다. 따라서 이상과 같은 조건이 구비된 집에 살면 부귀를 누리게 된다는 뜻.

부귀는 풀잎에 맺힌 이슬과 같다.
돈과 지위는 풀잎의 이슬과 같이 오래 가지 못한다는 뜻.

부귀는 하늘에 있고, 죽고 사는 건 명에 있다.
부귀는 본인의 노력만으로 이루어지는 것이 아니라 운수 소관에 달려 있는 것이요, 죽고 사는 것은 타고난 명에 달렸다는 뜻.

부귀는 하늘에 있다.
부귀는 자력으로 얻는 것이 아니라 하늘에 달려 있다는 뜻.

부귀로도 마음을 어지럽히지 못한다.
재물과 지위로도 마음을 어지럽힐 수 없을 만큼 견고하다는 뜻.

부귀로 해서 마음이 움직이지 않는다.
부귀 때문에 마음이 동요되어서는 안 된다는 뜻.

부귀를 개탄하거나 부러워하지 말라.
부귀를 누리지 못한다고 해서 한탄하거나 부러워 말고 자기의 분수를 지키라는 뜻.

부귀를 그칠 줄 모르면 죽음을 당한다.
부귀는 자신의 분수에 알맞아야지 지나치게 탐을 내다가는 죽게 된다는 뜻.

부귀를 누려도 음탕하지 않다.
부유하고 귀하게 되어도 음탕한 짓을 하지 않는다는 말.

부귀를 누리게 되면 교만하고 사치하게 된다.
부귀를 누리게 되면 교만하여 사람들을 홀시하고, 생활 또한 사치스러워진다는 뜻.

부귀를 누리면 교만병에 걸린다.
돈이 많고 지위도 높아지면 교만하게 된다는 말.

부귀를 누리면 남들이 모여들고, 빈천하면 친척도 멀어진다.
부귀를 누리게 되면 사람들이 그 덕을 보려고 모여들고, 빈천하면 친척조차도 찾아오지 않는다는 뜻.

부귀빈천富貴貧賤과 흥망성쇠興亡盛衰는 물레바퀴 돌듯 한다.
부귀와 빈천, 그리고 흥망과 성쇠는 고정불변한 것이 아니라 이동하고 변화한다는 뜻.

부귀빈천은 물레바퀴 돌듯 한다.
부귀와 빈천은 물레바퀴처럼 돌면서 이 사람 저 사람에게 옮겨다닌다는 뜻.

부귀에 급급하지 말고, 빈천에 근심하지 말라.
부귀를 누리려고 애태우지 말고, 빈천하다고 해서 지나치게 근심하지 말며 현실에 충실하라는 뜻.

부귀에 눈이 멀게 되면 서로 덕으로 돕지 않게 된다.
돈과 명예에 눈이 멀게 되면 도덕과 의리도 모르게 된다는 말.

부귀에 눈이 어두우면 부끄러움을 모른다.
부귀를 탐내는 사람은 부끄러움을 모른다는 뜻.

부귀에도 마음이 움직이지 않는다.
부귀를 탐내어 마음이 동요되어서는 안 된다는 뜻.

부귀영화는 뜬구름이다.
부귀영화는 한 사람의 고정 소유물이 아니라 떠다니기 때문에 그 소유권이 자주 바뀌게 된다는 뜻.

부귀영화는 물레방아 돌듯 한다.
부귀와 영화는 한 곳에 고착되어 있는 것이 아니라 떠돌고 있다는 뜻.

부귀와 빈천은 돌고돈다.
부귀와 빈천은 한 곳에 영원히 고정되어 있는 것이 아니라 항상 움직이고 있다는 뜻.

부귀하면 교만과 사치를 낳게 된다.
부귀하게 되면 반드시 교만과 사치가 따르기 때문에 조심하라는 뜻.

부귀하면 남들도 모여들지만, 빈천하면 친척도 떠나간다.
잘 사는 집에는 남들도 많이 모여드는데, 가난한 집에는 있는 친척도 찾아오지 않는다는 뜻.

부귀하면 예의가 없어진다.
돈이 많고 지위가 높아지면 예의가 없어지기 쉽다는 뜻.

부귀하여 교만하면 스스로 재앙을 입게 된다.
부귀한 사람이 교만하면 인심을 잃게 되어 망하고 만다는 뜻.
↔ 부귀하여도 교만하지 않다.

부귀하여도 교만하지 않다.
돈이 많고 지위가 높아도 교만하지 않다는 뜻.
↔ 부귀를 누리면 교만병에 걸린다. 부귀하면 교만과 사치를 낳게 된다. 부귀하여 교만하면 스스로 재앙을 입게 된다.

부귀한 집에 재난이 많다.
빈천한 집에는 이미 겪었거나 겪고 있기 때문에 그다지 재난이 많지 않으나, 부귀를 누리는 집에는 다가올 재난이 많다는 뜻.

부귀한 집은 마땅히 너그럽고 후해야 한다.
부귀를 누리게 되면 사람들에게 관대하고 후대하여 인심을 얻도록 해야 한다는 뜻.

부귀한 처지에 있으면 빈천한 처지의 고통을 알아야 한다.
부귀를 누리고 있더라도 빈천한 사람들의 사정을 잘 알고서 이를 도와 주어야 한다는 뜻.

부귀해도 고향에 돌아가지 않는다.
부귀해도 고향에 가서 살지 않고 타향에서 산다는 뜻.

부귀해지면 그 친척들도 무서워하고 두려워한다.
부귀해지면 권세를 부리기 때문에 그 친척들까지도 무서워한다는 뜻.

부정으로 얻은 부귀는 뜬구름과 같다.
부정하게 축적한 재산은 뜬구름과 같아서 언제 없어질지 모른다는 뜻.

빈부와 귀천은 수레바퀴 돌듯 한다.
가난하고 부유하며 귀하고 천한 것은 수레바퀴가 돌 듯이 돌고 있다는 뜻.

살아 생전에는 부귀가 좋고, 죽은 뒤에는 문장을 남기는 것이 좋다.
살아서는 부귀를 누리는 것이 좋고, 죽어서는 문장을 후세까지 남기는 것이 좋다는 뜻.

살아서는 부귀요, 죽어서는 이름이다.
살아서는 부귀를 누리는 것이 좋고, 죽은 뒤에는 이름을 남기는 것이 좋다는 뜻.

살아서는 부귀요, 죽은 뒤에는 문장이다.
살아서는 부귀를 누리고 사는 것이 좋고, 죽은 뒤에는 문장을 남기어 오랜 명예를 간직하는 것이 소원이라는 뜻.

삼대 정승 없고, 삼대 거지 없다.
대대손손이 잘 살 수 없고 대대손손이 못 살기만 하는 것이 아니라 뒤바뀌며 살아가게 된다는 뜻.

양지가 있으면 음지도 있다.
부자가 있으면 가난한 사람도 있다는 말.

어느 놈은 얼어죽고, 어느 놈은 데어죽는다.
(1) 세상에는 잘 사는 사람도 있고, 못 사는 사람도 있다는 뜻.
(2) 일이 공평하지 못하다는 뜻.

어제의 부귀가 한바탕의 봄꿈이다.
인생살이에서는 부귀영화도 봄꿈과 같이 허무하다는 뜻.

음지 없는 양지 없다.
빈부는 항상 따라다닌다는 뜻.

한 번 가난해 보고 한 번 부귀해 봐야 그 마음을 알 수 있다.
만고풍상을 함께 겪어 봐야 그 사람의 속마음까지도 알게 된다는 뜻.

한 집이 부귀하게 되면 여러 집에서 원망하게 된다.
한 사람이 부귀를 누리게 되면, 그렇지 못한 사람들은 그것을 못마땅하게 여겨 질투하고 미워하게 된다는 뜻.

호화롭게 사는 집이라고 늘 부귀를 누리는 것은 아니다.
부귀와 영화를 누리고 사는 집안도 언젠가는 몰락할 때가 있다는 뜻.

宋在璇

1913년 충북 옥천 출생

저서 : 《기와》(1955)
《人工乾燥爐와 그 操作法》(1957)
《벽돌공학 上·下》(1987), 《벽돌기술》(1989)
《우리나라 벽돌》(1991), 《宋子遺墨大觀 1·2》(1995)
《우리말속담큰사전》(1983), 《상말속담사전》(1993)
《農漁俗談辭典》(1994), 《여성속담사전》(1995)
《동물속담사전》(1997), 《주색잡기속담사전》(1997)
《음식속담사전》(근간)

돈속담사전

초판발행 : 1998년 2월 25일

엮은이 : 宋在璇
펴낸이 : 辛成大
펴낸곳 : 東文選
제10-64호, 78. 12. 26 등록
서울 용산구 문배동 40-21
전화 : 719-4015

편집 조성희 김경희/총편집 한인숙

ISBN 89-8038-028-3 94800